ullstein

• • •

NADJA RAISER lebt mit ihrer Familie in einem bayerischen Dorf am Rande der Allgäuer Alpen. Seit ihrer Kindheit liebt sie es, zu schreiben und auf diese Weise in verschiedene Leben und Welten einzutauchen. Anfang 2020 hat sie ihren ersten Roman im Selbstverlag veröffentlicht, inzwischen hat die gelernte Erzieherin drei Jugendbücher und zwei historische Romane geschrieben. Neben ihrer Autorentätigkeit liebt sie es, draußen in der Natur zu sein, zu reisen und zu musizieren.

NADJA RAISER

Die Brotbäckerin

Historischer Roman

Ullstein

Besuchen Sie uns im Internet:
www.ullstein.de

Wir verpflichten uns zu Nachhaltigkeit
- Papiere aus nachhaltiger Waldwirtschaft und anderen kontrollierten Quellen
- ullstein.de/nachhaltigkeit

MIX
Papier
FSC® C021394

Originalausgabe im Ullstein Taschenbuch
1. Auflage Januar 2024

Umschlaggestaltung: Sabine Kwauka, München
Titelabbildung: Arcangel / © Crow's Eye Productions (Frau);
ullstein bild / Süddeutsche Zeitung Photo /
© Scherl (Stadtansicht);
shutterstock / © Andrii Hushtiuk (Hand);
shutterstock / © Gemalbarra (Halstuch);
shutterstock / © Sablegear (Schild/Rahmen);
shutterstock / © monticello (Korb);
shutterstock / © Africa Studio (Tuch, Korb);
shutterstock / © Picture Partners (Brot 1);
shutterstock / © Picture Partners (Brot 2);
shutterstock / © Anastasiia Malinich (Blume)
Gesetzt aus der Quadraat Pro powerd by *pepyrus*
Druck und Bindearbeiten: ScandBook, Litauen
ISBN 978-3-548-06804-6

1

Liesi

Er war perfekt.

Mit einem Lächeln im Gesicht knetete Liesi noch ein letztes Mal den Teig. Dann teilte sie ihn und formte die einzelnen Stücke zu runden Laiben. Sie liebte das Gefühl, wenn aus einem anfänglich klebrigen Klumpen ein glatter, glänzender und weicher Brotteig wurde. Wenn aus unterschiedlichen Zutaten plötzlich eine neue Einheit entstand. Schon jetzt fühlte sie den lockeren und würzigen Geschmack auf ihrer Zunge, sie roch den sanften und leicht süßlichen Duft und hörte das knusprige Krachen beim Anschneiden des Brotes. Ja, dieser Teig war perfekt, und er würde nach einer angemessenen Ruhe ein herrliches Brot werden! Gab es ein schöneres Gefühl?

»Liesi! Wo bleibst du?«

Die Stimme ihres Vaters donnerte zum wiederholten Mal durch die offen stehende Tür der Backstube, und Liesi verdrehte die Augen.

»Ich komme gleich!«, antwortete sie ebenfalls zum wiederholten Mal und legte die zubereiteten Teiglinge in die dafür vorgesehenen Gärkörbchen. Anschließend wischte sie ihre Hände an der Schürze ab, griff nach dem Holzschießer, öffnete die Ofentür und holte weitere frisch gebackene Brotlaibe aus dem Ofen. Ein herrlicher Duft stieg ihr in die Nase, und Liesi beeilte sich, die noch heißen Brote in die hergerichteten Körbe zu verteilen. Anschließend klopfte sie sich die Teigreste und das Mehl von den Händen und löste die Schürze, die sie hinter der Tür an einen Haken hängte.

»Liesi! Himmelherrschaftszeiten noch mal!«, ertönte es erneut, dicht gefolgt vom lauten Knall einer Tür, die ins Schloss fiel.

»Ja, Vater!«, schrie sie zurück, obgleich er es sicherlich nicht hörte. Sie zog behutsam ihre Bäckerhaube aus und schlüpfte anschließend in den dunkelblauen Spenzer, den sie letzte Woche von ihrer Schwester Anna zum Geburtstag bekommen hatte. Dann raffte sie ihre Röcke, griff nach den Brotkörben und eilte aus der Backstube. Sie durchquerte den leeren und noch verschlossenen Verkaufsraum sowie den Hausflur und betrat die direkt anliegende Wohnstube ihrer Familie.

Doch bevor sie Vaters Arbeitszimmer erreichen konnte, trat Anna ihr in den Weg und grinste breit.

»Was?«, fragte Liesi und fasste sich mit der freien Hand unsicher in das Gesicht, um möglicherweise vergessene Mehlflecken zu entfernen, aber ihre Schwester schüttelte nur den Kopf, wobei ihr dunkle Locken aus der Haube rutschten und ihr rundes, rotwangiges Gesicht einrahmten.

»Sag, hast du Vater absichtlich warten lassen?«

Liesi presste die Lippen zusammen und unterdrückte ein Schmunzeln. Es war nicht das erste Mal, dass Liesis Vater Besuch von Herrn Huber bekam. Schon seit Monaten versuchte der Landpfister, Herrn Gmeiner dazu zu überreden, die kleine Bäckerei an ihn zu verkaufen, beziehungsweise, mit ihm zu fusionieren, wie Huber es nannte. Und jedes Mal verlangte er während seiner Anwesenheit, mit frischem Brot verköstigt zu werden.

Liesi konnte Huber nicht ausstehen und zuckte daher kurz mit den Schultern, allerdings nicht, ohne Anna einen vielsagenden Blick zuzuwerfen. Denn ja, möglicherweise hatte sie absichtlich etwas länger in der Backstube ausgeharrt, als es nötig gewesen wäre. Nur um Herrn Huber ein wenig zu ärgern.

Anna lachte laut auf. »Du kleines hinterhältiges Ding! Sieh zu, dass Vater das niemals herausfindet!«

Liesi ignorierte Annas Worte, stellte einen der Brotkörbe auf den Boden des Flurs und klopfte an die angelehnte Tür des Arbeitszimmers. »Guten Tag, die Herren«, sagte sie förmlich und neigte den Kopf. Ihr fiel auf, dass Huber diesmal nicht allein gekommen war. Ein weiterer Mann erhob sich neben ihm von seinem Sitzplatz und schenkte ihr ein kurzes Lächeln. »Entschuldigen Sie bitte die Wartezeit«, murmelte Liesi und platzierte den Brotkorb in die Mitte des Tisches. Schon spürte sie Vaters Hand an ihrer Taille, der sie lachend an sich heranzog. Verschwunden war der wütende Unterton in der Stimme, der noch wenige Augenblicke zuvor durch die Bäckerei gehallt war.

»Darf ich vorstellen? Meine Tochter und Engel aus der Backstube, Elisabeth Gmeiner. Ist es nicht unglaublich, dass so eine zarte Schönheit in der Lage ist, Tag für Tag das beste Brot Münchens zu backen?«

Liesis Wangen flammten heiß auf, und sie blickte schnell zu Boden. Sie liebte ihren Vater über alles und wusste, dass er nur das Beste für sie wollte, dennoch hasste sie diese Art von Zurschaustellung, vor allem Huber gegenüber, zumal dieser längst wusste, wer sie war und welche Funktion sie in der Backstube ausführte.

»Nun, das ist immer eine Frage des Geschmacks, Herr Gmeiner, finden Sie nicht?« Der Blick des Pfisters konnte nicht eisiger sein, und Liesi strich sich verstohlen über ihre Arme.

»So oder so entspricht es dennoch der Wahrheit«, antwortete Liesis Vater, und sie spürte seine schwieligen Finger auf ihrem Gesicht – die Hände eines Bäckers, der Jahrzehnte damit verbracht hatte, Teige zu kneten, zu formen und zu backen. Sie hob den Kopf und fing den liebevollen Blick ihres Vaters auf, sah die unzähligen Lachfältchen, die die großen Augen einrahmten, und die tiefen Grübchen, die trotz des lockigen graubraunen Barts zu sehen waren.

»Sie übertreiben, Vater«, antwortete sie und verfluchte ihre immer noch glühenden Wangen, während sie kurz zu den beiden Herren sah.

Herr Huber nickte ihr mit einem gelangweilten Blick zu und trommelte unruhig mit den langen, dünnen Fingern auf der Tischplatte herum. Der andere Mann verbeugte sich und streckte im Anschluss seine Hand entgegen.

»Ach ja, Elisabeth, das ist – ja Kruzifix noch mal, jetzt

habe ich Ihren Namen vergessen, ist denn das zu fassen!«, fluchte ihr Vater und kratzte sich nachdenklich am Kopf.

Der junge Mann räusperte sich ein paarmal und schenkte Liesi ein schüchternes Lächeln.

»Das macht nichts. Hofbauer«, sagte er, und Liesi hörte ein schwaches Zittern in seiner Stimme. »Jakob Hofbauer. Freut mich, Fräulein Elisabeth. Ich bin der Buchhalter der Pfisterei Huber.«

Selbst der Händedruck des jungen Mannes war zittrig, und als er sich wieder setzen wollte, blieb er versehentlich mit dem Gehrock an der Stuhllehne hängen. Er stolperte und plumpste mit ungelenken Bewegungen ächzend zurück in seinen Stuhl. Liesi biss sich auf die Innenseite der Wangen, um sich ein Lächeln zu verkneifen, und wandte sich schnell ihrem Vater zu.

»Brauchen Sie noch etwas von mir, Vater?«

Bevor der antworten konnte, hörte sie ein gedehntes Seufzen, dicht gefolgt von einer durchdringenden, sonoren Stimme.

»Das Einzige, was wir nun benötigen, ist Ruhe, Fräulein Elisabeth«, sagte Herr Huber und warf ihr ein falsches Lächeln und ein Zwinkern zu. »Wir haben uns ausreichend oft angehört, dass Sie das angeblich ›beste Brot‹ Münchens backen. Wir sollten uns allmählich auf das Wesentliche konz–«

»Sie glauben mir nicht?«, unterbrach Herr Gmeiner Hubers Wortschwall und deutete auf den Laib Brot vor ihnen. »Dies ist das beste Brot Münchens! Vermutlich sogar besser als das Brot der Hofpfisterei Seiner Königlichen Majestät. Und das ist eine Tatsache, sonst wären Sie nicht hier, nicht wahr?« Er holte ein Taschenmesser aus seiner Hosentasche hervor und schnitt eine Scheibe Brot ab. Anschließend drückte er es dem Buchhalter in die Hände, der erschrocken die Augen aufriss.

»Kosten Sie, Herr Hofbauer. Dann werden Sie verstehen, wovon ich spreche.«

Liesi beobachtete, wie der junge Mann mit ungelenken Bewegungen das Brot zaghaft in den Mund steckte. Herr Huber stöhnte ein weiteres Mal genervt auf, während ihr Vater mit glänzenden Augen den Buchhalter beobachtete. Der kaute allerdings immer noch, und Liesi spürte kurz darauf seinen flackernden Blick auf ihr ruhen. Sie schluckte. Er wirkte nicht sonderlich begeistert.

Es herrschte eine seltsame Stille im Arbeitszimmer ihres Vaters, und alle schienen wie gebannt auf das Urteil Herrn Hofbauers zu warten. Liesi hielt sogar den Atem an, als der junge Mann endlich zu kauen aufhörte. Selbst wenn es lächerlich war, denn die Meinung eines Buchhalters sollte ihr gleichgültig sein, zumal sie von ihrem Kundenstamm und den Marktbesuchern in Sendling wusste, dass ihr Brot sehr geschätzt wurde. Dennoch wartete sie angespannt auf sein Urteil, als Herr Hofbauer schwach lächelte und den Rest der Brotscheibe in seiner Faust verschwinden ließ.

»Es schmeckt«, begann er und schenkte Liesi ein kurzes Lächeln, wurde allerdings von Herrn Huber unterbrochen.

»Es schmeckt wie Brot! Grundgütiger! Können wir endlich unser Anliegen vortragen, oder wollen Sie uns weiterhin zum Narren halten?« Er seufzte und zupfte zeitgleich am Kragen seines Hemdes herum, als würde er um Atem ringen. »Unterschätzen Sie mich nicht, Herr Gmeiner. Ich mag jung sein, aber ich weiß, was ich tue, und vor allem kenne ich meine Ziele und meine verfügbare Zeit. Fräulein Elisabeth«, Herr Huber nickte ihr zu, ein Zeichen, die Herren allein zu lassen, dennoch wartete Liesi auf die Zustimmung ihres Vaters, der langsam und mit pfeifenden Lungen durchatmete.

Er lächelte sie ein weiteres Mal verschmitzt an, als würde ihn die zornerfüllte Rede des Pfisters überhaupt nicht stören. Stattdessen deutete er auf den Brotkorb. »Hast du das Brot für die Armenspeisung hergerichtet?«, fragte er.

Liesi unterdrückte ein Augenrollen. Als hätte sie jemals das Armenhaus vergessen!

»Sie müssen wissen, meine Frau – Gott hab sie selig – begann vor fünfzehn Jahren damit, die Bedürftigen im Haus der Heiligen Sankt Maria mit Backwaren zu beliefern, und noch immer ...«

»Herr Gmeiner!«, unterbrach Huber ihn.

Liesi erkannte rote Flecken auf seinen glatt rasierten Wangen, während er ungeduldig die weiße Krawatte zurechtrückte.

»Nein. Es genügt. Jakob, vielleicht sollten wir besser gehen«, richtete er die letzten Worte an den Buchhalter und klappte überdeutlich die mitgebrachten Unterlagen zu.

»Das ist das Problem mit den jungen Leuten – sie haben keine Geduld. Immerzu diese Eile«, entgegnete Liesis Vater und lehnte sich im Stuhl zurück. »Ich wäre dann so weit«, antwortete er weiter, ohne sich anmerken zu lassen, ob er die Wut in Hubers Stimme erkannt hatte oder nicht. »Falls

Sie denn noch ein paar Minuten Ihrer überaus kostbaren Zeit erübrigen können.« Er strich Liesi über den Rücken und zwinkerte ihr kurz zu, und sie verschwand aus dem Arbeitszimmer.

Zurück in der Wohnstube fand sie Anna, die ihren Morgenrock gegen ein schlichtes, hellblaues Tageskleid eingetauscht hatte und nun versuchte, die wilde Lockenpracht unter einer farblich passenden und modischen Haube zu verstecken. Als sie ihre junge Schwester entdeckte, winkte sie diese zu sich.

»Hast du Hubers Gehrock gesehen? Oder den Krawattenknoten? Ich wette, er stand über eine Stunde lang in seinem Ankleidezimmer, allein um die Krawatte zu binden!«, scherzte Anna.

Liesi lächelte vergnügt und half ihrer Schwester mit der Frisur. »Er gefällt dir, nicht wahr?«

»Als ob du ihn nicht auch attraktiv finden würdest!«, erwiderte Anna und drehte sich einmal vor Liesi im Kreis.

»Vater mag ihn nicht«, antwortete sie schlicht und nickte anschließend. Die Frisur saß perfekt, und nicht zum ersten Mal beneidete sie Anna um ihre braunen Locken, das rundliche Gesicht und den strahlenden Blick ihrer dunklen, fast schwarzen Knopfaugen. Wie gern hätte auch sie Vaters Lockenpracht oder die Augen geerbt, doch stattdessen musste sie die rotblonden dünnen Haare jede Nacht eindrehen, um eine einigermaßen ansehnliche Hochsteckfrisur und ein paar Locken zu bekommen. Ganz zu schweigen von ihrer mager wirkenden Figur und den markanten Kieferknochen. Nicht nur ein Mal besahen die Leute Liesi ungläubig, wenn sie von ihrer Bäckertätigkeit erfuhren, weil sie nicht begriffen, wie ein so schmächtiges Mädchen in der Lage war, Bottiche voller Teig zu kneten und zu rühren. Doch seit dem Tod ihrer Mutter vor fünf Jahren hatte sie ihr Handwerk perfektioniert und war inzwischen durchaus imstande, mit männlichen Bäckern zu konkurrieren, trotz ihres Körperbaus.

Anna seufzte. »Das ist keine richtige Antwort, Schwesterherz«, sagte sie und hing offensichtlich immer noch gedanklich bei Herrn Huber.

Liesi grinste. »Ich weiß.« Da sie genau wusste, wie sehr ihre Schwester von dem Landpfister eingenommen war, verschwieg sie lieber ihre eigene Meinung. Solange es bei einer Schwärmerei blieb, musste sie Anna nicht unbedingt davon berichten, wie wenig sie Herrn Huber leiden konnte. Sie stellte sich auf die Zehenspitzen und küsste ihre Schwester auf die Wange. Anschließend ergriff sie den zweiten Brotkorb und blickte aus dem kleinen, quadratischen Stubenfenster. Vor der Tür erkannte sie bereits Gustavs Zweiergespann. Wie jede Woche nahm der Nachbar sie mit nach Haidhausen, damit sie dort das Brot vom Vortag im Armenhaus Sankt Marien verteilen konnte.

»Ich muss los! Bis heute Abend!« Sie eilte aus der Stube und schnappte sich ihre dünnen Handschuhe, die auf der Kommode im Flur bereitlagen. Als Anna den Laden der Bäckerei öffnete, verließ Liesi das Wohnhaus der Familie Gmeiner und kletterte mit einem Korb voller Backwaren auf den Kutschbock.

Mit einem Lächeln im Gesicht atmete sie durch und genoss die Augenblicke der Stille, während der lauwarme Frühlingswind ihre Nase kitzelte.

Liesi seufzte zufrieden. Sie liebte ihre Arbeit. Sie liebte das Gefühl, mit der Kraft ihrer Hände so etwas Wunderbares und Kostbares erschaffen zu können. Brot zu backen war ihre Passion, ihr Lebensinhalt, und für einen kurzen Moment schloss Liesi die Augen und dankte Gott dafür.

Denn das Leben war absolut wundervoll.

2

Am Abend saß die Familie Gmeiner in der Stube und aß gemeinsam Brotzeit. Der Tisch der Eckbank war eingedeckt mit Schinken, einer großen eisernen Pfanne gerösteter Erdäpfel und Rettich.

Liesi schenkte sich aus einem Krug Apfelmost ein und schloss genüsslich die Augen.

Es war ein herrlicher Tag gewesen. Liesi liebte den Frühling und den dazugehörenden Neuanfang. Vor allem, wenn sich die Jahreszeit, wie an diesem Tag, mit reichlich Sonnenschein und angenehm warmen Temperaturen zeigte.

»Jedenfalls habe ich ein Schreiben an die Getreidebauern verfasst und ihnen ein neues Angebot gemacht. Ich denke, dass sie zustimmen werden, da es, langfristig gesehen, auch für sie nur Vorteile bringt«, erklärte Anna, die wie jeden Abend über die Finanzen der Bäckerei sprach. Ihre Schwester hatte das Talent ihrer Mutter geerbt und wusste genau, was zu tun war, um ihr kleines Geschäft zu optimieren. Immer wieder kam sie mit weiteren Ideen und handelte neue Verträge mit den Bauern aus, die bisher noch nie abgelehnt hatten. Allerdings verstand Liesi davon nicht einmal die Hälfte. Sie vertraute auf Anna und zusätzlich auf das Urteil ihres Vaters.

»Wie lief eigentlich das Gespräch mit Huber?«, fragte Liesi, nachdem sie ihren Krug ausgetrunken hatte.

Herr Gmeiner fluchte etwas Unverständliches. Anschließend nahm er sich eine Gabel voll knuspriger Kartoffeln und schnitt sich ein Stück Käse ab.

»Genau wie das vor zwei Wochen und wie das drei Monate zuvor. Er gibt nicht auf.«

»Aber das spricht doch für ihn«, entgegnete Anna mit einem verträumten Blick. »Er weiß, was er will, und kämpft dafür. Das zeugt von Stärke.«

»Er kämpft auf einem verlorenen Posten und akzeptiert keine Niederlage. Das zeugt von Dummheit«, antwortete ihr Vater. »Ich werde die Bäckerei nicht verkaufen. Und schon gar nicht fusionieren. Außerdem weiß ich längst, dass der Huber nur nach einer Möglichkeit sucht, ein Mitglied der Münchner Bäckerzunft zu werden. Weiß Gott, was den Zunftbrüdern bevorstünde, wenn jemand wie er Mitspracherecht bekäme!« Herr Gmeiner verdrehte die Augen, und Liesi erinnerte sich an den letzten Zunftbrief, den ihr Vater von der letzten Sitzung mit nach Hause gebracht hatte, in der eine Absage für die Landpfisterei formuliert wurde. Nur verstand sie nicht, warum ein junger Geschäftsmann wie Huber freiwillig ein Mitglied dieser inzwischen deutlich alten Herrengemeinschaft werden wollte. Wie oft hatte ihr Vater bereits versucht, Liesi als eine von der Zunft anerkannte Gesellin einzuschreiben, doch die alten Männer waren bis zuletzt stur bei ihrer Aussage geblieben, dass Frauen zwar im Familienbetrieb arbeiten durften, jedoch keinerlei Ansprüche auf eine Mitgliedschaft der Zunft hätten. Die Gründe hierfür klangen mehr als haarsträubend, und Liesi verband keinerlei Sympathie mit dieser Gemeinschaft. Anna warf Liesi einen vielsagenden Blick zu und grinste, da sie offensichtlich dasselbe dachte wie Liesi.

»Es täte der Zunft nicht schlecht, wenn sie von jungen Geschäftsmännern aufgemischt werden würde«, sagte Anna.

Doch Herr Gmeiner brummte nur abweisend in seinen Bart hinein. »Ein Landpfister hat in München nichts verloren! Und ich werde nicht verkaufen, da kann er mir noch tausendmal mit seinen Zahlen und dem Versprechen kommen, wohlhabender zu werden. Dies ist unsere Bäckerei. Und das bleibt sie auch!« Als wollte er die Worte verdeutlichen, schlug er mit der geballten Faust auf den Tisch. Doch dann zuckte er selbst zusammen und seufzte. »Sie hätte niemals gewollt, dass wir verkaufen«, fügte er leise hinzu.

Liesi schluckte und ergriff die schwielige Hand ihres Vaters. Sogar nach fünf Jahren spürte sie noch immer seinen Schmerz, wenn er von ihrer Mutter sprach. Die Schwindsucht hatte sie heimgesucht und ihr ein rasches Ende bereitet. Auch Liesi vermisste ihre Mutter jeden Tag aufs Neue, doch sie hatte im Gegensatz zu ihrem Vater längst akzeptiert, dass das Leben ohne sie weiterging.

»Wie genau hat er denn die Verkaufszahlen berechnet? Hat er irgendwelche Unterlagen hiergelassen, die ich mir ansehen dürfte?«, fragte Anna weiter, die offensichtlich nichts von der Niedergeschlagenheit ihres Vaters wahrgenommen hatte.

Liesi schüttelte den Kopf und versuchte mit Blicken, ihre Schwester zum Schweigen zu bringen, allerdings erfolglos.

»Es spricht doch nichts dagegen, wenn eine zweite Person das Angebot überprüft, oder, Vater?«

Herr Gmeiner richtete sich auf und musterte seine ältere Tochter. Die buschigen Augenbrauen standen so tief, dass sie sich beinahe berührten, und sein Blick wirkte eisern und bestimmt. Doch Anna hielt ihm stand und wartete geduldig und mit ebenso ernster Miene auf eine Antwort.

Liesi drehte die Scheibe Rettich auf ihrem Teller im Kreis. Sie hasste Diskussionen solcher Art. Sie hasste allgemein Unstimmigkeiten. Außerdem verstand sie Vaters Gründe. Er und ihre Mutter hatten die Bäckerei vor vielen Jahren erstanden und sie zu einem festen Bestandteil Sendlings etabliert. Die Anwohner kamen gern und häufig zu ihnen, und sie liebten ihre Brote. Natürlich wurden sie davon weder reich noch wohlhabend, und die Arbeit war hart, doch es genügte, um ihren Lebensunterhalt zu bezahlen. Es genügte, um glücklich zu sein. Zumindest für Liesi.

»Die Unterlagen liegen auf dem Sekretär. Wenn du sie lesen willst, bitte. Ich habe keine Geheimnisse vor dir. Dennoch werde ich meine Meinung nicht ändern. Ich verkaufe nicht. Und schon gar nicht an einen Landbäcker aus Pasing, da kann er sich noch so oft als ›Großpfister‹ bezeichnen.«

Vaters Stimme war leise und zeitgleich so schneidend, dass Liesi den Schauer auf ihren Armen vertreiben musste.

Auch Anna schluckte und nickte schweigend. Die Diskussion war beendet, das verstand sogar sie.

»Sag mal, Liesi«, wechselte Herr Gmeiner kauend das Thema. »Hast du uns heute Morgen eigentlich absichtlich das alte Brot bereitgestellt?«

»Welches alte Brot?«, fragte sie und betrachtete verwirrt den amüsierten Gesichtsausdruck ihres Vaters.

»Du hättest Hubers Reaktion sehen sollen, als er hineingebissen hat.«

Er lachte so heftig, dass sein gesamter, fülliger Körper bebte, doch Liesi verstand nicht, worauf er hinauswollte.

»Wovon sprechen Sie, Vater?«

»Na, vom Brot! Du hast ihnen heute das Brot vom Vortag gereicht! Im Nachhinein verstehe ich auch die seltsame Reaktion des Buchhalters. Und ihm habe ich auch noch das Randstück gegeben. Herrlich, einfach herrlich! Und wie lange er gekaut hat!«

Liesi wurde aschfahl und riss die Augen auf. »Die Brotkörbe! Ich muss sie verwechselt haben«, dachte sie laut und schluckte. »Dann haben die Bewohner des Sankt-Marien-Heims heute frisch gebackenes Brot erhalten. Das erklärt, warum sie so gierig waren.« Und es erklärte das schüchterne, beinahe verlegene Lächeln des Buchhalters am Morgen. Himmel! Liesi wollte gar nicht erst wissen, wie hart das Randstück gewesen war, das er bekommen hatte.

»Das ist unsere Liesi!«, rief ihr Vater und legte ihr liebevoll eine Hand auf die Schulter. »Sogar für die Ärmsten des Landes ist nur das Beste gerade gut genug. Ach Liesi, deine Mutter wäre so stolz auf dich.«

Liesi schluckte. Sie wusste, dass sie das Ebenbild ihrer Mutter war. Zumindest, wenn man das Äußere betrachtete. Das Bäckertalent hatte sie hingegen von ihrem Vater geerbt, genau wie die Leidenschaft und die Liebe zum Brot.

Herr Gmeiner räusperte sich und nickte mit einem Zwinkern in Annas Richtung. »Sie wäre auf euch beide sehr stolz«, korrigierte er sich und atmete tief durch. »Jetzt fehlen nur noch zwei geeignete Burschen, nicht wahr? Ein Bäckermeister wäre ideal, dann könnte ich mich nach und nach aus dem Geschäft zurückziehen.«

Liesi presste die Lippen aufeinander, und ihr Gesicht färbte sich dunkelrot. Ein weiteres Thema, das sie nur ungern ansprach. Sie war noch nicht bereit, über einen passenden Ehegatten für sich nachzudenken, geschweige denn, aktiv nach einem zu suchen. Ganz im Gegenteil zu ihrer Schwester.

»Na, der Huber wäre ein Pfistermeister«, antwortete Anna kichernd.

Herr Gmeiner verzog das Gesicht. »Ach, Annerl«, sagte er und seufzte. »Der Huber hat dich doch gar nicht verdient. Keine von euch beiden«, fügte er mit einem Blick in Liesis Richtung hinzu. Er ergriff das letzte Stück Rettich, steckte es sich in den Mund und stapelte die Brotzeitbretter aufeinander. »Und jetzt geht und räumt das auf. Es ist schon spät!«

Kurze Zeit später standen Liesi und Anna in der kleinen Küche und kicherten, während sie das Geschirr wuschen und anschließend verräumten. Anna warf das nasse Geschirrtuch quer durch den Raum und traf direkt Liesis Gesicht.

»Erwischt!«, rief sie vergnügt und versteckte sich lachend unter dem Tisch.

»Du benimmst dich schlimmer als ein Kleinkind«, schimpfte Liesi, lächelte jedoch und wischte sich die feuchte Stirn trocken.

»Na, das sagt ja die Richtige. Wer hat denn sofort glühend rote Wangen bekommen, als Vater von geeigneten Ehemännern sprach?«, entgegnete Anna.

Liesi seufzte und legte das feuchte Tuch über den Holztrog, der auf der Arbeitsplatte stand. »Mir gefällt das Leben so, wie es ist. Ich brauche keinen Ehemann oder gar einen Bäckermeister, der mir ins Handwerk pfuscht. Außerdem denke ich gewiss nicht an den Tag, an dem sich Vater zurückzieht, denn wenn es nach mir ginge, passiert das erst in zwanzig Jahren.«

»Ach, Schwesterherz«, sagte Anna und schüttelte mitfühlend den Kopf. »Du wirst schon sehen, eines Tages begegnest du einem Mann, der dein Herz im Sturm erobert, und dann wirst du anders darüber denken. Über alles.«

Liesi zuckte mit den Schultern und atmete tief durch. Nein, sie bezweifelte, dass sie jemals anders darüber denken würde. Anna kam auf sie zu, legte einen Arm um ihre Schulter und zog sie ganz nah an sich heran.

»Irgendwann stolpert ein wunderschöner, erhabener Prinz über seine langen Beine, und du wirst ihn auffangen müssen. Und dann, liebste Liesi, bist du verloren«, scherzte sie weiter.

Liesi verzog das Gesicht und schluckte, als sie plötzlich den jungen Mann aus Vaters Büro vor ihrem geistigen Auge sah. Er war tatsächlich über seine Beine gestolpert, nachdem er sich vorgestellt hatte. Nur war er kein Prinz, sondern ein Buchhalter der Konkurrenz.

»Was ist?«, fragte Anna, und erst in diesem Moment bemerkte Liesi ihr Grinsen. Sie presste die Lippen aufeinander und schüttelte schnell den Kopf.

»Nichts. Du solltest dir Gedanken über die Schriftstellerei machen. Bei deiner Fantasie.« Sie küsste Anna flüchtig auf die Wange und eilte zur Tür. »Ich muss mich noch um den Vorteig kümmern, bevor ich zu Bett gehe. Bis später!«, rief sie und verschwand mit eiligen Schritten zurück in die Backstube. Fort von Anna und ihren kuriosen Ideen. Und fort von ihren eigenen seltsamen Gedanken über Jakob Hofbauer und sein schüchternes Lächeln.

3

Eine Woche später saß Liesi erneut neben Gustav auf dem Kutschbock und genoss die frühlingshafte Luft, die ihr die Haare aus dem Gesicht wehte. Sie hielt den Brotkorb – diesmal tatsächlich mit den alten Backwaren – fest in den Händen und verfolgte das morgendliche Treiben auf den Straßen Sendlings. Eine Frau rannte wild gestikulierend über das Pflaster und rief den Namen ihres Kindes, das lachend einige Meter vor ihr hinter einer Schar Tauben hersprang. Liesi beobachtete, wie die ersten Geschäfte geöffnet wurden, sie hörte das Rücken von Verkaufstischen und das fröhliche Plappern der Marktweiber, die ähnlich große Körbe wie Liesi in den Armen hielten. Ein alter Bauer trieb ein Ross an, um einen voll beladenen Karren mit Stroh zu bewegen. Seine Miene war, wie die Gustavs, finster und griesgrämig, doch bei Gustav wusste Liesi, dass seine Miene rein gar nichts über sein wahres Wesen verriet. Ihr Nachbar mochte mit seinem langen, ungepflegten Bart und den vielen Falten im Gesicht wild und gefährlich aussehen, doch Liesi kannte und genoss seine ruhige und liebenswerte Art, die erst auf den zweiten oder gar dritten Blick sichtbar wurde.

Die Kirchturmuhr Sankt Margarets schlug die achte Stunde an, und Liesi seufzte, als das Gespann die Kirche passierte. Sie liebte diese Fahrten und die Ruhe, die sie dabei verspürte. Die wöchentlichen Ausflüge nach Haidhausen waren Liesis Auszeiten vom harten und anstrengenden Bäckeralltag. Gedankenversunken fuhr sie mit den rauen Fingerkuppen über die Krusten ihrer Brote und betrachtete die vorbeiziehende Landschaft. Als sie die Isarbrücke überquerten, zupfte sie ein Stück von einem Brotlaib ab und warf es einem Bettler zu, der dort am Ufer mit einem Krückstock saß. Als dieser erkannte, was vor seinen Füßen gelandet war, riss er erschrocken die Augen auf und lachte anschließend laut auf. Gustav grummelte etwas Unverständliches, doch ein Blick in das Gesicht des alten Mannes genügte, um das sanfte Lächeln hinter dem buschigen Bart zu erkennen. Er mochte Liesi und vor allem ihre Hilfsbereitschaft, das wusste sie genau.

Als Gustav zwanzig Minuten später in Haidhausen angekommen war, kletterte Liesi vom Kutschbock und nahm den Brotkorb entgegen. »Ich danke Ihnen für die Fahrt. Es war wie immer eine große Freude.«

»Jetzt mach, dass du fortkommst. Und spar dir die Höflichkeitsfloskeln«, murrte er, zog, begleitet von einem lauten Pfiff, an den Zügeln und fuhr davon, um seine Lieferung, die aus zehn Bierfässern bestand, in den anliegenden Gaststuben abzuladen.

Liesi blickte ihm kichernd hinterher. Möglicherweise musste man auch öfter als drei Mal hinsehen, um das freundliche Wesen hinter Gustavs Fassade zu erkennen.

Mit der freien Hand raffte sie ihre Röcke und machte sich auf den Weg zum Armenhaus Sankt Marien. Es handelte sich um ein riesiges Gebäude, das mit seinen vielen kleinen Fenstern und dem Torbogen in der Mitte des Hauses sonderbar herausstach. Dennoch wirkte es, wie alle Bauwerke in Haidhausen, alt und heruntergekommen. Hier lebte das arme Volk Münchens, und es hatte eine Zeit gegeben, in der Herr Gmeiner Liesi niemals allein in diesen Bezirk geschickt hätte. Die Gefahr, in dieser Gegend auf gewalttätige Verbrecher zu stoßen, war immerhin nicht gering. Doch Liesi war stur, und dass Gustav sie jede Woche direkt vor dem Eingang des Armenhauses absetzte und dort auch wieder abholte, hatte ihren Vater einlenken lassen.

Gerade als sie das Tor des Hauses öffnen wollte, hörte sie erneut das Geräusch von Pferdehufen, und eine dunkelblaue Postkutsche hielt wenige Meter vor dem Armenhaus. Liesi blieb stehen und betrachtete neugierig die Kutschentür, die sich schwungvoll öffnete.

Eine junge Frau in einem einfachen, aber modischen weißen Tagesgewand stieg aus und sprach ein paar Worte mit einer älteren Begleitperson, die noch in der Kutsche saß und nun mit verkniffener Miene herausblickte. Es dauerte einige Augenblicke, bis sie ausstieg und dem Kutscher ein Zeichen gab, bevor der die Pferde dazu antrieb, weiterzugehen. Als das Pferdegespann mit Tempo an Liesi vorbeirauschte, wurde sie plötzlich zur Seite gestoßen und fiel schreiend auf die Knie.

»Das Brot!«, rief sie und sah aus dem Augenwinkel, wie ein Junge – kaum älter als zehn Jahre – mit ihrem vollen

Brotkorb davonrannte. So schnell wie möglich rappelte sie sich auf und verfolgte den jungen Dieb.

»Bleib stehen!«, schrie sie. »Bitte!«

Der Junge sprang in eine Seitengasse, und als Liesi ihm dort hinein folgen wollte, sah sie das rotwangige Gesicht der jungen Frau neben sich. Offenbar war sie ihr gefolgt und deutete mit einem vielsagenden Lächeln in die staubige Gasse hinein. »Ich nehme die Parallelgasse, und du folgst ihm dort. Dann keilen wir ihn vielleicht ein«, flüsterte sie und erlaubte Liesi keine Antwort, denn schon war sie in der nächsten Straße verschwunden. Liesi stöhnte auf und strich sich die Haare hinters Ohr, die sich während des Sturzes aus ihrer Frisur gelöst hatten. Dann raffte sie ihre Röcke und lief in die Seitengasse.

Sie ignorierte den unangenehmen Geruch, der ihr in die Nase stieg, genauso wie die warnenden Worte ihres Vaters, die sie in ihren Gedanken hörte.

»Sei auf der Hut. Haidhausen ist ein gefährliches Pflaster!«

Nein! Sie würde sich keine Angst erlauben. Dieser Junge hatte ihr das Brot geklaut, das für die Bedürftigen bestimmt war. Für die Ärmsten der gesamten Stadt. Das würde sie nicht hinnehmen.

Sie passierte verfallene Gebäude, Häuser ohne Fenster, deren Türen schief in den Angeln hingen. Immer weiter rannte Liesi, bis sie plötzlich einen lauten Schrei hörte.

»Ah! Lass mich runter! Du tust mir weh! Aua!«

Liesi rannte weiter und erkannte hinter dem nächsten

Haus die junge Frau, die den Jungen am Ohr gepackt hielt und ihn finster anstarrte.

»Ich lass dich erst los, wenn du das zurückgibst, was nicht dir gehört«, antwortete sie und deutete auf den Brotkorb, den das Kind mit beiden Armen fest umschlungen hielt.

»Aber ich habe so Hunger!«, jammerte er mit schmerzverzerrter Miene.

Liesi schluckte, denn sie erkannte allein an seinem verzweifelten und leidenden Blick die Wahrheit dieser Aussage. Tatsächlich sahen seine Arme und Beine so dünn aus, als wären es lediglich mit Haut überspannte Knochen. Der Junge weinte und schluchzte leise, dennoch gab er zögerlich den Korb an sie zurück.

»Und was sagst du nun?«, fragte die Frau weiter und deutete erneut in Liesis Richtung.

»Es tut mir leid. Aber bitte, bitte verpfeift mich nicht! Ich habe nur Hunger!«

Liesi spürte sowohl den abwartenden Blick der Frau als auch den flehenden Blick des Kindes auf ihr ruhen und atmete laut aus. Schließlich griff sie in den Korb und reichte dem Jungen einen Laib Brot, der daraufhin die Augen ungläubig aufriss.

»Du hättest mich auch einfach um ein Brot bitten können«, antwortete Liesi lächelnd. »Wo wohnst du denn?«

»Hier. Überall. Nirgendwo«, nuschelte der Junge kauend, und Liesi staunte, wie schnell ein so kleines Kind ein solch großes Stück Brot vertilgen konnte. Ihm war ganz offensichtlich egal, wie alt und hart die Kruste war. Er verschlang die Backware, als handelte es sich dabei um ein Festmahl.

»Hast du denn keine Eltern?«, fragte die junge Frau. Etwas, das auch Liesi brennend interessierte.

Doch er schüttelte den Kopf.

»Du könntest mit mir kommen«, schlug Liesi vor und deutete auf den Brotkorb in ihren Händen. »Ich besuche das Armenhaus Sankt Marien. Dort haben sie sicherlich einen Platz für dich, wenn du das möchtest.«

Der Junge verzog das Gesicht zu einer wütenden Grimasse und spuckte auf den Boden. »Ich gehe nirgendwo hin.« Und noch bevor eine der beiden Frauen darauf antworten konnte, war er davongerannt.

Liesi sah ihm schweigend nach, dann seufzte sie. Sie wollte sich erst gar nicht vorstellen, was dieses Kind in seinen jungen Jahren bereits alles an Leid erfahren hatte.

»Das war ein sehr herzlicher Zug von dir«, sagte die junge Frau und schenkte Liesi ein Lächeln. »Nicht jeder hätte einem Dieb Teile des Diebesguts geschenkt.«

Liesi hob unschlüssig die Schultern. »Das Brot ist genau für Menschen wie ihn gedacht«, antwortete sie. »Er kann es gut gebrauchen. Ich wünschte nur, er würde sich helfen lassen. Er wäre im Sankt-Marien-Heim sicher gut aufgehoben.«

»Nun, vermutlich ist nicht jedes Armenhaus ein gutes Haus. Wer weiß, was er schon alles erlebt hat?«, wiederholte die Frau Liesis eigene Gedanken. Sie strich sich eine dunkelbraune, glänzende Locke hinters Ohr und schenkte ihr ein aufrichtiges Lächeln.

»Darf ich dich zum Armenhaus begleiten?«

Dem Klang ihrer Sprache nach kam die Frau definitiv nicht aus München. Liesi deutete eine Verbeugung an und nickte.

»Aber natürlich. Wenn das Ihre Begleitung gestattet.« Liesi hielt inne. »Wo ist sie überhaupt?«

Die junge Frau lachte herzlich auf und zuckte kurz mit den Schultern. »So, wie ich meine Anstandsdame kenne, wird sie gewiss ein Kirchengebäude aufgesucht haben. Und keine Sorge, sie kennt mich inzwischen.«

Liesi lächelte. »Dann freue ich mich sehr über Ihre Begleitung. Und vielen lieben Dank für Ihre Hilfe. Ich wüsste nicht, was ich ohne Sie getan hätte.«

Die Frau lachte erneut und hakte sich anschließend bei Liesi unter, als wären sie seit Jahren beste Freundinnen.

»Aber das ist doch selbstverständlich. Wir Frauen müssen doch zusammenhalten. Übrigens heiße ich Amalie, und du kannst mich ruhig duzen.«

Liesi erwiderte das freundliche Lächeln, während sie auf die Hauptstraße zurückkehrten. »Elisabeth, aber alle nennen mich Liesi.«

Am Armenhaus angekommen, stemmte sich Liesi gegen das Tor und wartete, bis Amalie an ihrer Seite stand.

»Vielen Dank, Liesi. Oh, warte, ich helfe dir!«, rief sie und fing gerade noch rechtzeitig Liesis Brotkorb auf, der ihr aus den Händen rutschte, als sie das schwere Tor öffnete. Bevor sie sich bedanken konnte, hörte sie bereits die durchdringende Stimme der Ordensschwester durch den dunklen Gang hallen.

»Liesi! Jesus Maria! Wie oft sage ich dir, dass du die

Glocke betätigen sollst! Das Tor ist doch viel zu schwer für dich, Mädchen!«, schimpfte sie und eilte ihnen mit schnellen Schritten entgegen.

Liesi unterdrückte ein Seufzen und schenkte ihr ein höfliches Lächeln. »Guten Morgen, Schwester Hildegard. Ich versuche, das nächste Mal daran zu denken«, antwortete sie, obwohl sie bereits jetzt wusste, dass sie auch in der folgenden Woche nicht die Glocke betätigen würde. Für ein gewöhnliches Mädchen mochte das Tor vielleicht schwer erscheinen, jedoch nicht für Liesi, die tagein, tagaus Bottiche voller Brotteig rührte und knetete. Aber das würde Schwester Hildegard niemals verstehen.

Die Ordensschwester blickte von ihr zu Amalie, die den Brotkorb in den Händen hielt. »Oh, und du hast heute eine Freundin mitgebracht. Wie wunderbar! Gott segne Sie! Willst du sie mir nicht vorstellen, Liesi?«

Liesi betrachtete Amalie neben ihr, die ihr einen amüsierten Blick zuwarf und leise kicherte. »Nun, das ist ein Missv–«, begann Liesi, doch Amalie unterbrach sie und verneigte sich kurz vor der Ordensschwester.

»Mein Name lautet Amalie. Und ich freue mich sehr, dass Liesi mich heute mitgenommen hat. Ich kann es kaum erwarten, dieses wunderschöne Haus mit eigenen Augen zu sehen.«

Amalie streckte Schwester Hildegard die Hand entgegen und zwinkerte im Anschluss Liesi zu, die sie völlig sprachlos anstarrte. Aus welchem Grund belog sie eine Ordensschwester?

»Es freut mich sehr, Amalie. Aber sei gewarnt, der Anblick mancher Anwohner ist nichts fürs schwache Gemüt. Das muss dir klar sein, bevor du in unsere Räumlichkeiten eintrittst. Nicht jeder erträgt das Bild von Leid und Pein und wahrhafter Armut.«

Liesi merkte, wie die Frau schluckte, und sah, wie sich ihre Finger um den Brotkorb verkrampften. Doch dann nickte sie.

»Ich scheue mich nicht davor. Außerdem ist Liesi ja bei mir«, fügte sie hinzu und warf ihr erneut ein Lächeln zu.

Liesi schluckte nun ebenfalls und folgte Schwester Hildegard durch den Gang. Sie blieb absichtlich einige Schritte hinter der Ordensschwester, und als Amalie ebenfalls langsamer wurde, zupfte sie an ihrem weißen Ärmel.

»Was soll das?«, fragte sie und deutete auf Schwester Hildegard.

Sie seufzte. »Darf ich dich um Geduld bitten? Ich erkläre es dir später, versprochen.«

Liesi verzog das Gesicht und schüttelte den Kopf. Dennoch akzeptierte sie Amalies Antwort und trat schließlich in den Speisesaal ein.

Nachdem sie das gesamte Brot an die Bedürftigen verteilt hatten, zeigte Liesi Amalie den Innenhof und den Garten des Armenhauses. Eigentlich war dies als Rückzugsort für die Kranken bestimmt, doch die Anwohner des Hauses waren nur selten in der Lage, sich draußen aufzuhalten.

Eine Ordensschwester arbeitete in einem Gemüsegarten, während ein Mönch auf der anderen Seite des Geländes die Äste eines Baumes beschnitt. Ansonsten befand sich niemand dort draußen.

Amalies Gesichtsfarbe glich noch immer der eines Geistes, und Liesi streckte vorsichtig die Hand nach ihr aus.

»Geht es wieder?«, fragte sie, doch Amalie schüttelte nur den Kopf.

»Wieso ist unsere Welt so grausam? So ungerecht? Warum lässt Gott es zu, dass die Könige unserer Länder in Saus und Braus leben, während andere Menschen so sehr leiden? Und vor allem so viele Kinder! So viele Kinder!« Sie wischte sich Tränen von den Wangen und atmete zittrig durch. Erst dann sah sie zu Liesi und lachte freudlos. »Entschuldige, ich wollte nicht weinen. Ich dachte, ich wäre stärker.«

Liesi zuckte mit den Schultern und blickte auf die Kieselsteine, die sie mit ihren Fußspitzen anstieß. »Ich erinnere mich genau an den Tag, an dem mich meine Mutter zum ersten Mal mit hierher gebracht hat. Ich konnte nicht mehr aufhören, zu weinen. Die gesamte Kutschfahrt nach Hause habe ich geweint, sogar noch am Abend und in der Nacht.« Liesi atmete tief durch und sah das liebevolle Gesicht ihrer Mutter vor ihrem geistigen Auge. »Meine Mutter hielt mich die ganze Zeit fest. Sie erklärte mir, dass dies meine größte Stärke sei. Sie meinte, die Fähigkeit, mit dem Leid anderer mitzufühlen, sei ein Geschenk Gottes, das ich bewahren sollte.« Sie zuckte mit den Schultern und sah zu Amalie. »Du bist also sehr stark, Amalie.«

»Du hast eine sehr weise Mutter.«

Liesi schluckte und biss sich auf die Unterlippe. Dann

nickte sie. »Ja, sie war wundervoll«, antwortete sie flüsternd, ohne dass Amalie die Worte verstehen konnte.

Eine Zeit lang liefen die beiden Damen schweigend durch den Garten, als Amalie erneut tief durchatmete. »Verzeih mir die Lüge vorhin«, begann sie und strich sich die weißen Röcke glatt. »Ich kam nach München, um meinen Verlobten kennenzulernen.« Sie seufzte und hielt das Gesicht in Richtung Sonne. »Nur interessiere ich mich nicht ausschließlich für meinen zukünftigen Gatten, sondern auch für das Land, in dem er lebt. Allerdings bezweifle ich, dass er gutheißen würde, wüsste er, wo ich mich aktuell befinde.«

Liesi kicherte leise. »Du bist vor deinem Verlobten fortgelaufen?«

»Nein! Um Himmels willen, nein!«, antwortete Amalie lachend. »Ich erklärte ihm, diesen Vormittag mit einem Spaziergang durch die Stadt zu verbringen. In gewisser Weise war das nicht gelogen«, fügte sie schmunzelnd hinzu.

»Und wieso hast du dir ausgerechnet Haidhausen für deinen Spaziergang ausgesucht? Es ist hier wahrlich nicht ganz ungefährlich«, fragte Liesi weiter und musste schmunzeln, da sie plötzlich ihren Vater vor sich sah, der genau dasselbe zu ihr sagte – immer und immer wieder. Und das zu Recht, wenn sie nur an den kleinen Straßenräuber am Morgen zurückdachte.

Amalie streckte die Hand nach Liesi aus und drückte sie sanft. »Ich bin ja nicht allein hier«, antwortete sie lächelnd. »Und ich wählte Haidhausen, weil ich gern das Gesamtbild einer Stadt betrachten will. Nicht nur die schönsten Plätze, sondern eben auch die hässlichsten.«

»Nun, dann bist du hier richtig.« Liesi betrachtete all die heruntergekommenen Häuser, die sie vom Hinterhof aus sehen konnte, erinnerte sich an den Gestank in der kleinen, staubigen Gasse, wo sie den Jungen festgehalten hatten, und seufzte. »Es ist so schade um die ganzen Bauwerke«, murmelte sie, doch als sie das entfernte Schlagen der Kirchturmuhr hörte, schreckte sie auf. »Um Gottes willen! Ich habe völlig die Zeit vergessen! Gustav wartet gewiss schon eine halbe Ewigkeit auf mich!« Sie ergriff ein weiteres Mal Amalies weiche Hand und drückte sie. »Es hat mich sehr gefreut, dich kennenzulernen.«

»Geht mir ebenso, Liesi«, antwortete sie.

Als Liesi die Hintertür des Gebäudes erreicht hatte, hörte sie Amalies flehende Stimme. »Werden wir uns wiedersehen?«

Liesi blieb stehen und lächelte breit. »Ich bin jeden Dienstag hier!«, rief sie und verließ mit eiligen Schritten das Armenhaus Sankt Marien.

4

Gustav hatte mit griesgrämiger Miene auf sie gewartet und, ohne ein Wort zu sprechen, die Pferde angetrieben, sobald sie auf dem Kutschbock saß. Doch Liesi kannte seine Eigenart, akzeptierte die Stille und gab sich, nach einer Entschuldigung für die lange Wartezeit, ihren eigenen Gedanken hin.

Diese Amalie war eine bemerkenswerte Frau und außerordentlich hübsch anzusehen. Wenn sie an das Tagesgewand, die tadellose Frisur und an die Weichheit ihrer Hände dachte, war sie sich fast sicher, dass Amalie kein Mädchen aus der Mittelschicht war. Sie zählte gewiss zu einem Adelsgeschlecht. Das würde auch erklären, wieso sie eine so weite Reise auf sich nahm, um ihren Verlobten kennenzulernen.

Ob sie sie wiedersehen würde? Und ob sie ihr mehr über die Hochzeit oder ihre Heimat erzählen würde? Liesi brannte darauf, Amalie näher kennenzulernen, denn obwohl ihr erstes Aufeinandertreffen dramatisch begonnen hatte, empfand sie bereits jetzt eine große Zuneigung für diese Frau.

Liesi seufzte. Wie schön wäre es, eine Freundin gefunden zu haben, die ähnliche Interessen vertrat wie sie.

Sie erinnerte sich an Amalies erschrockenes Gesicht, als sie zuletzt die Krankenzimmer aufgesucht hatten. Sie hatten die Menschen besucht, die nicht mehr in der Lage waren, ihre Bettstätte zu verlassen. Der Tod hing in diesen Räumlichkeiten förmlich in der Luft, begleitet vom schmerzhaften Stöhnen und Keuchen der Kranken und vom Gestank des nahenden Todes. Es war nie ein schöner Anblick, und doch verließ Liesi das Armenhaus jedes Mal mit einem besonderen Gefühl inneren Friedens. Sie hoffte inständig, dass auch Amalie dieses Empfinden zuteilwerden würde.

Die Kutsche fuhr erneut an der Kirche Sankt Margaret vorbei, und Liesi neigte sich zur Seite, um einen Blick auf die vorbeiziehenden Passanten zu werfen. Es herrschte ein buntes und zufriedenes Treiben auf den Straßen, und die Bewohner Sendlings schienen den Frühling und die Sonne in vollen Zügen zu genießen. Überall sah man spielende Kinder, tratschende Mütter und fröhlich geschwätzige Verkäufer. Ein wunderschöner Vormittag.

Doch als Gustav in ihre Straße einfuhr, änderte sich die Stimmung schlagartig. Eine Traube von Menschen eilte in dieselbe Richtung. Sie wirkten aufgeregt, gar panisch. Liesi hörte das Wort »Hospital« und den Ruf nach einem Arzt.

Sie erhob sich vom Kutschbock und blickte über die Menschenmenge hinweg. Plötzlich wurde ihr speiübel. Die Leute versammelten sich vor ihrer Bäckerei! Und noch bevor Liesi ihre Schwester sah, hörte sie Annas verzweifelte Schreie.

Ohne weiter nachzudenken, sprang sie von der Kutsche, die aufgrund der Ansammlung sowieso kaum vorankam, und rannte in Richtung ihres Elternhauses.

»Lasst mich durch! Lasst mich durch! Ich wohne hier!«, schrie sie und stieß immer wieder Menschen zur Seite. Ihr Herz klopfte wild, und sie kämpfte gegen den Drang an, in Tränen auszubrechen. Sie würde nicht weinen, solange sie nicht wusste, was geschehen war. Ganz gewiss nicht!

Je näher sie der Bäckerei kam, desto häufiger entdeckte sie Nachbarn, die Liesi allesamt mitleidige Blicke zuwarfen. Sie hörte ein aufgeregtes Murmeln, sah, wie sich manche bekreuzigten, und erkannte sogar Tränen in den Augen ihrer Freunde.

»Lasst mich durch!«, schrie sie erneut, aber als die zwei Herren vor ihr endlich zur Seite traten, blieb sie erstarrt stehen.

Eine zerstörte Kutsche lag vor ihr auf dem Pflaster, ein Kutschenrad fehlte, die Achse durchgebrochen. Doch das war es nicht, was ihr den Atem raubte, sondern die Gestalt, die darunter lag, eingerahmt von einer großen, dunkelroten Pfütze aus Blut.

»Vater!«, schrie sie erstickt und kniete sich nach dem ersten Schock direkt in die Blutlache, um die Hand ihres Vaters zu ergreifen. Seine Augenlider flatterten, während er versuchte, den Kopf in ihre Richtung zu drehen.

Sein Atem rasselte, und Liesi erkannte eine abgesplitterte Holzlatte, die aus seinem Brustkorb ragte.

»Hannerl«, rief er keuchend und schenkte ihr ein schwaches Lächeln.

Liesi biss sich auf die Unterlippe, um den aufkeimenden Schmerz zu unterdrücken. »Nein«, antwortete sie mit erstickter Stimme und küsste die blutüberströmte Hand ihres Vaters. »Ich bin es, Liesi. Ich bin es, Vater«, wiederholte sie immer wieder und tastete den verwundeten Oberkörper ab. Doch schon die kleinste Berührung genügte, dass ein Schwall Blut aus der Wunde floss. Liesis Magen rebellierte, und sie schluchzte auf. Das rechte Bein lag in einem ungewöhnlichen Winkel abgeknickt, und Liesi wusste, dass gewiss mehrere Knochen gebrochen waren.

Anna trat von der anderen Seite an den verletzten Körper ihres Vaters und schüttelte ausdruckslos und wimmernd den Kopf, als Liesi ihren Blick einfing.

»Nein!«, beantwortete Liesi Annas Geste. Sie würde Vater nicht aufgeben! Gewiss nicht! Ein Arzt musste helfen! Wenn man ihn nur rechtzeitig ins Hospital bringen würde! Er würde wieder gesund werden. Nein, er musste wieder gesund werden!

Sie richtete sich auf und betrachtete die Menschenmenge. Wieso half ihnen niemand? Warum standen sie alle nur ratlos herum und beobachteten ihren Vater, anstatt ihm zu helfen?

»Bitte«, schluchzte sie. »Bitte helft unserem Vater!« Sie wollte aufstehen, doch der schwache Händedruck ihres Vaters hielt sie zurück. Sie drehte sich erneut zu ihm und betrachtete seinen Gesichtsausdruck. Er wirkte glücklich.

»Ich komme zu dir, mein Hannerl«, wiederholte er.

Liesi schluckte. Dies war der Grund des Lächelns. Er erkannte sie nicht mehr. Stattdessen sah er seine verstorbene

Frau, Liesis Mutter, vor sich. Liesi wusste genau, was das bedeutete.

»Vater, sehen Sie mich an!«, wiederholte sie. Sie würde ihn nicht aufgeben. Nicht kampflos. Nicht, ohne alles versucht zu haben. »Wir werden Sie in ein Hospital fahren lassen. Sie werden gesund, Vater. Hören Sie? Geben Sie nicht auf, ich bitte Sie! Bitte ... bitte, Vater.« Tränen verschleierten ihr die Sicht, doch sie beugte sich über den verletzten Körper und versuchte, das Bein wieder in die richtige Position zu bewegen.

Ihr Vater stöhnte und bäumte sich auf, und ein erneuter Blutschwall pulsierte aus seiner Brust.

»Vater! Bitte, halten Sie durch!«

»Liesi!«

Sie ignorierte Annas drängende Stimme und betrachtete das Stück Holz, das in seiner Brust steckte. Sollte sie es entfernen? Irgendjemand musste ihm doch helfen. Nur wie? Ihre Hände zitterten wie Espenlaub, als sie das Holz berührte.

»Liesi, hör auf!«, wiederholte Anna und rüttelte an ihren Schultern. »Hör auf!«

Immer und immer wieder hörte sie Annas Worte, sie spürte ihren festen Griff, als sie Liesi vom Körper ihres Vaters herunterzog. Liesi schrie und schluchzte, sie schlug mit den blutbesudelten Armen um sich, bis Anna sie in eine Umarmung zog.

»Hör auf«, sagte Anna, diesmal flüsternd, mit dem Mund ganz nah an ihrem Ohr.

Liesi biss sich so fest auf die Lippen, bis sie selbst Blut schmeckte.

»Hannerl«, wiederholte Herr Gmeiner den Namen seiner verstorbenen Frau und streckte erneut die Hand nach Liesi aus.

Sie wischte sich mit dem Handrücken übers Gesicht, um die Tränen zu vertreiben, und trat noch einmal an seinen Körper heran. Anna hielt sie dabei ununterbrochen fest, sodass Liesi jeden Fingernagel schmerzhaft in der Taille spürte. Dennoch gab ihr genau dieser Schmerz ein Gefühl von Halt.

»Hannerl, mein liebes Hannerl. Ich komme zu dir«, hauchte er.

Liesi unterdrückte das Schluchzen und nickte. »Ja, ich bin da«, antwortete sie und ignorierte die Panik, die allein ihre eigenen Worte auslösten. »Ich bin da, liebster Joseph.« Ihre Stimme zitterte, während sie die Rolle ihrer Mutter einnahm und das verletzte Gesicht ihres Vaters streichelte. »Ich bin da.«

Herr Gmeiner lächelte, glückselig und zufrieden, und schloss die Augen.

5

Es waren die Pferde des jungen Karl, vom Obstbauer Geiger, die durchgegangen waren. Ihr Vater hatte keine Chance gehabt, der schnellen Kutsche auszuweichen. Und Karl erlitt daraufhin solch einen Schock, dass er seitdem nicht mehr sprach.

Das und noch vieles mehr wurde Liesi mitgeteilt, nachdem ihr Vater gestorben war. Viel zu früh. Viel zu plötzlich.

Liesi nahm all die Informationen nur durch einen dichten Schleier wahr. Sie vergaß, zu essen, sie vergaß, zu trinken, sich umzukleiden oder gar zu schlafen. Sie saß einfach nur da – auf der Eckbank ihrer Stube – und starrte ins Nichts.

Nachbarn, Freunde, sogar der Pfarrer waren erschienen, um Herrn Gmeiner, der in seinem Zimmer aufgebahrt wurde, zu betrauern. Doch Liesi sprach mit niemandem von ihnen. Sie konnte es nicht. Zu groß war der Schmerz über den Verlust ihres Vaters. Er war mehr als nur ein Vater gewesen, er war Liesis Vorbild, ihr Beschützer, ihr Anker gewesen. Er hatte ihrem Leben Halt gegeben, nachdem ihre Mutter verstorben war. Er hatte sie das Bäckerhandwerk gelehrt, mit einer unglaublichen Geduld, einer Leidenschaft und der Gabe, sie dennoch immer wieder herauszufordern. Er hatte Liesi und Anna auf Händen getragen. Er hatte sie geliebt, wahrhaftig geliebt.

Und nun war er fort.

Von einem Tag auf den anderen.

Damit hatte er ein großes Loch in Liesis Herz gerissen. Eines, das niemals wieder geflickt werden würde.

»Liesi! Herrgott noch mal! Wir müssen in zehn Minuten aufbrechen, und du hast immer noch dein altes, dreckiges Bäckergewand an!« Anna zupfte an Liesis Ärmel und schüttelte den Kopf.

Sie selbst trug ihre neueste, dunkelblaue Festtagstracht und hatte schwarze Bänder in die Locken geflochten. Auf den ersten Blick sah sie so hübsch aus wie eh und je. Nur wer genauer hinsah, erkannte die dunklen Ränder unter den Augen, die rote Nase und die blasse Gesichtsfarbe. Liesi wusste, dass Anna auch trauerte, nur eben auf eine völlig andere Art als sie.

»Ich scherze nicht. Steh auf und zieh dich um. Der Trauerzug startet bald, und ich erwarte, dass du an meiner Seite läufst, hast du mich verstanden?«

Liesi presste die Lippen zusammen und unterdrückte ein Schluchzen. »Ich schaffe das nicht«, antwortete sie mit zittriger Stimme.

Anna verzog das Gesicht zu einem traurigen Lächeln. »Wir wurden nicht gefragt, ob wir uns dazu in der Lage fühlen, Schwesterherz. Jetzt komm und zieh dich um!«

Ohne auf Liesis Reaktion zu warten, zog Anna sie in die

Höhe und zerrte sie hinter sich her. Liesi stolperte die Stufen hinauf und blieb einige Augenblicke vor der offenen Zimmertür ihres Vaters stehen. Tränen stiegen ihr in die Augen, und sie keuchte auf, als sie erneut diesen unsäglichen Schmerz in ihrem Herzen spürte.

»Liesi, komm«, hörte sie Annas drängende Worte, doch Liesi sank auf die Knie und verdeckte das Gesicht mit den Händen.

»Warum, Anna? Warum? Warum lässt Gott so etwas zu? Erst nimmt er uns die Mutter und jetzt auch noch den Vater? *Warum?*«, fragte sie mit erstickter Stimme.

»Dies darfst du gern den Hochwürden persönlich fragen, der in wenigen Minuten vor unserer Tür stehen wird. Zieh dich an, Liesi!«

Sie folgte ihrer Schwester in ihr Zimmer, das die Bezeichnung gar nicht verdiente. Es handelte sich vielmehr um eine Kammer mit einem Bettgestell und einem Bauernschrank darin. Beides nahm so viel Platz ein, dass man nur direkt vor der Tür stehen und sich bewegen konnte.

Aus diesem Grund setzte Anna Liesi auf das ordentliche Bett und zog ihr ruppig das Kleid aus.

Liesi ließ ihre Schwester gewähren. Sie fühlte sich wie eine Puppe, deren Gliedmaßen in frische Kleidung gesteckt und deren Haare frisiert und hochgesteckt wurden. Ohne Emotionen, ohne eigenes Zutun. Fast schon gleichgültig nahm sie die dunkle Tracht wahr, die sie zuletzt an den Weihnachtsfeiertagen getragen hatte. Sie saß nun viel zu locker, völlig egal, wie stark Anna das Mieder zuband. Letztendlich half nur eine provisorische Stecknadel, die Anna mit geschickten Griffen im dunklen Stoff verschwinden ließ.

Liesi behielt den starren, emotionslosen Gesichtsausdruck den gesamten restlichen Tag: als die Sargträger, Mitglieder der Bäckerzunft, den Leichnam ihres Vaters abholten, als der Trauerzug mit der Trauergemeinde durch Sendling zum alten Südfriedhof marschierte, während der Grabpredigt und der Beisetzung. Liesi hörte das Weinen von Nachbarn und Freunden, Zunftbrüdern, von entfernten Verwandten, die ihren Vater kaum kannten, sie nahm Beileidswünsche des Pfarrers entgegen und lauschte dem Trauerspiel der Blaskapelle. Und dennoch blickte sie nur starr auf das ausgehobene Grab und den Sarg ihres Vaters.

Das alles fühlte sich so falsch an. So unwirklich. Als läge dort unten nicht ihr Vater. Nein, er konnte unmöglich dort begraben liegen. Nicht er. Nicht jetzt!

Sie hörte noch immer sein donnerndes Lachen, das vom Pfeifen seiner Lunge begleitet wurde. Sie spürte noch immer die rauen Bäckerhände an ihrer Wange, sie sah das Glitzern in seinem Blick, wenn er sie beim Kneten der Teige beobachtete. Sie sah die vielen Fältchen, die seine Augen umrahmten, genauso wie die tiefen Grübchen, die entstanden, wenn er lachte. Sie fühlte noch immer die feste, liebevolle Umarmung, mit der er sie jeden Morgen begrüßte und jeden Abend verabschiedete. Sie roch den Duft, der ihn umgab, diese Mischung aus frisch gebackenem Brot, Bier und etwas Herbem, das Liesi nie genau definieren konnte. Und dennoch wusste sie, dass dieser Geruch einzigartig war – der Duft ihres Vaters.

Nein, er konnte nicht tot sein.

Niemals.

Es musste sich um einen Irrtum handeln. Ganz gewiss.

Ihr Vater würde sie niemals im Stich lassen. Das alles war nichts weiter als ein Albtraum, und Liesi musste nur einen Weg finden, um aufzuwachen.

»Mein aufrichtiges Beileid, Fräulein Elisabeth«, unterbrach eine sonore Stimme ihre Gedanken, und Liesi schreckte auf.

Sie kannte diese Stimme. Aber sie gehörte nicht hierher. Nicht zur Beerdigung ihres geliebten Vaters.

Ganz langsam hob sie den Kopf und betrachtete das edle Gewand Herrn Hubers, den Zylinder, den dunkelbraunen Frack und das steife Hemd mit der aufwendig geknoteten weißen Krawatte. Allein an seiner Kleidung war erkennbar, dass der Pfister nicht hierhergehörte. Nicht in ihre Gesellschaft und schon gar nicht zur Trauergemeinde. Er war ja nicht einmal Mitglied der Zunft!

Liesi holte zittrig Luft und wollte gerade eine bitterböse Antwort aussprechen, da hörte sie Annas honigsüße Stimme hinter ihr.

»Herr Huber, wie schön, Sie hier zu sehen. Ich danke Ihnen von ganzem Herzen für Ihre Anteilnahme. Und natürlich für Ihre großzügige Spende. Verzeihen Sie die Sprachlosigkeit meiner Schwester, der Tod unseres geliebten Vaters war ein großer Schock für uns beide.«

Liesi beobachtete Anna, die Herrn Hubers Hand ergriff,

sich vor ihm verneigte und ihm ein übertriebenes Lächeln schenkte, während dieser nach einem kurzen Kopfnicken weiterlief.

»Was sollte das?«, frage Liesi. Sie spürte Annas festen Griff an ihrer Taille und betrachtete ihr aufgesetztes und falsches Lächeln, das sie jedem Gast zuwarf.

»Du musst lernen, deine Emotionen unter Verschluss zu halten. Ich konnte bereits aus fünf Metern Entfernung deinen Ärger im Gesicht lesen, als Herr Huber dir sein Beileid wünschte.«

»Er hat hier nichts zu suchen!«, widersprach Liesi, die genau wusste, dass der Pfister ihnen nur aus einem Grund seine Aufwartung machte – er wollte die Chance nutzen, endlich Vaters kleine Bäckerei zu kaufen. Dazu sogar auf dessen Beerdigung aufzutauchen war an Dreistigkeit nicht zu überbieten.

»Seine Pfisterei spendiert das gesamte Brot für den Leichenschmaus!«, entgegnete Anna mit zischender Stimme, die kurz darauf wieder ein höfliches Lächeln zur Schau trug, um eine weitere Beileidsbekundung eines entfernten Nachbarn entgegenzunehmen.

»Aber wieso?«, fragte Liesi und presste die Lippen aufeinander, um den Schmerz zu verdrängen, den sie plötzlich verspürte. Sie kannte die Antwort bereits.

Sie allein trug die Schuld daran. Weil sie in den letzten Tagen kein einziges Mal in der Backstube gestanden hatte, obwohl es ihre Aufgabe gewesen wäre. Sie hätte das Brot für den Leichenschmaus backen sollen, nichts anderes hätte ihr Vater gewollt. Und nun? Nun stand Vaters größter Konkurrent inmitten der Trauergemeinde und versorgte sie mit seinem Brot!

Liesi wischte sich die Tränen aus dem Gesicht. »Es tut mir leid«, schluchzte sie in die Richtung ihrer Schwester. »Es tut mir so leid«, wiederholte sie und blickte auf das frische Grab ihres Vaters. Eine gefühlte Ewigkeit betrachtete sie die Erde, die Blumenkränze und das einfache und schlichte Holzkreuz. Ohne auf ihre Kleidung zu achten, fiel sie auf die Knie und bohrte ihre Finger in die feuchte und kalte Erde.

»Ich habe versagt, Vater.«

6

Jakob

Der Anblick tat ihm in der Seele weh.

Selbst von seinem Standort, direkt am Ausgang des Friedhofes, konnte er ihr verzweifeltes Weinen hören. Wie sie dort mitten in der Erde kniete und schluchzte und die Trauergemeinde rings um sich herum ignorierte, erfüllte Jakobs Herz mit Leid. Jemand sollte sie trösten. Jemand sollte sie in die Arme nehmen und fortführen.

Doch keiner unternahm etwas. Alle standen stumm um das Grab herum und taten so, als lauschten sie der Musik der Blaskapelle. Nicht einmal ihre Schwester schien sich um die Trauer von Fräulein Elisabeth zu scheren. Stattdessen lächelte sie jeden an, reichte ihnen ihre Hand und lachte sogar das eine oder andere Mal. Als wäre ihr der Tod des eigenen Vaters egal. Als wäre ihr ihre Schwester egal.

Jakob versteckte die geballten Fäuste in den Taschen seines Fracks und biss sich auf die Innenseite der Wangen. Wieso schenkte ihr niemand Trost? Sahen sie denn nicht, wie sehr sie litt?

»Wir sollten aufbrechen«, unterbrach Georg Huber Jakobs Gedanken. »Unsere Aufgabe wäre erledigt.«

Jakob musterte Georg ungläubig. »Tatsächlich? Du gedenkst nicht, am Leichenschmaus teilzunehmen? Ich nahm an, dass wir genau aus diesem Grund hier wären.«

Georg grinste wissend und nickte in Richtung der Trauergemeinde. »Nicht heute, mein Freund«, antwortete er. »Glaub mir, ich bekomme noch die Gelegenheit, meine persönlichen Ziele mit der Familie Gmeiner zu besprechen. Und ich garantiere dir, das Fräulein Anna wird dabei auf mich zukommen.«

Als hätte sie ihn sprechen gehört, warf die ältere Schwester der Trauerfamilie einen Blick auf die Herren. Georg tippte an seinen Zylinder und legte kurz darauf den Arm um Jakobs Schulter. »Lass uns gehen«, wiederholte er.

Sie hatten noch nicht einmal das Tor des Friedhofs passiert, als sie Annas Stimme hinter sich hörten.

»Herr Huber? Wollen Sie nicht an unserem Leichenschmaus im *Alten Hirsch* teilnehmen? Immerhin verdanken wir Ihnen und Ihrer großzügigen Spende einen Teil des Essens.«

Georg warf Jakob einen vielsagenden und amüsierten Blick zu, ehe er sich umdrehte und sich erneut verbeugte. »Fräulein Anna, ich danke Ihnen für das Angebot, aber ich denke, es ist sinnvoller, wenn ich mich zurückziehe. Ich möchte Ihnen nicht zur Last fallen.« Er ergriff Annas Hand und hauchte einen Kuss darauf. »Und ich betrachte es als Selbstverständlichkeit, einem geschätzten Kollegen zumindest mit einer kleinen Spende die letzte Ehre zu erweisen. Möge Ihr Vater in Frieden ruhen. Ich wünsche Ihnen und Ihrer Schwester alles erdenklich Gute in dieser schweren

Zeit. Und wenn Sie betriebliche Hilfe benötigen, scheuen Sie nicht, zu mir zu kommen. Ich verspreche Ihnen, zu helfen, wo es möglich ist.«

Annas Augen glänzten verräterisch, während Georg sprach, und Jakob fragte sich, ob sie nicht doch stärker unter dem Verlust litt, als er zunächst angenommen hatte.

»Ich danke Ihnen von Herzen«, antwortete sie mit erstickter Stimme. »Auf Wiedersehen.« Kurz darauf hörte Jakob ein leises Schluchzen aus ihrem Mund, und Anna huschte eilig davon.

Jakob hatte sich getäuscht, sie litt offensichtlich ebenso stark unter dem Verlust wie ihre jüngere Schwester. Der einzige Unterschied bestand wohl darin, dass sie versuchte, ihren Schmerz zu verbergen. Im Gegensatz zu Fräulein Elisabeth. Jakob warf erneut einen Blick auf das Häufchen Elend, das immer noch weinend am Grab kniete. Doch diesmal trat Anna hinzu und nahm sie in die Arme. Jakobs Lippen kräuselten sich zu einem schwachen Lächeln. Na endlich.

»Ich verspreche dir, es wird nicht lange dauern, bis das Fräulein Anna verzweifelt vor meiner Tür steht«, sagte Georg und verließ mit einem wissenden Grinsen den Friedhof. Sein eleganter Gehstock klackte bei jedem Schritt auf dem Pflaster. »Und dann bekomme ich alles, was ich möchte.«

Jakob seufzte und folgte seinem Freund die Straße hinunter, wo eine Kutsche auf sie wartete. »Ich schätze deine Zielstrebigkeit sehr und weiß, ich wiederhole mich. Aber willst du wirklich die Trauer der Mädchen für deine Zwecke ausnutzen?«

Seit sie vom Tod des Herrn Gmeiner erfahren hatten,

war Georg nicht mehr davon abzuhalten, die kleine Backstube zu übernehmen, und Jakob verfolgte dieses Ziel von Tag zu Tag argwöhnischer.

Georg stöhnte. »Du siehst das falsch. Dass der alte Bäcker gestorben ist, war Gottes Fügung. Die Mädchen sind allein niemals in der Lage, den Betrieb fortzuführen, zumal ich bezweifle, dass die Münchner Bäckerzunft eine Meisterin in ihren Reihen akzeptieren würde, falls Fräulein Elisabeth überhaupt den Beruf des Bäckermeisters oder -Gesellen erlernt hat. Du kennst die alten Männer und ihre Traditionen.« Er öffnete die Tür der Kutsche und wartete, dass Jakob einstieg. Kurz darauf saß er neben ihm auf der Bank und schüttelte den Kopf. »Halte mich nicht für einen skrupellosen Geschäftsmann, Jakob, denn du weißt, der bin ich nicht. Ich sehe lediglich die Sachlage vor Augen. Und ich werde garantiert nicht warten, bis mir die Zunft zuvorkommt.« Er atmete tief durch und sah aus dem Fenster. Jakob folgte seinem Blick und betrachtete die vorbeiziehenden Häuser. »Ich will Sendling«, sagte Georg. »Ich will jedes Haus in diesem Bezirk mit unseren Waren beliefern und somit endlich einen Fuß in diese vermaledeite Stadt setzen. Und Gott sandte mir mit dem Tod des alten Gmeiners ein Zeichen, dass meine, nein, dass unsere Zeit endlich gekommen ist.«

Jakob sah erneut Fräulein Elisabeth vor seinem geistigen Auge. Er hörte ihr verzweifeltes Schluchzen, spürte ihre Trauer, als wäre es seine eigene. Dann betrachtete er Georg, das wissende Lächeln im Gesicht, während er sich den akkurat gestutzten Backenbart kratzte und den Zylinder vom Kopf nahm.

Er mochte vielleicht nachvollziehbare und möglicherweise sogar ehrenhafte Gründe haben, die Bäckerei zu kaufen, dennoch kannte Jakob Georg zu gut. Sie waren bereits seit Kindertagen Freunde, und auch wenn die enge Freundschaft seit einigen Jahren einer platonischen Geschäftsbeziehung gewichen war, kannte er Georgs Denkweisen, seine Ziele und ebenso seine Ängste. Und Jakob wusste, dass Georg sich nicht davor scheute, das Leid der Damen auszunutzen, um sich einen Vorteil für sich und die Landpfisterei zu verschaffen. Er war ein erfolgreicher Geschäftsmann. Und der Begriff »skrupellos« war schließlich eine reine Definitionsfrage.

»Lass sie in Ruhe trauern. Ich bitte dich«, wiederholte Jakob. Georg lachte leise und schüttelte den Kopf.

»Wofür hältst du mich nur? Hätte ich ihr Leid ausnutzen wollen, wäre ich Fräulein Annas Einladung nachgekommen und säße nun im *Alten Hirsch* bei einem herrlichen Leichenschmaus und einem Humpen Bier.« Er beugte sich vor und schüttelte erneut den Kopf. »Und nun lass uns das Thema wechseln. Du wolltest mir noch von den Gesprächen der Lieferanten berichten.«

Jakob atmete tief durch und nickte schließlich. Er wusste, dass jedes weitere Wort zur Bäckerei an einer dicken Mauer um Georgs Geist abprallen würde. Er würde ihm nicht zuhören, und Jakob musste darauf vertrauen, dass sein Freund die richtigen Entscheidungen treffen würde, wenn der Zeitpunkt gekommen war.

»Die Gespräche verliefen sehr schleppend«, begann er daher und erzählte Georg jedes Detail seiner letztwöchigen Arbeit.

7

Georg hatte recht behalten. Wie so oft, wenn es um geschäftliche Themen ging. Tatsächlich hatte es nicht einmal zwei volle Wochen gedauert, bis ein Schreiben von Anna Gmeiner in der Landpfisterei eingetroffen war. Und nun saß ebendiese Frau ihm und Georg gegenüber und knotete unentwegt ihre Finger ineinander. Ihr gesamter Körper strahlte Nervosität und Angst aus, dennoch wirkte ihr Blick sicher und ihre Stimme stark, sobald sie sich mit Georg unterhielt.

»Angenommen, ich nehme Ihr Angebot an, wie genau würde es im Anschluss mit unserer Bäckerei weitergehen?«, fragte sie.

Jakob hielt den Federkiel bereit und musterte Georg, der sich leicht über den Tisch beugte und scheinbar versehentlich Annas Unterarm berührte, als er sich ein süßes Teilchen vom Teller nahm, das dessen Haushälterin im Vorfeld hergerichtet hatte. Sofort zog die junge Frau ihren Arm zurück und räusperte sich verlegen. Georg Huber wusste nur zu gut, wie er mit jungen Frauen umgehen musste, um ihnen das Gefühl zu vermitteln, die begehrteste Dame der Stadt zu sein. Das hatte Jakob nicht nur einmal mit ansehen müssen, daher presste er die Zähne aufeinander und versuchte, das charmante Lächeln und die säuselnde Stimme seines einstigen Freundes zu ignorieren. Immerhin handelte es sich hierbei um seinen Vorgesetzten, und Jakob war auf die monatlichen Gehaltszahlungen angewiesen.

»Vertrauen Sie mir, Fräulein Anna. Es ist mir außerordentlich wichtig, dass ich Sie und Ihre Schwester in finanzieller Sicherheit weiß. Es käme mir niemals in den Sinn, Sie beide aus Ihrem Heimathaus zu vertreiben. Betrachten Sie es als eine Art Fusion – ist Ihnen der Begriff geläufig?«, fragte Georg.

Jakob beobachtete, wie sich Anna im Stuhl zurücklehnte, als wollte sie auf diese Weise Abstand gewinnen.

»Ich kenne den Begriff«, antwortete sie. »Doch eine Fusion ist nicht gleich eine Fusion, nicht wahr? Und ich will weder unseren Kundenstamm an Ihre Pfisterei verlieren noch unsere kleine Bäckerei. Verstehen Sie das?«

Nun lehnte sich auch Georg zurück und faltete die Hände vor der Brust, ohne sein charmantes Lächeln abzulegen. »Fahren Sie fort«, forderte er höflich.

Anna seufzte, und ihr Blick wirkte mit einem Mal verschleiert, nahezu abwesend. »Ich will sie nicht verlieren«, antwortete sie so leise, dass Jakob es beinahe überhört hätte.

»Die Bäckerei? Sie werden sie nicht verlieren. Ich werde sie optimieren, Fräulein Anna! Unsere Pfisterei arbeitet mit dem neuesten Standard, den es gibt. Ich stehe sogar schon seit Längerem in Kontakt mit einem Produktentwickler in

Frankreich, der mithilfe von Dampf eine Maschine herstellen möchte, die beim Kneten der Teige behilflich ist. Stellen Sie sich nur mal vor, was das für unsere Betriebe bedeuten könnte? Wie viele Brote wir gemeinsam herstellen könnten?«

»Ich spreche nicht von der Bäckerei«, erwiderte Anna und räusperte sich, als wäre ihr Georgs Schwärmerei und Zukunftsvision völlig egal. Jakob betrachtete das Gesicht der jungen Frau. Die runden Wangen wirkten bleich, und bei genauerem Hinsehen erkannte er dunkle Schatten unter den Augen.

»Wie bitte?«, fragte Georg und beugte sich weiter zu Anna herüber, die aufschreckte. »Sie können mir vertrauen, Fräulein Anna. Woran denken Sie gerade? Was wünschen Sie sich? Glauben Sie mir, ich werde alles tun, um Ihre Wünsche zu erfüllen.«

Während Jakob nur mit Mühe und Not ein Augenrollen unterdrücken konnte, sah er, wie Georgs Worte Wirkung zeigten. Tatsächlich färbten sich die eben noch blassen Wangen rosa, und Anna lächelte verlegen. Dann räusperte sie sich erneut und strich sich ein paar ihrer dunklen Locken hinters Ohr.

»Ich möchte Ihr Wort, dass sowohl Liesi als auch ich weiterhin in unserer Backstube arbeiten und leben dürfen.«

Georg warf Jakob einen kurzen Blick zu, dann deutete er auf das Pergament, das vor Jakob auf dem Tisch bereitlag. »Kannst du das vermerken, Jakob? Wenn ich ein Versprechen gebe, sollten wir es auch schriftlich festhalten, finden

Sie nicht, Fräulein Anna? Haben Sie noch weitere Forderungen?«

Jakob folgte Georgs Anweisungen und tauchte den Federkiel in das Tintenfass, bevor er zu schreiben begann. Gleichzeitig ratterten ihm Gedanken durch den Kopf, da er sich beim besten Willen nicht vorstellen konnte, wie Georg dieses Versprechen halten wollte. Immerhin kannte er Georgs Pläne bezüglich der kleinen Bäckerei, und die beiden Töchter kamen definitiv nicht weiter darin vor.

»Das wäre vorerst alles, denke ich«, antwortete Anna und schenkte Georg ein dankbares Lächeln, der es mit seinem üblichen verschmitzten Grinsen erwiderte.

»Dann sollten wir uns nun den schönen Dingen des Lebens widmen, oder? Wollen Sie einen Tee zum Gebäck?«

Einige Stunden später legte Jakob den fertig erstellten Vertrag auf den Sekretär seines einstigen Freundes und beobachtete, wie Georg mit einem breiten Lächeln ein Glas Branntwein schwenkte.

»Was habe ich gesagt? Noch in diesem Monat werde ich rechtmäßiger Eigentümer der Bäckerei Gmeiner sein. Das sollten wir feiern, Jakob!«

Jakob seufzte. »Mir ist nur nicht ganz klar, wie du dein Versprechen dem Fräulein Anna gegenüber halten willst«, begann er und deutete auf das Schreiben, das nun zwischen ihnen lag. »Obwohl ich es schriftlich festgehalten habe.«

Georg trank einen Schluck und schenkte anschließend ein weiteres Glas ein, das er im Anschluss an Jakob weiterreichte.

»Ich hoffe sehr, dass du mein Versprechen nach meinen Anweisungen im Vertrag übernommen hast.« Er nahm die Unterlagen in die Hände und las tonlos das Schreiben. Dann grinste er breit. »Hör zu: Darüber hinaus wird den Geschwister Gmeiner zugesagt, weiter die Backstube und die Wohnräume für ihre Zwecke zu nutzen.« Georg lehnte sich zurück und lachte leise. »Es steht nirgendwo geschrieben, dass sie die Räumlichkeiten gewerblich nutzen dürfen«, erklärte er und drückte Jakob im Anschluss einen Federkiel in die Hand. »Füge in diesem Abschnitt bitte noch irgendwo eine Anmerkung hinzu, dass dies so lange gilt, bis die Damen verheiratet sind. Ab diesem Zeitpunkt fällt die Bäckerei komplett an mich.«

Jakob starrte sein Gegenüber ausdruckslos an. Er hoffte inständig, dass er sich verhört hatte.

»Ach, und schreibe es bitte auf eine Weise, dass man nicht sofort erkennt, was damit gemeint ist. Du weißt, was ich meine, oder?«

»Bist du dir sicher, dass du das willst?«, fragte Jakob vorsichtig. »Du weißt, was das für die beiden Frauen bedeutet, oder?«

Georg atmete hörbar durch, doch der Blick, den er ihm anschließend zuwarf, duldete keine weitere Widerrede.

»Schreib es auf! Und anschließend werden wir unseren Erfolg feiern.«

Jakob schluckte. In diesem Augenblick wurde ihm erneut bewusst, was aus Georg geworden war. Dieses Verhalten hätte er niemals bei einem Freund akzeptiert, doch er war sein Vorgesetzter und schon lange kein Freund mehr.

Und Jakob musste tun, was von ihm verlangt wurde. Er konnte es sich nicht leisten, diese Anstellung zu verlieren, zumal er mit dem Gehalt nicht nur sein eigenes, sondern auch das Leben seiner Familie finanzierte. Er war auf Georg angewiesen, ob er nun wollte oder nicht.

»In Ordnung«, antwortete er daher und betete im Stillen um Vergebung und Gottes Beistand für die beiden Damen.

8

Liesi

Sie ignorierte die Hitze und das Bäckergewand, das inzwischen feucht an ihrer Haut klebte. Stattdessen konzentrierte sie sich auf den Teig unter ihren Fingern. Immer und immer wieder knetete sie die Masse, tauchte bis zu den Ellenbogen ein, dehnte und faltete sie und knetete erneut. Nicht mehr lange, dann hatte der Teig die perfekte Konsistenz, geschmeidig und weich. Genau so, wie Vater es sie gelehrt hatte. Und bereits jetzt schmeckte sie die knusprige Kruste, roch den würzigen Duft des Brotes und fühlte den locker aufgebackenen Teig, den sie bald in den Händen halten durfte. Nur noch ein paar Minuten weiterkneten, dann hatte sie es geschafft und würde ihn in die Schilfkörbe für die nächste Ruhe legen können.

»Liesi? Jesus, Maria und Josef! Was machst du hier?« Annas Stimme donnerte durch die Backstube und zerstörte die friedliche und ruhige Atmosphäre darin.

»Ich backe«, antwortete sie einsilbig. Was sollte sie auch sonst hier tun?

»Mitten in der Nacht?«

Liesi schluckte und richtete sich einen kurzen Moment

auf. Sie betrachtete die sorgenvolle Miene ihrer Schwester, die in einem Morgenmantel vor ihr stand und den Blick durch die Backstube gleiten ließ.

»Ich konnte nicht schlafen«, antwortete Liesi leise und löste ihre Finger vom Brotteig. Anschließend öffnete sie den Holzdeckel der Backmulde, legte den Teigling zurück zum restlichen Teig, schloss den Deckel wieder und holte die Gärkörbchen aus Schilfrohr aus dem Regal.

Anna seufzte. Sie lehnte sich an die Arbeitsfläche und beobachtete eine Zeit lang Liesis emsiges Treiben. Dann seufzte sie erneut.

»Vater wird nicht zurückkehren, auch wenn du zukünftig jede Nacht in der Backstube stehst. Das ist dir bewusst, oder?«

Liesi presste die Lippen aufeinander und schleuderte ein Tuch, mit dem sie eigentlich den Tisch wischen wollte, auf den Boden. Sterne traten in ihr Sichtfeld, und sie unterdrückte ein Schluchzen. Natürlich hatte ihre Schwester recht. Und doch konnte Liesi nicht damit aufhören, jede freie Minute in der Backstube zu stehen, nur um gedanklich ihren Vater zu sehen. Sie hörte sein undeutliches Murmeln und sein Pfeifen, während er das Mehl mit dem Vorteig vermengte, sie sah seine vom Teig beklebten Finger während des Umrührens, sie roch seinen einzigartig würzig herben Geruch, als würde er neben ihr stehen und den Ofen anfeuern. Sie sah das Strahlen in seinen Augen, während sie, Liesi, die fertigen Brote in die Verkaufskörbe legte.

Vater war noch hier. Zumindest für sie. Sie musste nur

die Augen schließen, dann stand er direkt neben ihr. Und genau das gab ihrem Leben momentan Halt.

»Liesi, du gehst noch zugrunde, wenn du nicht damit aufhörst.« Anna legte eine Hand auf Liesis Schulter, doch sie entzog sich der liebevoll gemeinten Berührung ihrer Schwester. Sie benötigte kein Mitleid. Auch keine weisen Worte. Sie wollte allein sein. Allein in einer Backstube voller lebhafter und wunderschöner Erinnerungen. Daher ignorierte sie Anna und trat an den Ziegelofen. Vorsichtig öffnete sie die Ofentür und legte ein weiteres Holzscheit in die knisternde Glut, die sie anschließend behutsam weiter vorholte, um den gesamten Steinofenboden gleichmäßig zu erhitzen. Urplötzlich sah sie ihren Vater vor sich, der sich wenige Wochen zuvor erst einige Härchen seines Unterarms versengt hatte, weil ein brennender Holzspan herausgefallen war. Was hatte er geschrien und geflucht. Liesi schloss die Augen und genoss lächelnd all die Bilder, die vor ihrem geistigen Auge entstanden.

»Ich hatte heute Vormittag ein Gespräch mit Herrn Huber«, beendete Anna prompt Liesis traumhafte Erinnerungen. Wie vom Donner gerührt sprang sie auf und musterte ihre Schwester mit ernster Miene.

»Wieso?«

»Weil ich im Gegensatz zu dir nicht die Augen vor der Realität verschließe«, antwortete Anna und deutete auf die Backstube. »Wir sind zwei junge, unverheiratete Frauen, Liesi. Zwei Frauen ohne Titel und, was viel wichtiger ist, ohne erlernten Beruf.«

Liesi schüttelte den Kopf. »Du weißt, dass das nicht

stimmt. Wir sind beide durchaus in der Lage, die Bäckerei fortzuführen. Auch ohne Vater!«

Anna zuckte mit den Schultern. »Das mag in der Theorie stimmen. Rechtlich gesehen ist es uns dennoch nicht erlaubt. Du kennst die Gesetze.«

Liesi biss sich auf die Unterlippe, nur um den anderen Schmerz, den Annas Worte auslösten, irgendwie erträglich zu machen. Denn es waren nicht nur Annas Worte, die sich schmerzhaft in Liesis Herz bohrten, sondern die Tatsache, dass sie der Wahrheit entsprachen: Gesetzlich war es ihnen nicht erlaubt, den Betrieb fortzuführen. Dazu fehlte Liesi allein die Urkunde eines Meistertitels, obgleich sie längst über all das Wissen eines Bäckermeisters verfügte. Und diesen bekäme sie erst nach einer dreijährigen Walz, was nahezu unmöglich schien – denn wer würde Liesi, eine Frau, in einem fremden Bäckerbetrieb arbeiten lassen? Und selbst dann waren sie immer noch unverheiratete Frauen ohne männlichen Vormund. Ihnen fehlte schlichtweg das Recht, zu arbeiten.

»Aber warum ausgerechnet Huber?«, fragte sie und ignorierte das Zittern ihrer Stimme. »Du weißt genau, dass Vater ihn nicht leiden konnte. Wieso also gerade er?«

Anna verzog das Gesicht zu einer Grimasse. »Willst du lieber, dass das Lebenswerk unserer Eltern an Onkel Max überschrieben wird? Der hat sich im Übrigen auch schon für einen Besuch angemeldet, trotz Vaters Testament.«

Liesi schluckte. Der Schwager ihres Vaters arbeitete ebenfalls als Bäckermeister und führte eine Bäckerei in Schwabing. Doch ihr Vater und er hatten seit dem Tod seiner

Schwester vor vielen Jahren im Streit miteinander gelegen. Onkel Max hatte durch intrigante Machenschaften die ursprüngliche Familienbäckerei der Familie Gmeiner in Schwabing, das eigentliche Erbe von Liesis Vater, erschlichen, seitdem sprachen die beiden Familien nicht mehr miteinander. Aus diesem Grund hatte Joseph Gmeiner die Familie seiner Schwester damals in einem Testamentsschreiben enterbt, damit diese niemals auch nur einen Heller von ihnen bekommen würde. Onkel Max war nicht einmal zur Beerdigung erschienen.

»Nein, natürlich nicht«, antwortete Liesi daher.

Anna nickte und wickelte den Morgenmantel fester um ihren Körper. »Siehst du. Und der Landpfister ist ein hervorragender Geschäftsmann. Sieh dir seine Bäckerei an, sein Geschäft floriert, und seine Waren sind beliebt. Er kann uns helfen, weiter fortzubestehen. Er kann dir und mir eine Zukunft bieten.« Anna atmete tief und hörbar durch und schenkte Liesi kurz darauf ein schwaches Lächeln. »Wir können nicht einfach darauf warten, dass die Zunft uns auffängt. Sie ist schon lange nicht mehr das, was sie früher einmal war. Glaub mir, ich kenne deren Zahlen. Sie würde uns vielleicht ein oder zwei Jahre hier gewähren, aber was wäre dann? Vermutlich würde sie uns passende Ehemänner aussuchen und uns verheiraten, noch bevor wir irgendwelche Einwände aussprechen können.«

Liesi schloss für einen Augenblick die Augen. Annas Argumente ergaben allesamt Sinn, wieso also fühlte sich ihr Innerstes gerade so an, als würde es verbrennen? Wieso füllten sich ihre Augen dennoch mit Tränen? Und warum fühlte sie sich von ihrer eigenen Schwester hintergangen?

»Ach, Liesi«, hörte sie ihre Schwester seufzen, und schon spürte sie Annas Arme um ihren Körper. »Ich pass auf uns auf, versprochen. Du brauchst dich nicht zu fürchten.«

Wie gern hätte Liesi Annas Worten Glauben geschenkt. Wie gern hätte sie sich zurückgelehnt und voller Zuversicht in die Zukunft geblickt.

Doch sie schaffte es nicht. Allein der Gedanke an den Landpfister bereitete ihr Magenschmerzen. Vater hatte ihn nicht leiden können. Und dies aus gutem Grund! Nein, er durfte die Bäckerei nicht bekommen, niemals!

»Vertrau mir, Schwesterherz. Der Huber ist ein feiner Mann. Er weiß, was zu tun ist, und kümmert sich um uns.«

Liesi krallte ihre Finger in Annas Schultern und schüttelte den Kopf. Erneut sah sie ihren Vater vor sich. Sie hörte die dunkle, fast schon donnernde Stimme, als stünde er direkt neben ihnen.

»*Der Huber hat dich doch gar nicht verdient*«, hatte er gesagt. Vaters Menschenkenntnis hatte ihn noch nie getäuscht. Er wusste immer, wem man trauen konnte und wem nicht. Doch er war nicht mehr hier. Er hatte sie allein gelassen. Und es war an ihnen, neue Entscheidungen zu treffen.

»Nein«, flüsterte Liesi aus diesem Grund und löste sich aus Annas Umarmung. Sie wischte sich die Tränen aus den Augen und schüttelte ein weiteres Mal den Kopf. »Nein, Anna. Du machst einen großen Fehler, wenn du an Huber verkaufst. Bitte glaub mir, er ist nicht gut.«

Anna seufzte, und schon spürte Liesi die langen, feingliedrigen Finger ihrer Schwester an ihrem Gesicht. Liebevoll strich sie ihr die Haare hinters Ohr und unter die weiße Bäckerhaube.

»Du bist wie Vater, weißt du das? Ein Mensch, der einzig und allein auf sein Herz hört. Doch ich sehe die Zahlen vor mir. Zahlen, Verträge und Gesetze. Und das, was Huber uns bietet, ist gut.« Anna hielt inne und lachte leise. »Nein, es ist nicht nur gut, es ist ein Angebot, das wir nicht ausschlagen können. Völlig egal, was dein Gefühl sagt. Und völlig egal, was Vater gedacht hätte«, fügte sie nach einer Pause hinzu.

Liesi presste die Lippen aufeinander und schloss die Augen. *Nein. Nein, nein, nein.* Das waren die einzigen Worte, die in ihrem Innersten nachhallten. Immer und immer wieder. *Nein.* »Bitte, Anna«, flehte sie und ergriff beide Hände ihrer Schwester. »Tu das nicht.«

Doch Anna riss sich los und deutete in die Backstube. »Willst du dich mit unseren Zahlen beschäftigen? Mit dem Nachlass unseres Vaters, den ich offiziell nicht einmal verwalten dürfte? Wir können von Glück reden, dass ich bereits vor Vaters Tod mit Herrn Maier, unserem Advokaten, geschäftlich zu tun hatte und er mich und meine Arbeit kennt und schätzt. Aber selbst er wird über kurz oder lang nicht verhindern können, dass Vaters Erbe in die Hände der Zunft fällt, wenn wir nicht schnell handeln. Daher frage ich dich noch einmal: Willst du einen Blick auf unsere finanzielle Zukunft werfen? Und darauf, was uns blüht, wenn wir nicht verkaufen? Willst du dich mit den alten vorsitzenden Männern der Zunft herumschlagen, die Frauen behandeln, als wären sie dümmer als Esel? Denkst du wirklich, ich entscheide leichtfertig? Denkst du wirklich, wir hätten eine Wahl?«

Liesi öffnete den Mund, doch Anna ließ sie nicht zu Wort kommen.

»Die haben wir nicht, Schwesterherz«, beantwortete sie ihre eigene Frage und verzog den Mund zu einem traurigen Lächeln. »Wir haben keine Wahl«, wiederholte sie und zog Liesi erneut in ihre Arme.

Liesi spürte die Tränen, die ihre Sicht verschleierten, und vergrub das Gesicht in Annas Halsbeuge.

»Es ist die richtige Entscheidung, Liesi. Bitte glaube mir.«

Und Liesi blieb nichts anderes übrig, als ihrer großen Schwester zu vertrauen. Daher nickte sie und ignorierte das Brennen ihres Magens. »Ich hoffe um unser beider willen, dass du recht behältst«, antwortete sie, ohne zu wissen, dass sie diese Zustimmung schon bald bereuen würde.

9

»Das war so niemals vereinbart!«

Liesi schloss die Augen und versuchte das Gefühl ihrer eigenen Panik irgendwie zu unterdrücken. Annas Stimme klang verzweifelt, nein, völlig am Rande ihrer Kräfte, und Liesi wusste, was dies bedeutete.

»Das haben wir so nicht besprochen!«, schrie Anna weiter.

Sie standen beide in einem großräumigen Kontor des Landpfisters, der in aller Seelenruhe einen Schluck aus seiner Teetasse trank, als wüsste er nicht, welche Qualen sie in diesem Augenblick erlitten. Er saß an einem kleinen runden Tisch neben einem der drei Fenster, die einen wunderbaren Blick auf den Marktplatz Pasings ermöglichten, allerdings war Liesi die herrliche Aussicht im Moment völlig gleichgültig.

»Mein liebes Fräulein Anna«, begann Herr Huber und stellte die Tasse zurück auf den Tisch. »Sie hatten fast zwei Wochen Zeit, den Vertrag eingängig zu studieren. Ihre Unterschrift hier bestätigt, dass Sie dies getan haben. Sie haben demnach allen Punkten zugestimmt.«

»Aber«, begann Anna, und Liesi erkannte, wie die Hände ihrer Schwester zitterten, als sie auf einen gewissen Abschnitt des Schreibens deutete.

Allein beim Anblick des Landpfisters wurde Liesi übel. Er hatte die Beine übereinandergeschlagen, die langen Finger ineinander verschränkt und zeigte ihnen ein süffisantes Lächeln. Er hatte gewusst, was er wollte, und er hatte sie und Anna betrogen. Ohne einen Funken schlechten Gewissens.

»Wir brauchen diese Arbeit. Wir leben von den Einnahmen der Brote. Und die Anwohner Sendlings lieben Liesis Brote«, führte Anna fort.

Liesi biss sich so fest auf die Unterlippe, dass sie Blut schmeckte. Dennoch verdrängte es nicht den bitteren Geschmack des Verrats. Denn nichts anderes war geschehen. Huber hatte sie verraten. Betrogen und belogen.

»Sie werden zukünftig von der Summe leben, die ich Ihnen für die Bäckerei bezahlt habe. Und wenn Sie einigermaßen vernünftig haushalten, reicht das Geld gewiss noch ein, zwei Jahre, bis Sie beide einen geeigneten Ehepartner gefunden haben. Bis dahin dürfen Sie die Räumlichkeiten dieser Bäckerei nutzen und dort leben. Und was die Anwohner Sendlings betrifft«, sagte Huber und schenkte Liesi ein mitleidiges Lächeln, »ich denke, sie werden sich freuen, zukünftig mit unseren Backwaren versorgt zu werden. Ich erinnere mich noch zu gut an das Brot, das Sie uns bei unserem letzten Gespräch gereicht haben«, fügte er hinzu und schüttelte sich, als müsste er eine unangenehme Erinnerung vertreiben.

Liesi prustete verärgert aus. »Als Pfistermeister müssten Sie wissen, dass es sich damals lediglich um altes Brot gehandelt hatte. Sie kennen meine Backwaren und mein Talent.« Liesi trat aus der hintersten Ecke des Büros hervor und blieb erst direkt vor Huber stehen.

Er zog eine Augenbraue nach oben und sah sie abwartend und mit einem amüsierten Lächeln an.

»Sie wissen, dass ich eine der Besten bin«, fuhr sie fort und atmete tief durch, um das Zittern in ihrer Stimme zu vertreiben. Sie hasste sich selbst für die Worte, die sie gleich aussprechen würde, denn kein einziges davon hatte der Pfister verdient. Dennoch war es ihre einzige Chance.

»Bitte, Herr Huber. Bitte lassen Sie mich für Ihre Pfisterei arbeiten. Bitte!«

Herr Huber lehnte sich zurück und musterte Liesi eingängig. Sie spürte, wie sein Blick langsam, fast schon abschätzig über ihren Körper wanderte, und hörte anschließend sein gedehntes Seufzen.

»Ich stelle keine Frauen ein«, antwortete er schlicht. Trotz des ruhigen Tons war es für Liesi wie eine schallende Ohrfeige. Die Bäckerei war ihr Leben, es war alles, was ihr von ihrem Vater geblieben war. Sie wollte nicht aufgeben. Sie konnte es nicht. Nein, sie würde niemals aufgeben!

Aus diesem Grund zog sie ihre feinen, ledernen Handschuhe aus, raffte ihre dunklen Röcke und fiel vor Huber auf die Knie. Sie opferte ihren letzten Rest Stolz und Würde und ignorierte die Tränen, die sich bereits in den Augenwinkeln sammelten.

»Ich flehe Sie an, Herr Huber! Bitte geben Sie mir eine Chance!«

»Fräulein Elisabeth, ich schätze Ihren Eifer und Ihre Leidenschaft sehr«, unterbrach er ihr Betteln. »Doch meine Pfisterei ist nicht mit der kleinen Bäckerei Ihres Vaters zu vergleichen. Ich verlange mehr als nur Leidenschaft und Liebhaberei. Meine Bäckergesellen müssen Waren liefern. Sie arbeiten schnell und zuverlässig. Sie, liebste Elisabeth, sind eine junge Frau mit Oberarmen, die nicht einmal die Hälfte der meiner Männer umfassen. Zu Ihrem und dem Glück aller Männer«, fügte er schmunzelnd hinzu. »Aber allein körperlich wäre es Ihnen schlichtweg unmöglich, meinen Forderungen nachzukommen. Es tut mir l–«

»Ich beweise Ihnen, dass ich es sehr wohl schaffe! Sagen Sie mir, wie viele Brote Sie benötigen. Nennen Sie eine Uhrzeit, bis wann sie fertig sein müssen, und ich liefere sie. Bitte, Herr Huber, geben Sie mir eine einzige Chance! Ich kann arbeiten.«

»Fräulein Elisabeth, ich bitte Sie«, erwiderte Huber, wurde jedoch von einem Klopfen und dem anschließenden Öffnen der Tür unterbrochen.

Herr Hofbauer, der Buchhalter, trat mit einem ganzen Stapel Unterlagen ein und blieb augenblicklich stehen, als er das Szenario vor sich erkannte. Er riss die Augen auf und blickte von Liesi, die immer noch mit tränennassen Wangen am Boden kniete, zurück zu Huber.

»Ich … äh … ich komme wohl ungelegen«, stotterte er und neigte den Kopf in Liesis und Annas Richtung. »Verzeihen Sie die Störung, ich komme später wieder. Die Damen«, sagte er und war gerade dabei, wieder zu gehen, als Huber ihn aufhielt.

»Nein, Jakob. Bleib ruhig hier. Wir haben unser Gespräch soeben beendet, nicht wahr?«

Ohne auf Liesis oder Annas Antwort zu warten, erhob sich Herr Huber von seinem Sitzplatz, richtete sein weißes Hemd und die farblich identische Krawatte und nickte seinem Buchhalter zu.

Liesi schloss für einen Augenblick die Augen und versuchte vergeblich, das Gefühl der inneren Leere zu ignorieren. Sie hatte versagt. Schon wieder.

Sie hatten die Bäckerei, das Erbe ihrer Eltern, verloren. An einen größenwahnsinnigen und herzlosen Pfistermeister. Ohne auf die beiden Männer zu achten, erhob sie sich, klopfte die Röcke ab und drehte sich zu ihrer Schwester um. Tränen glänzten in Annas dunklen Augen, und Liesi erkannte das Gefühl von Schuld darin. Weil sie Liesi nicht geglaubt hatte und sich vom charmanten Lächeln des Pfisters hatte umgarnen lassen. Ausgerechnet Anna, die Frau, die die Vernunft immer an erste Stelle all ihrer Entscheidungen setzte, hatte sich von ihrem Herzen verleiten lassen und war betrogen worden. Anna verzog das Gesicht und schüttelte den Kopf. Anschließend ergriff sie Hubers Hand. »Bitte, Herr Huber. Bitte gewähren Sie meiner Schwester die eine, letzte Möglichkeit! Ich flehe Sie an! Ich weiß, dass Sie diesen Abschnitt des Vertrags absichtlich verschwiegen haben, um uns loszuwerden. Und – herzlichen Glückwunsch – Sie haben gewonnen. Ich akzeptiere meine Niederlage. Aber bitte, bitte geben Sie meiner Schwester die Möglichkeit, für

Sie zu backen! Sie wissen genau wie ich, dass das nur Vorteile bringt. Sie ist die Beste in München, und tun Sie nicht so, als würde das nicht stimmen. Bitte, Herr Huber.«

Liesi schaffte es nicht, ihre Tränen aufzuhalten, sosehr sie sich auch bemühte. Schluchzend wischte sie sich mit den Handschuhen übers Gesicht und beobachtete ihre Schwester, die ihren Stolz für sie – Liesi – aufgab und immer weiter flehte und bettelte.

Herr Huber seufzte gedehnt und zuckte hilflos mit den Schultern.

»Sie sind zwei bezaubernde junge Frauen, wissen Sie das? Und es bricht mir das Herz, Sie beide mit Ihren verzweifelten Gefühlen allein lassen zu müssen. Doch meine Arbeit ruft, und ich muss Sie nun bitten, zu gehen. Fräulein Elisabeth, Fräulein Anna, alles Gute für Sie«, sagte er und deutete seinem Buchhalter an, die Tür zu öffnen – ein deutlicheres Zeichen, zu gehen, gab es nicht.

Liesi ergriff Annas zitternde Hand, und gemeinsam verließen sie das Gebäude des Landpfisters, ohne einen Blick zurück zu wagen. Liesi schluckte immer wieder, um die Erkenntnis zu verdrängen, die sich bitter in ihrem Innersten ausbreitete.

Sie hatten verloren.

Alles.

10

Jakob

Kaum hatte Jakob die Tür hinter den beiden zugeschlossen, hörte er Georgs Schnauben.

»Bei Gott! Du kamst wie gerufen. Viel länger hätte ich dieses Theater nicht mehr ausgehalten.« Er streckte sich und öffnete im Anschluss eines der Fenster. »Wenn Frauen weinen«, murmelte er und schüttelte den Kopf. »Schrecklich!«

Jakob folgte Georg ans Fenster und blickte schweigend hinaus. Sogar von diesem Stockwerk aus erkannte er die beiden Frauen, wie sie Hand in Hand und mit gesenkten Köpfen über das Pflaster des Marktplatzes liefen. Doch im Gegensatz zu Georg schnürte ihm der Anblick die Kehle zu. »Du nimmst ihnen das Elternhaus, was hast du erwartet? Eine Umarmung? Eine Lobeshymne?«

Georg murrte etwas Unverständliches und drehte sich im Anschluss zu Jakob. »Du weißt genau, dass ich ihnen nichts gestohlen habe. Sie hätten die Bäckerei so oder so verloren. Außerdem wurde niemand dazu gezwungen, den Vertrag zu unterzeichnen.«

Jakob seufzte leise. Natürlich war sich Georg keiner Schuld bewusst, und Jakob konnte noch so viele Argumente aufzählen, sein einstiger Freund würde sie nicht akzeptieren.

»Ich höre trotz des Schweigens deine Missbilligung, mein lieber Jakob«, sagte Georg nach einiger Zeit und lachte leise. »Was hätte ich deiner Meinung nach tun sollen? Hätte ich Anna Gmeiner deine Stelle anbieten sollen? Und das andere Mädchen in meiner Backstube einstellen? Du hast sie selbst gesehen, Jakob! Würde Fräulein Elisabeth in unserer Backstube arbeiten, könnte keiner meiner Gesellen mehr ordentlich Brote backen!«

Jakob unterdrückte ein Schmunzeln. Er konnte nicht abstreiten, dass diese Elisabeth mit einer Anmut durchs Leben schritt, der man sich unmöglich entziehen konnte. Der ernste, ehrliche Blick ihrer blauen Augen, diese kirschroten Lippen in dem markanten und ausdrucksstarken Gesicht und dennoch von ihrer Statur so klein und zierlich, dass man sie am liebsten in die Arme schließen und beschützen wollte. Ja, diese Frau hatte etwas an sich, das ihn nicht mehr klar denken ließ, sobald sie in die Nähe kam. Allerdings müsste Elisabeth bei einer Festanstellung nicht in Georgs Backstube stehen und könnte genauso gut in ihrer alten Bäckerei der Arbeit nachgehen. Das wusste Jakob, und das wusste auch Georg, daher waren die Worte nichts weiter als eine Lüge. Leere Worte, um sich von der Schuld freizusprechen. Jakob seufzte und reichte Georg einen Stapel Briefe – der Grund, weshalb er eigentlich ins Büro gekommen war.

Georg nickte und legte desinteressiert einen Brief nach dem anderen auf seinen Sekretär. Doch als er den letzten Umschlag genauer betrachtete, riss er die Augen auf.

»Der Brief trägt das königliche Wappen!«, sagte er und fuhr mit den Fingern über die beiden Löwen, die die weißblauen und gekrönten Rauten in ihren Klauen hielten. Anschließend öffnete er behutsam das Kuvert. Jakob blieb dicht neben Georg stehen und versuchte, über dessen Schulter zu linsen, um einen Blick auf das Schreiben werfen zu können. Schließlich kam es nicht oft vor, dass sie königliche Post erhielten. Zumal das Königreich erst wenige Jahre existierte und das Wappen dazu erst vor vier Jahren kreiert worden war.

»Hör dir das an, Jakob!«, rief Georg mit begeisterter Stimme aus. »Anlässlich der königlichen Vermählung des Kronprinzen im kommenden Herbst sucht die königliche Küche das beste Brot Münchens. Aus diesem Grund sind alle Schwarz- sowie Weiß- und Zuckerbäcker der Umgebung eingeladen, ihr Können in den nächsten Monaten zu präsentieren. Es winken dem Gewinner neben der Ehre, das Hochzeitsfest des Kronprinzenpaares gemeinsam mit der königlichen Hofbäckerei auszurichten, eine Summe von einhundert Gulden. Die schriftliche Anmeldung und Teilnahmebestätigung sind bis zum 20. Juni 1810 erforderlich.« Georg legte den Brief auf den Schreibtisch und klatschte begeistert in die Hände. »Hast du das gehört, Jakob? Hast du die Summe gehört? Wir könnten bald die reichste und begehrteste Bäckerei Münchens sein.«

Jakob warf einen weiteren Blick auf das königliche Schreiben und nickte schwach. »Dazu müssten wir zunächst das Ausschreiben gewinnen. Und die Konkurrenz ist groß«, antwortete er wahrheitsgemäß, doch Georg winkte lachend ab.

»Wo ist nur dein Optimismus geblieben? Wir sind die Besten! Es gab neben der königlichen Hofbäckerei nur eine einzige ernst zu nehmende Konkurrenz, und auch diese gehört nun der Vergangenheit an.«

Jakob biss die Zähne zusammen. Es war das erste Mal, dass Georg das Talent des Mädchens nicht verleugnete und stattdessen sogar zugab, dass Elisabeth Gmeiner zu den Besten ihres Faches zählte.

»Da fällt mir etwas ein!« Georg lief ans Fenster und blickte lächelnd hinaus, während er die Passanten unter ihnen auf dem Marktplatz beobachtete. »Ich werde Fräulein Elisabeth gnädigerweise erlauben, doch für meine Bäckerei zu arbeiten. So hätte sie eine Aufgabe und wir mit ihrem Talent den garantierten Sieg.«

Jakob lauschte Georgs Worten und musterte im Anschluss erneut das Schreiben. Anschließend zuckte er mit den Schultern. »Nun, es könnte durchaus sein, dass das Preisgeld der gewinnende Bäcker und nicht der Eigentümer des Hauses erhält. Das ist in dem Schreiben nicht eindeutig formuliert und könnte problematisch werden.«

Georg fluchte etwas Unverständliches und blickte starr aus dem Fenster. Doch schon nach kurzer Zeit drehte er sich zu Jakob und schenkte ihm einen vielsagenden Blick. »Dann werden wir uns ihr Können und vor allem ihre Rezepte aneignen müssen. Und ich weiß auch schon, wie«, begann er. »O ja, sie wird sich beweisen müssen. Ich werde der gnädige, sanftmütige Pfister sein, der ihr die letzte Chance ermöglicht, für meine Pfisterei zu arbeiten. Und während meine Forderungen sie an ihre Grenzen bringen, wirst du sie dabei beobachten und mir jedes Detail, und vor allem jedes Rezept, haargenau berichten.«

Jakob wurde schlagartig übel. »Ich werde *was?*«

11

»Wir sind da, Herr Hofbauer. Das macht dann zehn Kreuzer.«

Die Stimme des Kutschers drang undeutlich in das Innere des Kutschenraumes, dennoch hatte er die Botschaft klar und deutlich verstanden. Sie hatten das Ziel erreicht. Es war an der Zeit, auszusteigen. Nur leider verknoteten sich sämtliche Innereien bei dem Gedanken daran, in Kürze das Haus der Familie Gmeiner zu betreten. Übelkeit war gar kein Begriff dafür, was Jakob im Moment empfand. Nein, er verspürte eher blankes Grauen, kombiniert mit Schuld und Trauer, wenn er an Georgs Auftrag dachte. Gedankenversunken klappte er immer wieder seine Taschenuhr auf und zu, ohne auch nur einen Blick darauf zu werfen. Stattdessen starrte er ins Nichts.

Wann war Georg nur so herzlos geworden? Er musste doch wissen, was er den beiden Geschwistern antat, oder? Und warum beauftragte er ausgerechnet ihn, seinen einstigen besten Freund, um diesen Frauen auf die Finger zu schauen?

»Herr Hofbauer, ich habe noch weitere Termine«, hörte

Jakob erneut die ungeduldig klingende Stimme des Kutschers.

»Ja. Ja, natürlich. Ich bitte um Verzeihung«, antwortete er, räusperte sich ein paar Mal und steckte die Taschenuhr zurück in seine Hosentasche. Anschließend holte er sein Portemonnaie hervor und legte fünfzehn Kreuzer auf die Rückbank. Und während er den Zylinder aufsetzte, griff er nach dem Gehstock und dem kleinen Reisekoffer und trat aus der Kutsche.

Regen peitschte ihm ins Gesicht, und Jakob lief mit schnellen Schritten, den Koffer eng an den Körper gepresst, zur Bäckerei Gmeiner. Obwohl die Kutsche direkt vor dem Haus angehalten hatte, spürte Jakob, wie der Regen bereits jetzt seine Kleidung durchnässte, die nun kalt und unangenehm auf der Haut klebte.

Er klopfte an die kleine Eingangstür, die sich unscheinbar links neben den Verkaufsräumen befand, und blickte schaudernd in den Himmel. Schwarze Wolken türmten sich über der Stadt, während der Wind laut und unheimlich durch die Gassen Sendlings pfiff. *Es hätte kein passenderes Wetter geben können*, dachte Jakob mit einem grimmigen Lächeln, denn es schien sich seiner eigenen Laune angepasst zu haben. Jakob wollte gerade ein zweites Mal an die Tür klopfen, als diese sich mit einem Quietschen öffnete.

Fräulein Elisabeth stand ihm gegenüber und betrachtete Jakob mit fragender Miene. Sie trug ein himmelblaues Tagesgewand und eine weiße Schürze darüber. Als Jakob einen Blick auf ihre mit Teig verklebten Finger warf, musste er schmunzeln.

»Ich sehe, ich komme äußerst ungelegen«, sagte er und schenkte ihr ein schüchternes Lächeln. Allerdings erwiderte sie es nicht und starrte ihn weiter an.

»Was wollen Sie hier?«, fragte sie, ohne ihn hereinzubitten.

Jakob ignorierte die Regentropfen, die ihm mittlerweile in kleinen Rinnsalen den Nacken und zwischen den Schulterblättern hinunterliefen, und seufzte leise. »Haben Sie denn unser Schreiben nicht erhalten?«, fragte er und konnte sich anhand ihres immer noch unwissenden Gesichtsausdrucks die Frage selbst beantworten. Nein, sie wusste definitiv nicht, warum er hier war.

Einen Augenblick lang schloss er die Augen und verfluchte im Geiste zum wiederholten Mal seinen Auftraggeber. Dann bemühte er sich um ein neues, ehrliches Lächeln. »Georg Huber sandte mich aus, um in Zukunft einen Blick auf die Zahlen der Bäckerei zu werfen und ...«, er hielt inne und atmete tief durch, um das Stottern irgendwie zu vertreiben, »... und um Sie und Ihre Schwester zu unterstützen«, beendete er den Satz und hoffte inständig, Fräulein Elisabeth würde ihn bald eintreten lassen, denn er spürte bereits jetzt das Schlottern seiner Gliedmaßen.

Doch Elisabeth stand immer noch mit ernster Miene vor ihm und versperrte den Weg hinein. Stattdessen verschränkte sie die Arme, und Jakob erkannte ein Zittern und Beben ihres Körpers. Allerdings bezweifelte er, dass sie ebenfalls fror, da zudem ihre Augen verräterisch glänzten.

»Um uns zu unterstützen? Ich weiß, was das bedeutet«, antwortete sie und schüttelte den Kopf, wobei sich einige

Strähnen aus ihrer locker hochgesteckten Frisur lösten und offen über die Schulter fielen. Aber sie schien dies nicht einmal zu bemerken. »Er hat uns bereits alles genommen. Alles, was unser Leben lebenswert machte. Reicht ihm das immer noch nicht? Will er uns nun auch noch auf die Straße werfen?«

»Nein! Nein, Fräulein Elisabeth, bitte glauben Sie mir. Ich … ich will, dass es Ihnen gut geht«, antwortete er und schluckte. Wie gern hätte er diese junge Frau in den Arm genommen und ihr versprochen, dass alles gut werden würde. Wie gern wäre er derjenige an ihrer Seite, der alles dafür tat, damit sie wieder lachen konnte.

Doch dies zählte leider nicht zu Jakobs Aufgaben. Ganz im Gegenteil. »Bitte, bitte lassen Sie mich eintreten. Ich werde Ihnen alles erklären. Vertrauen Sie mir«, fügte er tonlos hinzu und spürte selbst, wie ernst er die Bitte meinte.

Fräulein Elisabeth seufzte und hob für einen kurzen Moment die Schultern an. »Ich habe doch sowieso keine Wahl, nicht wahr?«, fragte sie und bedeutete ihm endlich, einzutreten.

Jakob folgte ihr in den Flur und betrachtete die regennasse Spur, die er mit jedem Schritt auf den Dielen hinterließ. »Ich … ich denke, ich … Verzeihen Sie mein Erscheinen … Ich sollte am besten die Schuhe ausziehen. Und … Ach du meine Güte!«, stotterte er, während er die immer größer werdenden Rinnsale zu seinen Füßen beobachtete. Gleichzeitig fühlte er, wie ihm das Blut in die Wangen schoss, sodass ihm heiß und kalt zugleich wurde. Mit verkniffener Miene wagte er einen entschuldigenden Blick zu Elisabeth, die ihn und den See am Boden musterte. Anschließend seufzte sie.

»Ich hole Ihnen etwas zum Abtrocknen. Bleiben Sie einfach hier stehen, ich komme sofort zurück.«

Schon verschwand die junge Frau hinter einer der Türen, und Jakob schloss für einen Augenblick die Augen.

Er hatte gewusst, dass dieses Aufeinandertreffen unangenehm werden würde, doch sein heutiges Erscheinen hätte nicht schlimmer verlaufen können. Als hätten sich sämtliche Himmelsgesetze, Geister, Heilige und Gott höchstpersönlich gesträubt, dass er bei den Schwestern Gmeiner einen positiven Eindruck hinterließ. Vermutlich hatte er genau das verdient. Vermutlich sollte er auf all die schlechten Zeichen reagieren, Hubers Auftrag ablehnen und wieder verschwinden. Wenn das doch nur so einfach wäre …

Das Ächzen der Tür unterbrach Jakobs Gedanken, und wenige Augenblicke später erschien Fräulein Elisabeth, die einen ganzen Schwung Handtücher mitbrachte, ihm eines in die Hand drückte und den Rest auf dem kleinen Kästchen ablegte.

»Nehmen Sie sich so viel wie nötig. Den Boden werde ich gleich wischen«, erklärte sie.

Jakob schenkte ihr ein dankbares Lächeln und hob seinen Zylinder vom Kopf, ohne daran zu denken, dass sich auch dort Regenwasser gesammelt hatte.

»O nein! Nein, verzeihen Sie!«, rief er aus, denn das Wasser tropfte nun direkt auf Elisabeth herab, die erschrocken aufschrie. So schnell wie möglich ergriff Jakob ein weiteres Handtuch, legte es ihr über die Schultern und ignorierte sowohl sein heiß flammendes Gesicht als auch das Zittern seiner Gliedmaßen – ob vor Scham oder Kälte, konnte er in diesem Augenblick gar nicht mehr einschätzen.

Während er am liebsten im Erdboden versinken wollte, hörte Jakob ein amüsiertes Kichern aus Elisabeths Mund, und augenblicklich hörte sein Zittern auf. Was für ein wundervolles Geräusch! Er wagte einen Blick in ihr Gesicht und sah ein amüsiertes Glänzen in ihren blauen Augen.

»Sind Sie immer so tollpatschig?«, fragte sie und wischte sich die letzten Wassertropfen aus dem Gesicht und von ihrer Kleidung.

Jakob räusperte sich und strich sich verlegen die feuchten Haare nach hinten. Er wollte erst gar nicht wissen, wie er im Augenblick aussah, und dankte Gott im Stillen, dass Elisabeth zumindest nicht wütend wirkte. »Würden Sie mir denn glauben, wenn ich Ihre Frage verneine?«, fragte er und dachte urplötzlich an seine erste Begegnung mit ihr. Denn dort war er vor lauter Aufregung, diesem wunderschönen Mädchen die Hand reichen zu dürfen, beinahe über seinen Stuhl gefallen.

Fräulein Elisabeth kicherte erneut und schüttelte den Kopf. »Sie können mich ja noch vom Gegenteil überzeugen«, antwortete sie und bedeutete ihm, ihr zu folgen. »Ich zeige Ihnen das Schlafzimmer meines Vaters. Dort können Sie sich in Ruhe umkleiden, bevor Sie mit Ihrer Arbeit beginnen«, sagte sie, und Jakob hörte allein am Klang ihrer Stimme, dass ihre kurze Freude bereits wieder erloschen war. Doch Jakob konnte ihre Stimmungsänderung nachvollziehen, immerhin zählte er zu den Leuten, die ihr das Elternhaus genommen hatten. Und nun würde er auch noch das Gemach ihres verstorbenen und geliebten Vaters beziehen. Das würde Elisabeth niemals vergessen und gewiss nicht verzeihen.

Er presste die Lippen aufeinander und atmete tief durch. Anschließend folgte er ihr die knarzenden Stufen hinauf in den ersten Stock.

12

Liesi

Nachdem Liesi Herrn Hofbauer die Räumlichkeiten gezeigt hatte, war sie an ihren Rückzugsort zurückgekehrt – die Backstube. Dort fühlte sie immer noch Vaters Nähe, dort konnte sie einfach Liesi sein, dort durfte sie weinen und ihre Verzweiflung hinausschreien. Und genau das tat sie nun.

Sie riss sich eine Handvoll Brotteig aus der Backmulde ab und schlug ihn mit einem lauten Schrei auf die Arbeitsplatte. Immer und immer wieder schleuderte sie die weiche Masse auf den Tisch und ignorierte dabei das Zittern ihrer Gliedmaßen.

Warum?

Warum ließ Gott es zu, dass sie solch großes Leid erfuhren?

Welche Sünden hatten sie begangen, dass das Leid und die Schmach niemals aufhörten? Wieso mussten sie nun sogar den Feind in ihrem Haus willkommen heißen?

Liesi betrachtete die klebrigen Teigklumpen vor ihr. Mit einem perfekten Brotteig hatte dies längst nichts mehr zu tun. Sie schrie erneut auf, holte frisches Mehl und begann, zum wiederholten Mal zu kneten.

»Fühle den Teig! Achte auf seine Signale, Liesi. Es ist, als würde er mit dir sprechen. Wenn du die Sprache des Teiges erlernst, hast du nicht nur verstanden, worauf es beim Backen ankommt. Das Brot ist eine Metapher für das gesamte Leben«, hörte sie urplötzlich die Stimme ihres Vaters durch die Backstube hallen, und Liesi schmunzelte. Er hatte immer genau gewusst, wie er mit ihr umgehen musste, er hatte immer die richtigen Worte gehabt, damit sich Liesi besser fühlte.

Sie betrachtete den Teig in ihren Händen. Vater hatte recht – der Teig war nichts weiter als ein Spiegel ihres Lebens – klebrig, zerrissen, zerstört. Und es bedurfte einiges an Geduld und Kraft, um eine geschmeidige Konsistenz wiederzuerlangen. Liesi atmete stockend aus und fühlte, wie die Elastizität des Brotteiges zurückkehrte. Wäre es doch im echten Leben auch nur so einfach.

Sie hatte die Sprache des Teiges erlernt, sie wusste und fühlte genau, wann welche Art von Brot die perfekte Struktur und Festigkeit erlangt hatte. Und doch würde ihr dieses Talent in Zukunft rein gar nichts nützen. Was sollten dann also die vielen weisen Sprüche ihres Vaters? Wie würden sie Liesi weiterhin helfen, wenn sie nicht mehr backen durfte?

»Liesi!«, unterbrach Annas donnernde Stimme ihre Gedanken. »Wieso um alles in der Welt befindet sich Jakob Hofbauer in Vaters Räumlichkeiten? Hast du den Verstand verloren?«

Mit wehenden Kleidern eilte ihre Schwester durch die Backstube und blieb erst direkt vor Liesi stehen, die sie schweigend musterte. Anna trug anstelle der eigentlich üblichen schwarzen Trauerkleidung ein hellbraunes, neues Tagesgewand, einen ebenfalls hellen Spenzer und weiße Handschuhe. Ihre Haare waren in feinsten Locken unter einer modischen Spitzenhaube versteckt, und ihre Wangen leuchteten rot, als hätte Anna künstlich nachgeholfen.

»Wo bist du gewesen?«, fragte Liesi skeptisch und ignorierte Annas Frage. Ihre Schwester hatte an diesem Morgen ohne ein Wort oder eine Nachricht das Haus verlassen, und als Liesi nun in ihre Augen sah, erkannte sie Schuld darin. »Anna! Ich habe mir Sorgen um dich gemacht. Wo warst du?«, wiederholte sie daher.

Anna verzog das Gesicht zu einer schmerzenden Grimasse und zog die Spitzenhandschuhe aus. »Ich ... Du weichst meiner Frage aus! Was macht Hubers Buchhalter hier?«

Liesis Miene wurde ernst, und sie schüttelte den Kopf. »Antworte mir.«

Anna seufzte und schenkte Liesi ein schwaches Lächeln, das jedoch nicht ihre Augen erreichte. »Ich habe Onkel Max besucht und ihn um eine Anstellung als Buchhalterin in seiner Bäckerei gebeten«, antwortete sie schließlich.

»Du hast *was*? Anna?! Wieso?«

Anna betrachtete Liesi mit einem mitleidigen Lächeln und deutete auf den Teig, der immer noch unförmig auf der Arbeitsplatte lag. »Weil ich nicht tatenlos zusehe und darauf warte, bis Huber uns geeignete Ehepartner ausgewählt hat, um uns anschließend aus dem Haus zu werfen«, antwortete sie. »Liesi, ich weiß, ich habe einen großen Fehler gemacht. Und ich werde ihn nie wiedergutmachen können. Aber ich sorge dafür, dass wir finanziell unabhängig bleiben. Und ich kämpfe darum, das Haus zu behalten. Wir benötigen keine Ehemänner, Liesi. Du und ich, wir können uns selbst versorgen. Aber dazu brauchen wir eine Anstellung, verstehst du das?« Anna legte eine Hand auf Liesis Schulter und schenkte ihr ein trauriges Lächeln. »Du könntest ebenfalls Onkel Max um eine Stelle als Bäckergesellin bitten, weißt du?«, fügte sie hinzu, doch Liesi riss sich von ihr los und schüttelte den Kopf.

»Nein!«, antwortete sie mit zittriger Stimme. »Nein. Das hätte Vater niemals gewollt, und das weißt du! Das hier ist unsere Bäckerei! Die Bewohner Sendlings lieben unser Brot. Und ich werde sie weiterhin mit unseren Waren versorgen. Ich gebe nicht so schnell auf!«

Anna seufzte gedehnt und biss sich auf die Lippen, bevor sie weitersprach. »Du weißt, dass du dazu keine Erlaubnis mehr hast, oder?«, antwortete Anna mit einem traurigen Lächeln, und Liesi wandte sich schluchzend ab.

Sie wollte das nicht hören! Selbst wenn es der Wahrheit entsprach, weil Anna, ihre Schwester, damals nicht auf sie gehört hatte. Anna hatte sie in diese schreckliche Lage gebracht und akzeptierte nun einfach so diese Niederlage? Den Untergang der Bäckerei Gmeiner? Und heuerte stattdessen beim verhassten Onkel an?

Nein! Liesi würde das nicht hinnehmen. Niemals! Sie holte die geflochtenen Brotkörbe, legte behutsam die Teiglinge hinein und deckte sie anschließend mit einem feuchten Tuch ab. Annas mitleidige Miene ignorierte sie dabei, genau wie ihre eigenen Tränen.

»Der Huber würde dir niemals gestatten, für seine Pfisterei zu arbeiten, auch nicht für die Anwohner Sendlings«, fügte Anna hinzu und berührte zärtlich Liesis feuchte Wange.

»Nun, das entspricht nicht ganz der Wahrheit«, unterbrach eine dunkle, männliche Stimme ihr Gespräch, und Liesi zuckte erschrocken zusammen, als sie Jakob Hofbauer in der Tür zur Backstube erkannte.

Er trug inzwischen ein trockenes Hemd und eine dunkelbraune Kniebundhose, und auch seine Haare wirkten ordentlich zur Seite frisiert. Selbst auf diese Entfernung erkannte Liesi braune wellige Strähnen, die ihm in die Stirn fielen. Jakob Hofbauer schenkte ihr ein schüchternes Lächeln und winkte mit einem Briefumschlag. Anna runzelte die Stirn und sah von Liesi zurück zu Herrn Hofbauer.

»Ich habe das Anschreiben unserer Pfisterei auf Ihrem Schränkchen im Flur gefunden. Ungeöffnet. Vielleicht möchten Sie es lesen? Das würde Ihnen auch erklären, warum ich hier bin«, fügte er hinzu.

Anna schenkte Liesi einen entschuldigenden Blick und schloss für einen Moment die Augen. »Ich habe den Brief ganz bewusst ignoriert und dir unterschlagen«, erklärte sie. »Ich wollte einfach nur ein paar Tage ohne schlechte Nachrichten auskommen«, fügte sie hinzu und seufzte. »Aber wie es aussieht, war uns beiden diese kurze Auszeit nicht vergönnt.« Sie klopfte Liesi aufmunternd auf die Schultern und trat anschließend Herrn Hofbauer entgegen. »Lassen Sie uns im Arbeitszimmer weitersprechen. Kommst du mit, Liesi?«

Liesi nickte schweigend, wusch sich eilig die Hände und

hängte ihre Schürze an den Garderobenhaken. Dann folgte sie den beiden in das einstige Arbeitszimmer ihres Vaters und ignorierte das ungute Gefühl in ihrem Magen.

13

»Das ist unmöglich!«, rief Anna aus und schüttelte den Kopf. »Das wissen Sie genau! Wie soll Liesi das schaffen? Und noch dazu allein?« Sie lachte bitter auf, wobei sie einen verärgerten Blick auf Liesi warf.

Die saß seit etwa zwanzig Minuten schweigend zwischen Jakob Hofbauer und ihrer Schwester und knetete unentwegt ihre Finger.

Jakob Hofbauer hatte ihnen nicht nur das postalische Anschreiben vorgelesen, sondern auch Hubers Angebot mitgeteilt: Huber habe es sich anders überlegt und wolle Liesi eine Chance geben, sich selbst und ihr Bäckertalent unter Beweis zu stellen. Allerdings müsse sie dazu nicht nur die Anwohner Sendlings, sondern auch den Wochenmarkt in Laim mit ihren Broten versorgen. Die Anzahl der täglich zu backenden Brote hätte sich somit fast verdoppelt.

Anna hatte recht, das war eine utopische Aufgabe für Liesi. Eigentlich.

»Nun, ich bin nur der Überbringer dieser Nachricht, doch ich werde gern Ihre Antwort weiterleiten, wenn dies auch in Ihrem Sinne ist, Fräulein Elisabeth.«

Noch bevor sie den Kopf hob, spürte sie seinen Blick auf ihr ruhen. Liesi schluckte und betrachtete das freundliche und beinahe schüchtern wirkende Lächeln Herrn Hofbauers.

»Woher kommt dieser plötzliche Sinneswandel Herrn Hubers?«, fragte sie mit leiser Stimme. Denn auch wenn der Auftrag an sich unzumutbar erschien, erklärte er nicht, wieso Huber plötzlich Interesse an ihrer Arbeitskraft hatte. Immerhin hatte er nicht nur deutlich gemacht, was er von Frauen hielt, die arbeiteten, sondern auch, was er von Liesis Talent und ihren Broten hielt.

Herr Hofbauer zuckte kurz mit den Schultern, räusperte sich und verzog anschließend den Mund zu einem schiefen, fast schon verkrampften Lächeln. »Das wüsste ich selbst zu gern. Was ich Ihnen jedoch gewiss sagen kann, ist, dass Herr Huber ein Geschäftsmann ist, der stets vorwärtskommen will. Sie können sich also geehrt fühlen, wenn er Ihre Brote sowohl in Sendling als auch in Laim weiter verkaufen möchte. Also ... natürlich nur, wenn Sie das Angebot annehmen möchten. Was Sie nicht müssen«, fügte er stotternd hinzu und faltete dabei das Schreiben mit zittrigen Händen zusammen.

»Diese Forderungen sind übertrieben! Das wissen Sie genauso gut wie Herr Huber!«

»Ich mache es«, unterbrach Liesi Annas wütende Rede, die sie daraufhin mit offenem Mund anstarrte. Liesi lächelte schwach und nickte. »Ich werde ihm beweisen, dass ich es schaffe. Ich kann das«, antwortete sie, doch Anna schüttelte den Kopf.

»Nein, Liesi. Das ist verrückt. Wie willst du das bewerkstelligen? Das wäre nur schwer umsetzbar, wenn Vater noch …« Anna hielt inne und atmete ein paar Mal tief durch. Dann schüttelte sie erneut den Kopf. »Das ist unmöglich«, wiederholte sie schließlich.

Liesi wusste, dass Anna die Wahrheit sagte. Es war faktisch nicht möglich, allein Hubers Forderungen zu erfüllen. Und selbst zu zweit wäre es eine beinahe unlösbare Aufgabe. Dennoch war es ihre einzige Möglichkeit, eine Anstellung in Hubers Bäckerei zu bekommen. Dies war Liesis Chance, die Bäckerei Gmeiner am Leben zu erhalten. Und dafür würde sie alles tun.

Aus diesem Grund nickte sie ein zweites Mal. »Ich schaffe das. Richten Sie Herrn Huber aus, dass ich sein Angebot annehme.« Sie erhob sich von ihrem Platz, strich die Röcke glatt und nickte Anna und Herrn Hofbauer zu. »Und nun entschuldigen Sie mich. Ich muss die Brote für die Armenspeisung herrichten und mich um die Teiglinge kümmern.«

Mit diesen Worten entfernte sie sich von ihrer völlig sprachlos wirkenden Schwester und Jakob Hofbauer, der ihr schweigend ein freundliches Lächeln zuwarf, verließ das Arbeitszimmer und eilte in die Backstube.

Allerdings hatte sie kaum die Tür hinter sich geschlossen, wurde sie auch schon wieder geöffnet, und Anna stürmte atemlos auf Liesi zu. Sie hob die Augenbrauen und musterte ihre Schwester mit skeptischem Blick.

»Du musst das nicht tun, Liesi. Wir finden einen anderen Weg. Wir finden eine Lösung, bei der du dich nicht für

Huber aufopfern musst«, begann sie mit zittriger Stimme, und Liesi erkannte ein Glänzen in Annas Augen, das ihr verriet, wie sehr sie mit ihren Gefühlen rang. Anna litt genauso wie Liesi, das wusste sie. »Ich kann ein Gespräch mit der Bäckerzunft ersuchen und um deren Beistand bitten. Wir finden auch ohne Huber einen Weg.«

Liesi schloss für einen Moment die Augen und lehnte sich gegen die kühle Flurwand. »Weißt du, du hattest damals recht. Wir hatten niemals eine Wahl, die Bäckerei zu behalten. Ich wollte es nicht wahrhaben, aber du hast das Richtige getan«, antwortete sie, ergriff die Hand ihrer Schwester und drückte sie sanft, als sie Annas Schluchzen hörte.

»Ich habe das Werk unserer Eltern an das größte Scheusal Münchens verkauft«, erwiderte Anna kopfschüttelnd, doch Liesi zuckte nur schwach mit den Schultern.

»Und dennoch räumt er mir die Chance ein, weiter zu backen. Der Zunftmeister hätte uns womöglich längst mit ledigen Bäckermeistern verheiratet.« Sie atmete tief durch und drückte ein weiteres Mal Annas Hand. »Ich werde es schaffen, Anna. Sorg dich nicht um mich. Ich werde Hubers Anforderungen erfüllen und schon bald eine feste Anstellung in seiner Bäckerei bekommen.« Sie küsste Anna und drehte sich zur Tür. »Aber alles zu seiner Zeit. Ich muss gehen, Gustav wartet gewiss schon auf mich.«

Beschwingt und beflügelt verließ Liesi die Backstube. Denn so groß und unlösbar Hubers Anforderungen auch schienen, es war dennoch ihre einzige Chance, ihren Lebenstraum weiterzuleben. Und diese Chance würde sie ergreifen.

Wenige Stunden später verließ sie erschöpft und völlig ausgelaugt das Armenhaus Sankt Marien. Als sie sah, dass Gustav noch nicht von seiner Auslieferung zurückgekehrt war, lehnte sich gegen die marode Außenmauer und ließ den Blick durch die Gassen von Haidhausen wandern. Der Regen am Morgen hatte sie in reinste Schlammbäche verwandelt, und man konnte kaum trockenen Fußes von einem Haus zum nächsten laufen. Seufzend betrachtete Liesi ihre eigenen Schuhe, die genau wie der Saum ihres Kleides mit Schlammflecken übersät waren. Das würde sie zu Hause sofort reinigen müssen, obwohl ihr dafür eigentlich die Zeit fehlte.

Erneut seufzte sie und schloss für einen Moment die Augen, während ihre Gedanken zum Morgen zurückwanderten. Wie sollte sie Hubers Anforderungen umsetzen? Wie würde sie trotz der geringen Geldmittel an die Menge Mehl oder Korn kommen, um Sendling und Laim mit Broten zu versorgen? Sie musste Huber einfach beweisen, dass sie fähig war, für seine Bäckerei zu arbeiten. Sie musste ihm zeigen, dass das Backen für sie keine bloße Liebhaberei war, sondern dass sie arbeiten und auch haushalten konnte. Sie mochte zwar keine zugelassene und beurkundete Meisterin sein, dennoch verstand sie genauso viel von diesem Handwerk wie einst ihr Bäckermeister und Vater. Nur war sie wirklich dazu imstande, es Huber zu beweisen?

Fragen über Fragen, auf die sie keine Antwort wusste.

Liesi seufzte und schickte ein Stoßgebet in den Himmel. »Gott, steh mir bei! Ich flehe dich an! Bitte hilf mir!«, betete sie und bekreuzigte sich im Anschluss drei Mal.

Plötzlich hörte sie das Rattern einer Pferdekutsche, dicht begleitet vom Rauschen des Wassers, das dabei zur Seite gespritzt wurde. Da sie damit rechnete, im nächsten Augenblick Gustavs Gespann zu sehen, richtete sich Liesi auf und trat ein paar Schritte hinaus in Richtung Straße. Allerdings war es nicht Gustavs Zweiergespann, das um die Ecke bog, sondern eine edle, dunkelblaue Postkutsche, die Liesi zuvor schon einmal hier gesehen hatte. Trotz der vielen Sorgen stahl sich ein Lächeln in ihr Gesicht, als Amalie mit einem kleinen Spitzenschirm und einem wunderschönen breiten blassrosa Hut auf dem Kopf die Kutsche verließ.

»Liesi! Wie schön, dich wiederzusehen!«, rief sie und umarmte Liesi stürmisch, ohne auf ihre schlammverdreckte Kleidung zu achten. Stattdessen nahm sie das Gesicht in ihre weiß behandschuhten Hände und musterte Liesi kritisch.

»Schwester Hildegard berichtete mir, was dir beziehungsweise deiner Familie widerfahren ist. Mein aufrichtiges Beileid, liebste Liesi.«

Ohne es zu wollen, spürte Liesi erneut, wie sich Tränen in ihren Augenwinkeln sammelten, und sie drehte sich schnell zur Seite, doch Amalie ließ das nicht zu und wischte stattdessen die Tränen von Liesis Wangen.

»Wie kann ich dir helfen?«, fragte sie schlicht.

Liesi zuckte nur mit den Schultern. »Vermutlich gar nicht«, antwortete sie. »Aber ich danke dir für dein Mitgefühl. Wie lange bleibst du noch in München?«, fragte sie weiter, um vom Thema abzulenken. Sie wollte nicht weiter über den Tod ihres Vaters sprechen oder daran denken, was danach alles Schreckliches geschehen war. Und sie wollte erst recht nicht an ihre ausweglose Situation denken, in die sie sich heute Morgen gebracht hatte, als sie das Angebot des Landpfisters angenommen hatte.

Amalie seufzte und strich sich die perfekten Korkenzieherlocken aus der Stirn. »Leider werde ich noch diese Woche meine Reise nach Hause antreten. Aber ich meine es dennoch ernst, liebste Freundin – kann ich irgendetwas für dich tun? Benötigst du finanzielle Hilfe? Ich kann und will dir helfen, glaub mir.«

Liesi ergriff mit zittrigen Händen Amalies Hand und drückte sie sanft. »Ich danke dir«, sagte sie und schüttelte im Anschluss den Kopf. »Es genügt zu wissen, dass du dich um mich sorgst.«

Liesis Worte entsprachen der Wahrheit. Auch wenn sie niemals einen guten Freund um finanzielle Hilfe bitten würde, wusste sie, dass Geld allein ihre Situation nicht ändern würde. Zumal Liesi immer noch der Titel eines Bäckermeisters oder besser noch ein Ehegatte fehlte, um die Bäckerei im Sinne der Zunft weiterführen zu können.

Amalie betrachtete einige Augenblicke Liesis Gesicht, dann nickte sie. »In Ordnung. Aber scheu nicht davor zurück, mich um Hilfe zu bitten.« Sie öffnete ihr Ridikül, die weiße, mit Spitzen versehene kleine Handtasche, und holte ein zusammengefaltetes Blatt Papier hervor, das sie Liesi reichte. Sie öffnete es behutsam und betrachtete die Worte darauf. »Das ist die Adresse meiner Tante. Du kannst ihr jederzeit Briefe an mich senden, ich würde mich sehr freuen, von dir zu hören. Und ich verspreche dir, so schnell wie möglich zu antworten.«

»Ich danke dir«, antwortete Liesi, die immer noch mit verwirrter Miene das Papier betrachtete. Zu gern würde sie erfahren, wieso sie die Briefe an Amalies Tante schicken sollte, doch sie traute sich nicht, diese Frage zu stellen. Womöglich war Amalie genau wie Liesi eine Vollwaise, und sie wollte ganz gewiss nicht ein solch schreckliches Thema ansprechen. Daher nickte sie erneut und steckte das Papier in eine seitlich eingenähte Tasche ihres Tagesgewands.

»Ich werde dir schreiben«, versprach sie.

Amalie nahm sie erneut in den Arm und hauchte einen Kuss auf Liesis Wange.

»Danke«, antwortete sie und deutete auf das Tor des Armenhauses. »Begleitest du mich ein letztes Mal hinein? Auch wenn ich sehe, dass du deine Aufgabe bereits erfüllt hast«, fügte sie mit einem Blick auf den leeren Brotkorb hinzu.

Liesi seufzte und dachte an die Arbeit, die zu Hause auf sie wartete. Sie sollte so schnell wie möglich nach Sendling zurückkehren, wenn sie Hubers Auftrag erfüllen wollte.

Allerdings waren Gustav und seine Kutsche immer noch nirgendwo zu sehen. Zudem wusste sie nicht, wann und ob sie Amalie jemals wiedersehen würde.

Daher ergriff sie Amalies Hand und folgte ihr ein zweites Mal in das Armenhaus Sankt Marien.

14

Jakob

Jakob schreckte auf und stieß sich sogleich den Kopf an einem Balken der Dachschräge. Er kniff die Augen zusammen und stöhnte auf. Wo war er? Und welches Geräusch hatte ihn eben geweckt?

Es dauerte einige Augenblicke, bis er zumindest die erste Frage beantworten konnte, und ließ sich zurück ins Bett fallen.

Familie Gmeiner. Er befand sich in Sendling, im Bett des verstorbenen Joseph Gmeiner.

Kein Wunder, dass er so unruhig und schlecht schlief. Womöglich hauste der Geist des Toten immer noch in diesen Räumlichkeiten.

Es ächzte, und Jakob hielt den Atem an und lauschte. Genau dieses Geräusch hatte ihn geweckt. Nur, was war das? Eine Tür? Schritte? Das hörte sich ganz gewiss nach Schritten an!

So schnell und lautlos wie möglich richtete sich Jakob auf, zog den Kopf ein, um diesmal der Dachschräge auszuweichen, und lief etwas unbeholfen in die Richtung des kleinen Tischchens, das sich neben dem Bettgestell befand.

Dort tastete er nach seiner Taschenuhr und klappte sie auf. Im schwachen Licht des Mondes erkannte er, dass es gerade erst wenige Minuten nach zwei Uhr war. Ohne weiter nachzudenken, schlüpfte Jakob in den Morgenrock, der über der Stuhllehne neben dem Tisch hing, entzündete mithilfe des Feuerstahls eine Talglampe und verließ das Zimmer.

Tatsächlich erkannte er einen dunklen Schatten, der gerade eben die Stufen hinab ins Erdgeschoss huschte.

Etwa ein Einbrecher?

Jakob schluckte und vertrieb sämtliche Gedanken, welchen Gefahren die beiden jungen Frauen Nacht für Nacht ausgesetzt waren – völlig allein und auf sich gestellt. Ob sie je ruhig schlafen konnten?

So leise wie möglich folgte Jakob dem Schatten die Treppe hinunter und zuckte zusammen, als er das Knallen einer Tür direkt vor sich hörte.

Sollte es sich wirklich um einen Einbrecher handeln, konnte er nicht viel Erfahrung mit Diebstahl bei Nacht gesammelt haben. Jakob ignorierte sein wild pochendes Herz, schlich durch den Flur und öffnete dieselbe Tür, die wenige Augenblicke zuvor lautstark ins Schloss gefallen war. Plötzlich stand er im stockdunklen Verkaufsraum der Bäckerei und blickte irritiert um sich. Wäre er ein Dieb, würde er sich gewiss zuallererst in den Verkaufsräumen umsehen und nach der Geldkassette suchen. Doch hier befand sich niemand.

Stattdessen krachte es erneut – es klang blechern und kam direkt von nebenan. Jakob kniff die Augen zusammen und trat behutsam an das Ende des Verkaufsraumes. Anschließend suchte er mithilfe des wild flackernden Kerzenlichts die Tür, die er einen Spalt öffnete.

Der Schein einer einzelnen Lampe auf einer Arbeitsplatte erfüllte die anliegende Backstube mit schummrigem Licht, und Jakob blies sein eigenes Feuer aus, um keine Aufmerksamkeit zu erregen. Dann wagte er einen Schritt hinein, blieb im Schatten eines Regales stehen und betrachtete mit angehaltenem Atem das Bild vor ihm.

Elisabeth tänzelte mit wehenden weißen Röcken durch die Bäckerei, stellte Bottiche bereit, rührte eine Substanz in einem riesigen Kessel um, den sie kurz darauf wieder abdeckte, und lief weiter in die Richtung des Ofens. Dabei summte sie eine leise, wunderschöne Melodie.

Ein Engel, dachte Jakob und lächelte selig, während er Elisabeth dabei zusah, wie sie das Feuer im Ofen anschürte. Als es brannte und knisterte, kehrte sie zurück in die Mitte der Backstube an einen der Bottiche, ergriff mit beiden Händen einen großen Sack und füllte stöhnend das weiße, pulvrige Mehl hinein. Selbst aus dieser Entfernung sah Jakob, wie der Staub durch die Luft flog und die gesamte Szenerie für einen kurzen Augenblick in einem undurchsichtigen Nebel verschluckte. Schon verschwanden Elisabeths Arme bis zu den Oberarmen im Bottich, und sie rührte und knetete die Masse mit vollem Körpereinsatz. Dennoch summte sie dabei unentwegt eine wohlklingende Melodie.

Noch nie zuvor hatte Jakob so eine anmutig wirkende Frau gesehen. Trotz Schürze und einer viel zu großen Bäckerhaube strahlte sie eine Schönheit aus, die ihm das Atmen erschwerte. Elisabeth knetete mit einer Hingabe den

Teig, kehrte kurz darauf zurück zu dem abgedeckten Kessel, dessen Inhalt sie anschließend der anderen Masse hinzufügte. Jeder Arbeitsschritt wirkte sicher und routiniert, nichts davon sah in irgendeiner Art anstrengend aus, obwohl die Menge an Teig gewiss nicht einfach zu kneten war. Und dennoch – Elisabeth arbeitete nicht, sie tanzte. Und die Backstube war ihre Bühne. Jakob hätte ewig dastehen und sie beobachten können.

Dann schluckte er und schloss für einen Augenblick die Augen. Ausgerechnet ihr musste er das Leben vergraulen, indem er dafür sorgte, dass sie alles verlor. Nein, er vergraulte ihr Leben nicht nur, er würde es zerstören. Wie konnte Georg nur so grausam sein? Und wieso schaffte Jakob es nicht, den Fängen seines einstigen Freundes zu entfliehen? Noch bevor er diesen Gedanken zu Ende gedacht hatte, hörte er bereits Georgs Stimme in seinem Inneren.

»Jakob, du bist zwar einer meiner besten Männer, aber vergiss nie, dass ich dir nur aus einem einzigen Grund das doppelte Gehalt zahle – weil du mein Freund bist und ich weiß, wie sehr du das Geld benötigst.«

Dieses Thema brachte Georg immer wieder in abgewandelten Variationen zur Sprache. Meist dann, wenn er eine spezielle und außerordentliche Aufgabe für Jakob bereithielt. Georgs wohlwollendes Herz und seine Liebe sorgten dafür, dass Jakob in der Lage war, seine Schwester Franziska und ihren Sohn finanziell zu versorgen. Ziskas Ehemann war zwei Jahre zuvor in der Schlacht bei Eggmühl gefallen, daher war sie auf die Hilfe ihrer Familie, genauer gesagt auf Jakobs, angewiesen.

Und leider entsprachen Georgs Worte der Wahrheit. Ohne die umfangreiche monatliche Summe hätte Jakob niemals sich selbst und Ziskas kleine Familie versorgen können. Er war also auf Georgs Geld angewiesen und gezwungen, seine Aufträge zu erfüllen – ob er wollte oder nicht.

Jakob atmete tief durch und wagte noch einen kurzen Blick auf Fräulein Elisabeth, die inzwischen erneut am Ofen stand und mit einem Blasebalg das Feuer schürte. Er ignorierte das Kribbeln und die Wärme, die sich in seinem Inneren allein bei diesem Anblick ausbreitete. Nein, derlei Gefühle dürfte er erst gar nicht aufkommen lassen. So schwer es ihm auch fiel, er löste sich aus seiner Starre und drehte sich vorsichtig zur Eingangstür der Backstube, um sie still und heimlich wieder zu verlassen.

Allerdings stieß er natürlich genau an das leicht abstehende, lockere Regalbrett, das über und über mit Rührschüsseln befüllt war, die nun laut krachend zu Boden fielen.

»Jesus, Maria und Josef!«, hörte er Elisabeths Schreien und zuckte ein weiteres Mal zusammen. Dann atmete er tief durch, hob beide Arme und versuchte sich an einem Lächeln. »Es tut mir so leid, Fräulein Elisabeth.«

15

Liesi

Noch immer hallte ihr wilder Herzschlag in den Ohren wider, und Liesi starrte gebannt auf den dunklen Schatten hinter dem Regal, der sich als niemand anderes als Jakob Hofbauer herausgestellt hatte. Was machte er hier? Und noch dazu um diese Uhrzeit? Wollte er sie ausspionieren? Ihr möglicherweise Gewalt antun? Mit hektischen Blicken überflog sie den Arbeitstisch neben ihr. Lagen irgendwelche Messer oder andere Gegenstände in ihrer Nähe, die sie zur Not zur Verteidigung verwenden konnte? Tatsächlich sah sie nur einen langen, hölzernen Kochlöffel und ein Rollholz, beide nicht sonderlich hilfreich für einen Angriff. Dennoch streckte sie vorsichtig die Hand nach dem Rollholz aus.

»Es tut mir so unendlich leid«, wiederholte Herr Hofbauer, und Liesi musste sich stark konzentrieren, um ihn überhaupt zu verstehen, immer noch kreisten ihre Gedanken um mögliche Gefahren und den Fluchtplan. Sie konnte theoretisch durch die Vorratskammer davonlaufen, die sich hinter ihr und somit weit genug weg vom Buchhalter befand. Allerdings wirkte er im Moment alles andere als gefährlich.

»Ich hatte ein Geräusch vernommen und dachte zunächst, es würde sich um einen Einbrecher handeln. Doch dann habe ich Sie in der Backstube gesehen und ... ich ... Bitte verzeihen Sie, ich hätte mich bemerkbar machen müssen«, antwortete er mit dünner Stimme, während er versuchte, die vielen Schüsseln zurück in das Regal zu stellen. Es gelang ihm mehr schlecht als recht, und immer wieder landeten sie laut klirrend auf dem Boden.

Seltsamerweise bewirkte das aufgeregte Stottern des Buchhalters, dass sie sich selbst beruhigte und das Rollholz wieder zurück auf die Arbeitsfläche legte. »Wie lange stehen Sie denn schon hier?«, fragte sie nach einiger Zeit und kam ihm nach ihrem ersten Schreck zu Hilfe. Sie vertraute ihrem Instinkt, der ihr signalisierte, dass Jakob Hofbauer keine Gefahr darstellte, und kniete sich neben ihn auf den Boden. Mit gekonnten Griffen stapelte sie in kürzester Zeit die unterschiedlich großen Schüsseln ineinander. Als sich dabei ungewollt ihre Finger berührten, zuckten beide erschrocken zurück.

Liesi schmunzelte, und Herr Hofbauer strich sich nervös eine wellige Haarsträhne aus der Stirn.

»Sie müssen mich für einen tollpatschigen und voyeuristischen Mann halten«, sagte er und räusperte sich. »Bitte verzeihen Sie mein taktloses Verhalten, ich dachte wirklich, es befände sich ein Einbrecher im Haus.«

Liesi kicherte leise. »In der Backstube?«, hakte sie nach und hörte ihn zittrig ausatmen.

»Ja ... also nein. Ich weiß, ich hätte mich sofort bemerkbar machen müssen, nachdem ich meine Fehleinschätzung erkannt hatte, doch das hätte dieses wunderschöne Bild zerstört. Sie im Schein einer Kerze, völlig vertieft in diese Arbeit ... Ich wollte nicht ... Bitte verzeihen Sie mir.«

Liesi sollte verärgert sein. Und sie sollte ganz gewiss Herrn Hofbauer deutlich wissen lassen, wie falsch es war, sie heimlich und mitten in der Nacht zu beobachten. Doch das Stottern und Zittern seiner Stimme führte dazu, dass sie stattdessen laut lachen musste. Er wirkte so verzweifelt, so unsicher und gleichzeitig vollkommen harmlos, dass sie sogar vergaß, dass sie unter ihrer Schürze nichts als ihren hauchdünnen Morgenrock trug.

»Wollen Sie mir helfen?«, fragte sie stattdessen.

Jakob Hofbauer öffnete den Mund, schloss ihn wieder und sah sie mit einer Mischung aus Erstaunen und Panik an.

»Sie müssen nicht, ich dachte nur ... Vergessen Sie meine Frage.« Liesi erhob sich von ihrem Platz und klopfte ihre Schürze aus. Doch bevor sie sich von ihm verabschieden und zu ihrer Arbeit zurückkehren konnte, stand der Buchhalter direkt vor ihr und verzog den Mund zu einem schiefen Lächeln. Ohne es zu wollen, betrachtete sie die breiten Schultern, die ebenfalls nur in einem dunkelroten Morgenrock steckten. Ob er darunter ein Schlafgewand trug? Ob es genauso dünn war wie das, was Liesi am Körper spürte? Ob er im Moment auch diese seltsame Hitze in seinem Körper fühlte wie sie? Trotz der dünnen Kleidung? Sie hob den Kopf ein wenig an, um ihm ins Gesicht sehen zu können, und erkannte ein Grübchen am Kinn, das einen dunklen Bartschatten erkennen ließ. Wie gern würde sie mit dem Finger darüberfahren. Ob es sich rau anfühlte? Ähnlich wie die

Kruste eines Brotes? Oder genauso stachelig wie der Bart ihres Vaters? Oder vielleicht doch ganz weich und zart? Ähnlich wie diese dünnen, leicht lächelnden Lippen? Wie sie sich wohl auf ihren eigenen anfühlten …?

»Ich stand noch nie zuvor in einer Küche, geschweige denn in einer Backstube«, antwortete er und riss Liesi damit aus ihren Gedanken. Sie räusperte sich und wich einen Schritt nach hinten, nur um sich selbst abzulenken. »Und vermutlich stünde ich Ihnen mehr im Weg, als dass ich eine Hilfe wäre.«

Liesi hatte große Mühe, seine Worte zu verstehen, viel zu laut hallten die Fragen in ihrem Kopf wider: *Was, um Himmels willen, wolltest du gerade tun, Liesi? Was ist nur in dich gefahren?*

»Ja … ja, natürlich«, antwortete sie stockend und verscheuchte all ihre anzüglichen Gedanken. Immerhin stand Jakob Hofbauer vor ihr – ein Feind, der ganz gewiss nichts Gutes mit ihnen im Sinn hatte.

»Das verstehe ich. Außerdem sollten Sie zurück ins Bett gehen. Sie benötigen sicher Ihren Schlaf.«

»Ja.« Herr Hofbauer seufzte. »Es ist nicht so einfach, in diesen Räumlichkeiten Schlaf zu finden«, sagte er so leise, dass Liesi nicht wusste, ob die Worte für ihre Ohren bestimmt waren. Dennoch erzeugten sie einen schmerzenden Stich in ihrem Herzen, und sie presste die Lippen aufeinander. In diesen Räumlichkeiten … Er sprach von Vaters Kammer. Von seinem Bett. Wie laut er immer geschnarcht hatte! Liesi erinnerte sich an so einige schlaflose Stunden, in denen Anna und sie kichernd Vaters laute Schlafgeräusche kommentiert hatten. Er hatte immer hervorragend und wie ein Stein geschlafen. Zu jeder erdenklichen Tages- und Nachtzeit.

Doch Vater war nicht mehr hier. Und er würde nie wieder zurückkehren.

»Meine Güte, bitte entschuldigen Sie diese Worte, Fräulein Elisabeth. Sie waren äußerst unbedacht«, fügte er hinzu und stöhnte im Anschluss. »Wissen Sie, was?«, fragte er und berührte Liesi zaghaft an der Schulter, die erneut erschrocken zurückwich. »Ich bleibe. Das bin ich Ihnen schuldig. Lassen Sie mich meinetwegen den Boden wischen, die Schüsseln reinigen. Sie finden gewiss eine einfache Aufgabe, womit ich Ihnen helfen kann.«

Liesi musterte die ernste Miene des Buchhalters. »Sind Sie sicher?«, fragte sie. Tatsächlich konnte sie jede Hilfe gut gebrauchen, selbst die eines feindlichen Buchhalters, der nun mehrmals nickte.

»Ich schätze, ich habe viel Arbeit vor mir, um mein bisheriges Verhalten wiedergutzumachen und bei Ihnen einen besseren Eindruck zu hinterlassen. Bitte, ich will Ihnen helfen.«

Liesi schmunzelte und nickte schließlich. »Dann kommen Sie, ich habe tatsächlich einige Bottiche und Schüsseln, die gespült werden müssen. Außerdem könnte ich ein paar starke Arme gebrauchen, um den zweiten Sack Mehl und das Korn aus der Vorratskammer zu holen.«

Ohne auf Hofbauers Reaktionen zu warten, lief sie an die gegenüberliegende Seite der Backstube und machte sich an die Arbeit. Immerhin musste sie in wenigen Stunden eine beträchtliche Menge Brote abliefern.

Liesi beobachtete Jakob Hofbauer, der ohne Murren die zu säubernden Schüsseln ineinanderstapelte, und lächelte. Wer weiß, vielleicht war es doch möglich, Hubers Anforderungen zu erfüllen. Vielleicht bekam sie doch eine reelle Chance, die Bäckerei fortzuführen …

16

Seit Liesi Hubers Angebot angenommen hatte, verflossen die Tage und Nächte ineinander, ohne dass sie viel davon mitbekam. Jede Minute, jede Sekunde war durchgeplant und voll von Arbeitsschritten und detailgenauen Abläufen. Wenn sie nicht in der Backstube stand, wusch sie ihre Kleidung, reinigte die Schüsseln oder lieferte das Brot an Hubers Mitarbeiter, die es anstatt Anna auf den Märkten in Sendling und Laim verkauften. Ihr hauseigener Verkaufstresen war seit Vaters Tod verschlossen, da weder Anna noch Liesi die Zeit aufbringen konnten, Brote zu verkaufen.

Jakob Hofbauers Anwesenheit nahm sie tatsächlich nur am Morgen, wenn sie schnell einen Haferbrei zu sich nahm, und am späten Nachmittag wahr. Ansonsten schien es beinahe so, als würde der Buchhalter ihre Nähe meiden. Allerdings störte das Liesi nicht im Geringsten, denn seit dieser einen Nacht in der Backstube bevorzugte sie es, möglichst nicht mehr mit ihm zu sprechen. Viel zu stark war die Angst, dass sie eines Tages ihre unpassenden Gedanken ihm gegenüber aussprechen oder gar in die Tat umsetzen würde. Denn selbst in den wenigen Stunden Schlaf, den sie sich ab dem frühen Abend und in der ersten Hälfte der Nacht gönnte, tauchte immer wieder Jakob Hofbauer auf. Sie träumte von seinem Lächeln, von der kleinen Mulde am Kinn, den breiten Schultern. Im Traum strich Liesi ihm die weichen Locken aus der Stirn und berührte seine Lippen. Sie hörte sein warmes Lachen und öffnete langsam und vorsichtig die Knöpfe des dunkelroten Morgenrockes.

Nein, Liesi war nur froh, dass sie ihn kaum zu sehen bekam. Und sie war außerordentlich dankbar für die umfangreiche Arbeit, die sie jeden Tag hatte. Denn dies verbot ihr, intensiver darüber nachzudenken. Tatsächlich zählte der Schlaf zu den wenigen Pausen am Tag, doch auch der war genauestens eingeteilt, und Liesi erlaubte sich keine einzige weitere Minute davon, völlig egal, wie müde und ausgelaugt sie sich fühlte.

Das Einzige, was sich Liesi nicht nehmen ließ, war der wöchentliche Ausflug nach Haidhausen. Und jedes Mal, wenn sie neben Gustav auf dem Kutschbock saß, hatte sie das Gefühl, endlich wieder richtig durchzuatmen.

Auch an diesem Tag saß sie neben dem griesgrämigen Nachbarn und schloss für einen Moment die Augen, während die sommerliche Junisonne auf ihr Haupt brannte. Theoretisch hätte sie einen Sonnenschirm mitnehmen sollen, da sie bereits jetzt wusste, wie rot und schmerzhaft ihre Unterarme und ihr Gesicht am Abend glühen würden. Dennoch genoss Liesi die Hitze und atmete befreit durch, während sie die Isar überquerten. Wie in den Wochen zuvor riss sie völlig in Gedanken versunken ein Stück des Brotes ab, um es dem Bettler zuzuwerfen, der dort hauste. Doch als sie die Uferböschung erreicht hatten, sah Liesi nur das verlassene Lager und den Krückstock des Mannes. Er selbst war nirgends zu sehen.

Liesi schluckte und warf Gustav einen traurigen Blick zu, der daraufhin nur mit den Schultern zuckte. Allerdings schmiss sie, noch bevor Gustavs Gespann die nächste Querstraße erreicht hatte, das Brotstück in die Richtung des Lagers und ließ sich seufzend zurück auf die hölzerne Bank fallen.

»Vielleicht ist er einfach nur spazieren gegangen«, sagte sie und ignorierte die Tatsache, dass der Krückstock noch auf der Decke gelegen hatte.

Gustav zuckte erneut mit den Schultern, und Liesi wusste, dass sie keine weitere Antwort seinerseits zu erwarten hatte. Daher schloss sie die Augen und genoss das warme Lüftchen und die Ruhe, die sich augenblicklich in ihr ausbreitete. Die Geräusche des beginnenden Tages verwandelten sich in eine friedliche Melodie, und Liesi genoss das stetige Schaukeln der Kutsche. Immer weiter und weiter sank Liesi in sich zusammen und spürte, wie nach und nach sämtliche Anspannung von ihr wich.

Allerdings endete dieser Friede abrupt.

»Liesi! *Herrschaftszeiten!*«

Liesi wachte auf, als sie Gustavs festen Griff um ihren Oberarm spürte, der sie ruppig zurück auf den Kutschbock zog.

»Ein zweites Mal fange ich dich nicht auf! *Zefix noch mal!* Pass gefälligst auf, Madl! Dich will man dort oben bei den himmlischen Heerscharen noch nicht sehen.«

Offensichtlich war sie eingeschlafen und wäre vermutlich von der Kutsche gefallen, hätte Gustav sie nicht rechtzeitig zurückgezogen.

Liesi schluckte und schenkte Gustav ein schwaches Lächeln. Noch nie hatte sie ihn so viele Worte am Stück sprechen gehört, und sie wusste genau, was das bedeutete – er sorgte sich um sie. »Danke«, antwortete sie knapp und rieb sich schaudernd die Arme. Allein bei dem Gedanken daran, was gerade hätte passieren können, wurde ihr mulmig.

Plötzlich sah sie das Bild ihres Vaters vor ihrem geistigen Auge. Sie sah die zerstörte Kutsche, all das Blut, das aus seinen Wunden quoll. Sie hörte sein Röcheln und Keuchen. Ein schmerzhafter Schauer wanderte über Liesis Körper, und sie musste mehrmals blinzeln, um die Bilder aus ihrer Erinnerung zu vertreiben.

Nein, sie würde nicht daran denken, was alles hätte geschehen können, wenn Gustav nicht gewesen wäre. Daran, dass sie – genau wie Vater – aufgrund einer Kutsche den Tod fand. Nein! Das würde nicht geschehen. Nicht jetzt.

Und doch krampfte sich alles in ihr schmerzhaft zusammen, während sie den Blick auf die beiden Pferde vor ihr warf.

»Vielen Dank«, wiederholte sie daher, doch Gustav prustete nur verärgert aus.

»Du solltest mehr schlafen, Liesi. Und essen. Bist ja nur noch Haut und Knochen«, fügte er mit einem abfälligen Seitenblick in ihre Richtung hinzu.

»Ich weiß«, antwortete Liesi, seufzte leise und rieb sich den schmerzenden Oberarm, an dem Gustav sie gepackt hatte. Inzwischen hatten sie Haidhausen erreicht, und die Kutsche hielt, wie jeden Dienstag, vor dem Armenhaus. »Vielen Dank für die Fahrt und nochmals für Ihr schnelles Eingreifen. Das wird nicht wieder vorkommen, versprochen.« Liesi ergriff den Brotkorb und verließ den immer noch mürrisch schimpfenden Gustav, der sofort weiterfuhr. Dann schüttelte sie ihre Starre ab und lief zum großen, maroden Eingangstor des Armenhauses. Doch noch bevor sie es öffnen oder die Klingel betätigen konnte, öffnete es sich, und Schwester Hildegard kam ihr freudestrahlend entgegen.

»Liesi! Liebste Liesi, dich schickt der Himmel, weißt du das?«, rief sie und nahm sie stürmisch in die Arme. »Wir haben gestern eine anonyme Spende bekommen. Eine Spende von zwanzig Gulden, kannst du das glauben? Gelobt sei Gott im Himmel!« Sie bekreuzigte sich ein weiteres Mal, ehe sie Liesi den Brotkorb abnahm und ihr ein herzliches Lächeln schenkte, das die Sicht auf zwei gelbe und schiefe Zähne freigab.

Liesi schmunzelte und nickte. »Das ist wundervoll, Schwester Hildegard.«

»Aber das ist noch nicht alles! Ein Brief an dich wurde beigelegt. Ich habe ihn nicht geöffnet, dennoch erhoffe ich mir, auf diese Weise vielleicht Auskunft über unseren großzügigen Spender zu erhalten.«

Mit ihrer freien Hand griff sie in eine eingenähte Seitentasche ihrer Schwesterntracht und drückte Liesi einen einfachen Briefumschlag in die Hand.

Liesi musterte die elegant geschwungenen Buchstaben

und lächelte, da sie bereits eine Vermutung hatte, von wem die Spende und der Brief stammen könnten.

»Und?«, fragte Schwester Hildegard. »Willst du ihn nicht öffnen? Bist du nicht neugierig, wer dir einen Brief zugesandt hat? Ausgerechnet an diese Adresse hier?«

Liesi zuckte mit den Schultern und grinste vielsagend. »Liebste Schwester Hildegard, ich bin hier, um den Bewohnern des Hauses Essen zu bringen. Und wenn ein wohltätiger Spender es bevorzugt, anonym zu bleiben, hat das gewiss seine Gründe, nicht wahr? Außerdem lese ich lieber in aller Stille diesen Brief«, fügte sie hinzu. Sie freute sich bereits jetzt darauf, die Worte ihrer lieben und neu gewonnenen Freundin zu lesen. Denn wer sollte ihr sonst einen Brief nach Haidhausen senden als Amalie?

Schwester Hildegard seufzte. »Du hast ja recht, mein Kind. Aber vielleicht könntest du mir beim nächsten Mal einen kleinen Hinweis liefern, wem der Dank gebührt, ja? Ach, und bring doch bald wieder deine Freundin mit, die Kinder haben bereits mehrmals nach ihr gefragt.«

Liesi lächelte beim Gedanken an Amalie. Wenn Schwester Hildegard nur wüsste, dass vermutlich genau diese Freundin die Wohltäterin war … »Ich frage sie, wenn ich sie das nächste Mal sehe, versprochen«, antwortete sie wahrheitsgetreu, klopfte an die Tür des Speisesaals und wurde mit einem lauten und begeisterten Kreischen einer ganzen Schar von Kindern empfangen. »Aber jetzt habe ich wichtigere Dinge zu erledigen«, fügte sie hinzu und kniete sich auf den Boden, um die Mädchen und Buben in den Arm zu nehmen und zu begrüßen.

Am Abend desselben Tages saß sie neben Anna und Herrn Hofbauer auf der Eckbank in der Stube und faltete lächelnd den Brief zu, bevor sie ihn zurück in das Kuvert steckte.

Es hatte sich in der Tat um einen mehrseitigen Brief von Amalie gehandelt, die ihr von den komplizierten Verhandlungen ihrer bevorstehenden Hochzeit berichtete und sich beklagte, wie außerordentlich schwierig es sei, die beiden unterschiedlichen christlichen Konfessionen allein für eine Vermählung zu vereinen. Sie schrieb davon, wie sehr sie Liesi und die Kinder in Haidhausen vermisste, und bat mehrmals darum, ihnen keine weitere Auskunft über Amalies Spenden zu erteilen, schließlich gäbe ein wahrer Christ seinen Obolus stets im Verborgenen. Amalies Brief endete mit einer weiteren Bitte an Liesi, möglichst bald zu antworten und von ihr und ihrem Leben in München zu berichten. Aus diesem Grund überlegte Liesi, zu welcher Tageszeit sie ein paar freie Minuten finden würde, um ihrer Freundin einen Brief zu schreiben.

»Was grinst du denn so?«, unterbrach Anna ihre Gedanken, während sie immer wieder die zarten Buchstaben des Briefumschlags nachfuhr.

»Was? Nichts, ich freue mich einfach«, antwortete Liesi, legte den Brief beiseite und bot Herrn Hofbauer die letzte Portion Kartoffeln an, der sie mit einem schüchternen Lächeln annahm und direkt aus der Pfanne aß.

»Das muss eine besondere Freundin sein«, sagte Anna schmatzend und seufzte im Anschluss laut und gedehnt. »Gott im Himmel! Ich bin so hundemüde! Seit Wochen versuche ich, Onkel Max' Unterlagen zu sortieren, um einen genauen Überblick zu bekommen, und immer wieder tauchen neue Dokumente oder Rechnungen auf. Mitunter finde ich eingerissene Zettel, in denen unleserlich irgendein Kaufvertrag vermerkt worden war. Das ist zum Verrücktwerden! Wie kann man nur so arbeiten? Geschweige denn kalkulieren? Der geht noch zugrunde, nur weil er seine Finanzen nicht im Blick behält.«

Liesi schmunzelte und erkannte ein Nicken von Jakob Hofbauer.

»Sie haben in der Tat ein außerordentliches Geschick, ihre Unterlagen zu sortieren, Fräulein Anna. Ich habe in den Wochen, seit ich hier bin, keinen einzigen Fehler oder eine verloren gegangene Rechnung entdeckt – und das gewiss über einen Zeitraum von zehn Jahren. Das ist bemerkenswert.«

Statt sich höflich zu bedanken, lehnte sich Anna in den Stuhl zurück und verschränkte die Arme ineinander.

»Erwarten Sie bloß keinen Dank und erst recht keine Hilfe, Herr Hofbauer«, antwortete Anna. »Beenden Sie einfach möglichst schnell Ihre Arbeit, damit Sie zu Ihrem Pfister zurückkehren können.«

Liesi hörte das stockende Ausatmen des Buchhalters, der den Krug Apfelmost vor sich im Kreis herumdrehte.

»Nun, Sie wissen, dass ich das nicht zu entscheiden habe. Ich bin auch nur ein einfacher Angestellter.«

»Das sollen wir Ihnen glauben?« Annas Stimme triefte vor Skepsis. »Wir sind nicht dumm, Herr Hofbauer!«

Innerhalb kürzester Zeit änderte sich die einst gelassene Stimmung in eine explosive Mischung, und Liesi spürte sowohl Herrn Hofbauers Unwohlsein als auch Annas Aggression ihm gegenüber. Doch bevor einer der beiden ein weiteres Wort sprechen konnte, erhob sie sich räuspernd, strich die Röcke glatt und ergriff Amalies Brief. »Ich verabschiede mich. Das Anstellgut muss noch gefüttert werden.« Sie nickte Anna zu und schenkte Jakob Hofbauer ein kurzes und schwaches Lächeln. »Gute Nacht«, fügte sie hinzu und verließ die Stube. Doch gerade, als sie die Tür hinter sich schließen wollte, hörte sie Anna hinter sich herrufen: »Warte, Liesi!« Schon spürte sie Widerstand, und ihre Schwester stand wenige Sekunden später neben ihr im Flur.

»Ich muss dir noch etwas zeigen«, flüsterte sie und zog sie eilig hinter sich ins Arbeitszimmer. Erst nachdem Anna auch diese Tür hinter sich geschlossen hatte, drehte sie sich zu Liesi, die sie mit verwirrter Miene betrachtete, und reichte ihr ein Pergament. »Dieses Schreiben habe ich vor einigen Wochen fälschlicherweise auf den Stapel der Kondolenzbriefe gelegt, ohne es weiter zu beachten. Und das tut mir von Herzen leid, denn es könnte all unsere Probleme lösen«, sagte Anna. Ihr Lächeln wurde immer breiter, während sie atemlos die Zeilen der königlichen Hofpfisterei bezüglich des Preisausschreibens vorlas. Anschließend nahm sie Liesi in den Arm. »Dieser Brief kam, noch bevor wir die Bäckerei an Huber überschrieben haben, und es steht weder geschrieben, dass dein Anspruch, daran teilzunehmen, hinfällig ist, noch, dass es Frauen allgemein untersagt ist«, erklärte sie mit einem Schulterzucken. »Angenommen, du würdest mitmachen und dieses königliche Backen gewinnen …«, sagte Anna, und Liesi spürte einen aufregenden Schauer über ihre Arme wandern.

»… dann könnte ich mit dem Geld die Bäckerei zurückkaufen und mit dem Restgeld versuchen, mir einen Platz in der Zunft zu bezahlen«, beendete sie Annas Satz, die schweigend nickte.

»Ich denke, mit genügend Geld würde auch der konservativste Zunftbruder zustimmen und dich aufnehmen.«

Liesi betrachtete das Schreiben, las immer und immer wieder die Zeilen und konnte nicht aufhören, zu lächeln. Die Anmeldefrist endete in vier Tagen, sie konnte tatsächlich noch daran teilnehmen. Das war tatsächlich ihre Chance. Und sie musste sie ergreifen.

Sie umarmte Anna und jubelte laut auf. »Ich mache es«, rief sie, hielt allerdings kurz darauf inne. »Aber was machen wir nun mit Herrn Hofbauer? Sollen wir ihn zurück nach Pasing schicken?«, fragte sie und spürte sogleich einen völlig unpassenden Stich im Herzen, allein bei dem Gedanken, Jakob Hofbauer fortzuschicken.

Anna zog die Lippen ein und kaute nachdenklich darauf herum, bevor sie das Gesicht verzog und den Kopf schüttelte.

»Wenn du wirklich denkst, Hubers Forderungen erfüllen zu können, wäre das nicht sinnvoll. So gern ich auch diesen Taugenichts aus unserem Elternhaus jagen würde. Aber wir benötigen eine Alternative, solltest du das Preisbacken nicht gewinnen«, antwortete sie, stellte sich vor Liesi, legte ihr beide Hände auf die Schultern, und ihre Miene wurde ernst. »Du kannst sein Angebot immer noch ablehnen, Liesi. Ich sehe doch, wie sehr du dich abmühst. Wir beide finden auch einen anderen Weg.«

Liesi atmete hörbar durch und fasste einen Entschluss: »Dann bleiben wir dabei. Ich erfülle Hubers Anforderungen und arbeite zudem an einem neuen Rezept für die Königsfamilie. Ich schaffe das!«

»Bist du dir sicher?«, fragte Anna, und Liesi erkannte, wie so oft in letzter Zeit, Sorge in ihrem Gesicht, die sich in dünnen Linien auf ihrer Stirn und zwischen den Augenbrauen einzeichnete.

»Ich bin mir sicher«, antwortete sie und küsste ihre Schwester sanft. »Hör auf, dich um mich zu sorgen, diese Falten bleiben dir am Ende noch«, scherzte sie. »Und nun muss ich in die Backstube. Wer weiß, vielleicht fällt mir noch heute das passende Rezept für Seine Majestät ein?«

Mit einem seligen Lächeln verließ Liesi das Arbeitszimmer. Zum ersten Mal seit langer Zeit verspürte sie ein Gefühl von Hoffnung in sich. Hoffnung auf eine Zukunft. Vielleicht würde sie in diesem Leben doch noch glücklich werden – als Bäckermeisterin in ihrer eigenen kleinen Sendlinger Bäckerei. Wie schön das doch wäre!

17

Jakob

»Und? Wie läuft es in Sendling?«

Georgs Frage klang beiläufig, ja nahezu desinteressiert, während er gleichzeitig die Einkaufslisten des vergangenen Monats überprüfte. Aber Jakob kannte seinen Vorgesetzten zu gut, um hinter die gespielte Langeweile blicken zu können, denn Georgs Blick, den er ihm immer wieder zuwarf, war messerscharf. Jakob fühlte sich wie ein Wiesel auf der Flucht vor einem Adler – inmitten eines riesigen Feldes ohne jegliche Möglichkeit, sich zu verstecken.

Er seufzte. »Es läuft gut, denke ich«, antwortete er vorsichtig und deutete auf die Unterlagen in seinen Händen. »Das sind die Einkäufe und die Einnahmen der Bäckerei Gmeiner der letzten sechs Monate. Sieh selbst, die Zahlen sind gut, nahezu jeden Monat ein Plus von ...«

»Die Zahlen interessieren mich nicht«, unterbrach Georg Jakobs Rede mit barschem Ton. »Ich bin selbst in der Lage, Dokumente zu lesen, dazu brauche ich dich nicht. Du weißt genau, was ich wissen will.«

Natürlich wusste Jakob, welches Thema Georg interessierte. Er wollte wissen, ob es ihm gelungen war, ein paar der Brotrezepte der Bäckerei zu stehlen. Elisabeths Bauernlaib, wie sie ihr uriges Brot nannte, war in ganz Sendling bekannt und beliebt, ganz zu schweigen von den kleinen Kornsemmeln oder dem Sonnenblumenkranz, den sie an den Samstagen für das Sonntagsfrühstück verkaufte. Inzwischen hatte Jakob längst verstanden, warum Georg so sehr darauf brannte, die Rezepte zu erfahren – Elisabeths Talent war einzigartig. Jakob liebte jedes ihrer Brote.

Ein weiteres Mal seufzte er und verscheuchte das Bild von Fräulein Elisabeth, das sich sogleich in seinem Geist breitmachte. Zumindest versuchte er es – erfolglos. Er sah ihr wehendes Bäckergewand, die losgelösten rotblonden Strähnen, die ihr während der Arbeit über die Schultern fielen, er sah das Glänzen ihrer Augen, während sie den Teig knetete, und hörte ihr leises Summen eines Volksliedes. Ein Bild, das sich längst eingeprägt hatte und das Jakob ständig vor Augen hatte. Elisabeth in der Backstube, erleuchtet vom schwachen Schein einer Kerze. Einfach und wunderschön.

»Jakob, antworte mir!«, unterbrach Georg seine Gedanken, und Jakob räusperte sich. Er legte die Unterlagen auf den Sekretär und stellte sich an das Fenster, um auf den Marktplatz hinauszublicken. Die Sommerhitze sorgte dafür, dass die meisten Menschen ihre Einkäufe morgens oder abends erledigten. Jetzt, in der Mittagssonne, war der sonst von Trubel erfüllte Marktplatz menschenleer. Nur ein paar Tauben flogen von Markttisch zu Markttisch, auf der Suche nach dem einen oder anderen Korn oder anderen vergessenen Leckereien. Jakob fasste sich an den gestärkten Kragen seines Hemdes, der von der Hitze ganz feucht geworden war, und seufzte leise.

»Ich habe die Bäckerin ein paarmal während ihrer Arbeit beobachtet. Sie verwendet keinerlei Rezepte, und in der gesamten Backstube befinden sich weder ein Buch noch sonst irgendeine Art von Heft oder Papier, worauf mögliche Brotrezepte vermerkt sein könnten. Fräulein Elisabeth scheint keine schriftlichen Vorgaben zu benötigen.«

»Bist du dir dessen sicher? Hast du überall nachgesehen?«

»Ich bin mir sicher«, antwortete Jakob und drehte sich nun doch zu Georg, um ihn anzublicken. »Ich habe das Arbeitszimmer sorgfältig durchkämmt, dort befinden sich nur diverse Ordner, Bestelllisten und andere Dokumente über die Bäckerei. Selbst mein Schlafgemach, die Kammer des verstorbenen Vaters, habe ich durchsucht. Dort gibt es mit Ausnahme einer Bibel keine Bücher. Es existieren keine Rezepte zu ihren Broten.«

Jakob verschwieg Georg, wie sehr ihn diese Tatsache mit Erleichterung erfüllte. Er hatte seinen Auftrag gewissenhaft erledigt und musste der jungen Bäckerin trotzdem keinen Schaden zufügen, da es einfach nichts gab, das er in Georgs Namen rauben könnte. Georg würde diese Niederlage akzeptieren müssen und ihn, Jakob, an seine eigentliche Arbeit zurückkehren lassen. Und auch wenn die Tatsache, Fräulein Elisabeth nicht mehr jeden Tag sehen zu können, einen schmerzhaften Stich in seinem Herzen verursachte, freute er sich darauf, endlich wieder frei von Schuldgefühlen zu leben.

»Das ist wahrhaft schade«, antwortete Georg. Er schritt zu dem kleinen, mit Schnitzereien verzierten Eichentisch, öffnete kurz darauf den Verschluss einer gläsernen Karaffe und schenkte zwei Gläser des teuren und hochwertigen Branntweins ein. Er reichte Jakob eines davon und schwenkte das andere ein paar Mal direkt unter seiner Nase, bevor er einen großzügigen Schluck daraus trank. Jakob selbst nippte nur kurz am Glas, da ihm der Alkohol gepaart mit der Mittagshitze gewiss nicht gut bekommen würde. Und er bevorzugte es, mit klarem Geist zu arbeiten.

»Aber so schnell geben wir nicht auf, oder, Jakob? Wir beide sind ehrgeizige Geschäftsmänner. Und wir verlieren niemals!« Erneut setzte er das Glas an und trank es in einem Zug aus, bevor Jakob auch nur ein Wort antworten konnte. Dann strahlte er Jakob an und klopfte ihm freundschaftlich auf die Schulter.

»Ein Glück, dass du so ein ansehnlicher und vor allem lediger Mann bist«, meinte Georg schließlich und zupfte Jakobs beige Weste zurecht.

Jakob schluckte und musterte Georg mit einer Mischung aus Entsetzen und Unsicherheit. »Wie meinst du das?«, fragte er und wich einen Schritt nach hinten aus, bis er das Fensterbrett in seinem Rücken spürte.

»Ist das nicht ersichtlich? Du wirst das hübsche, unschuldige Fräulein Elisabeth bezirzen, sodass sie dir aus freien Stücken berichtet, welche Zutaten sie für ihre Brote verwendet. Und zwar Schritt für Schritt, damit wir es hier in Pasing nachbacken können. Sie verliebt sich in den jungen Buchhalter, der ganz plötzlich auf den Geschmack gekommen ist und selbst das Bäckerhandwerk erlernen will – natürlich nur ihr zuliebe. Na, wie klingt das?«

Jakob wurde übel, und er stellte das fast noch unberührte Glas Branntwein auf dem kühlen Marmor des Fensterbrettes ab.

Wie das klang? Das hörte sich nicht nur schrecklich an, das war ganz und gar unmöglich! Er würde Elisabeth niemals auf diese Weise verletzen können. Das war unmenschlich.

»Wieso ist es dir so wichtig, an das Rezept ihrer Brote zu kommen? Sind unsere Bäckermeister wahrlich so untalentiert?«, fragte Jakob.

Georg schnaubte und schenkte sich ein weiteres Glas Branntwein ein. Erst nachdem er dieses ebenfalls in einem Zug geleert hatte, sah er Jakob in die Augen. »Erinnerst du dich an das alte Brot, das der Gmeiner uns damals bei unserem letzten Besuch gereicht hat?«

Jakob nickte und verzog das Gesicht. Er hatte sich schrecklich gefühlt, weil er kaum in der Lage gewesen war, das Randstück zu kauen. Wie genau erinnerte er sich doch an den abwartenden und gespannt freudigen Blick Fräulein Elisabeths, während sie auf sein Urteil wartete.

»Es war so hart«, antwortete er daher nach einiger Zeit, doch Georg schüttelte den Kopf.

»Die Kruste mag hart gewesen sein, doch die Krume war immer noch fluffig und weich. Ganz zu schweigen vom fein würzigen Geschmack des Brotes. Nein, Jakob, glaube mir, die Brote von Fräulein Elisabeth sind außerordentlich. Koste ein einziges Mal unsere Brote, wenn sie mehrere Tage alt sind. Du würdest sie ausspucken.«

Jakob presste die Lippen aufeinander und wich Georgs Blick aus.

»Wenn wir das königliche Ausschreiben gewinnen wollen, benötigen wir eines ihrer Rezepte. Das steht außer Frage«, fuhr Georg fort und wartete so lange, bis er endlich Jakobs Blick eingefangen hatte. »Und du wirst es mir besorgen. Mit allen Mitteln, die dir zur Verfügung stehen.«

Jakob stöhnte. »Ich bin eigentlich davon ausgegangen, heute nach Hause zurückzukehren«, gab Jakob zerknirscht zu, erntete jedoch nichts als einen amüsierten Blick seines Vorgesetzten.

»Nun, worauf wartest du dann noch? Wenn du deiner Schwester einen Besuch abstatten willst, dann geh! Solange du heute Abend wieder in Sendling bist und Fräulein Elisabeths Nähe suchst, ist dir alles erlaubt, mein Freund. Und keine Sorge«, fügte er nach einem Moment hinzu und berührte ein weiteres Mal Jakobs Schulter. »Ich glaube an dich. Du wirst sie innerhalb kürzester Zeit um den Finger gewickelt haben. Denk daran, wie einfach es mir bei Elisabeths Schwester fiel, da wird es bei ihr kaum anders verlaufen. Frauen sind leicht zu durchschauen, und sie wollen alle dasselbe. Du wirst schon sehen.«

Jakob atmete tief durch und schwieg. Was sollte er auch sagen, wenn Georg seine Meinung niemals akzeptieren würde?

Stattdessen hob er kurz den Arm zu einem Abschiedsgruß und verließ das Büro der Pfisterei.

Wenige Stunden später saß er auf seinem eigenen Bett in seiner kleinen Wohnung in Pasing und betrachtete den kompakten ledernen Koffer vor sich. Darin befanden sich die wenigen Hemden und Westen, die er besaß, sowie zwei weitere Hosen und Unterwäsche, die er in den nächsten Tagen oder gar Wochen benötigen würde. Allerdings beachtete er die Kleidung kaum. Seine Gedanken kreisten immerzu um den Auftrag, den Georg für ihn hatte. Er sollte Fräulein Elisabeth umwerben, ihr Herz erobern und ihr ein Gefühl von Liebe und Sicherheit vorgaukeln, nur um ein Rezept zu stehlen?

Wie sollte er das nur schaffen? Allein der Gedanke daran, welchen Schmerz er ihr zufügen würde, schnürte ihm die Kehle zu. Ausgerechnet sie, die vor Kurzem ihren geliebten Vater auf so tragische Weise verloren hatte. Ausgerechnet sie, die durch Georgs Intrigen und Jakobs Talent, versteckte Klauseln in einem Vertrag zu vermerken, ihre Heimat und einstige Anstellung verloren hatte. Ausgerechnet sie sollte er belügen und berauben?

Das Knarren der Zimmertür beendete Jakobs Gedanken, und er blickte in das unschuldige Lächeln seines kleinen Neffen.

»Schau mal, Onkel, wie groß ich geworden bin«, meinte der und streckte die dünnen Ärmchen nach oben, sodass die Hemdärmel gerade noch die Hälfte bedeckten.

Jakob lachte, stand auf und zog den Jungen in seine Arme. »Mein lieber Fritz! Es dauert nicht mehr lange, dann bist du vermutlich größer als dein Onkel.«

»Gott bewahre! Mir wäre es lieber, er würde etwas langsamer wachsen«, hörte er das Stöhnen seiner Schwester, die nun ebenfalls in Jakobs Zimmer trat. Sie verzog das Gesicht zu einem schmerzlichen Grinsen und deutete auf ihren Sohn. »Ich komme allmählich nicht mehr mit dem Nähen hinterher. Kaum habe ich die neuen Hosen fertiggestellt, ist er wieder herausgewachsen. Ein Glück, dass Gertrude uns immer so gute Preise macht, sonst könnten wir uns die neuen Stoffe gar nicht leisten.«

Jakob schluckte und zog den kleinen Fritz erneut in seine Arme. »Und zu deinem noch größeren Glück hast du eine Familie, die für dich sorgt, nicht wahr?«

Fritz erwiderte die Umarmung und strahlte Jakob mit seinem Zahnlückenlächeln an. »Wenn ich groß bin, will ich genauso werden wie du, Onkel!«

Jakob schluckte erneut und dachte an Georgs Auftrag und an Fräulein Elisabeth. Dann warf er einen kurzen Blick auf Franziska, die ihre Hände an einer mit Fett verschmierten Schürze abwischte und mit einem Lächeln ihren Sohn betrachtete. Nichts als Stolz und Liebe lagen in ihrem Blick.

»Sieh du lieber zu, deiner Mutter nachzueifern. Sie ist in allen Dingen ein wahres Vorbild«, antwortete er und wandte sich im Anschluss seinem Koffer zu, den er seufzend schloss.

»So ist mein Bruderherz eben. Bescheiden wie eh und je«, hörte er die leisen Worte seiner Schwester, die plötzlich neben ihm stand, sich auf die Zehenspitzen stellte und ihm einen Kuss auf die Wange drückte. Allerdings löste dies einen schmerzhaften Stich in seinem Herzen aus.

O nein, er war nicht bescheiden. Wenn Ziska wüsste, wie

Jakobs Auftrag lautete, würde sie das gewiss anders sehen. Und dennoch – ein Blick auf den jungen Fritz, auf sein verschmitztes Lächeln, auf die zu kurzen Hemdärmel und die verschlissene Kniebundhose, genügte um zu wissen, wofür er es tat.

Er musste Georgs Auftrag erfüllen.

Für Ziska.

Für Fritz.

18

»Ich dachte, Ihr Auftrag hier wäre zu Ende«, begrüßte Fräulein Anna ihn mit deutlicher Abneigung in ihrer Stimme. Argwöhnisch musterte sie Jakobs Koffer, den er an sich presste, und verschränkte die Arme ineinander.

»Ja, das dachte ich auch«, gab er zerknirscht zu und zuckte anschließend mit den Schultern. »Dennoch bitte ich, eintreten zu dürfen.«

»Wieso bitten, wenn das Gebäude längst Euch gehört?« Fräulein Anna drehte sich um und überließ es Jakob, ob er nun eintrat oder nicht.

Er seufzte leise und folgte der älteren Schwester Gmeiner in den dunklen und angenehm kühlen Flur hinein. Nachdem er den Gehrock auf einen Kleiderbügel in der Garderobe aufgehängt hatte, stieg er die ächzenden Stufen hinauf, um das einstige Zimmer Herrn Gmeiners ein weiteres Mal zu beziehen. Mit jeder Stufe stieg die Temperatur um ein paar Grad, und als er oben angekommen war, fühlte er sich wie in einem Backofen.

Kurz vor seiner Kammer blieb Jakob wie angewurzelt stehen und starrte in die weit offen stehende Kammer gegenüber. Vergessen war die unerträgliche Hitze der Dachräumlichkeiten eines Stadthauses.

Fräulein Elisabeth lag dort, in volle Bäckertracht gekleidet, in ihrem Bett und rührte sich nicht. Einzig die schwache Hebung und Senkung der Brust verriet Jakob, dass sie schlief und nicht etwa verstorben war. Ihre Gesichtsfarbe wirkte trotz der Hitze blass, sodass das Rot ihrer schmalen Lippen besonders kräftig hervortrat. Das rotblonde Haar lag wie ein Schleier um ihren Kopf ausgebreitet, und Jakob lächelte allein beim Anblick dieser Frau selig.

»Liesi? Herrgott! Wo bleibst?«, donnerte Annas Stimme die Stufen empor, und Jakob zuckte zusammen. So schnell wie möglich öffnete er die Tür seiner Kammer und ignorierte das erschrockene Keuchen aus dem Zimmer gegenüber.

»Du meine Güte! Wie spät ist es?«, hörte er Elisabeths verschlafene Stimme, dicht gefolgt von einem Rascheln und Rumpeln. Dann stieß sie einen Schrei aus. »Das Anstellgut! Bei dieser Hitze! Ich muss ...«

Er hörte die Tür ihrer Kammer lautstark und schwungvoll gegen die Wand krachen, und als Jakob nun doch einen Blick hinaus in den Gang wagte, sah er, wie Elisabeth sich eilig das Haar zusammenband, während sie aus dem Zimmer eilte. Bis sich ihre Blicke trafen.

Elisabeth blieb abrupt stehen und starrte Jakob mit weit aufgerissenen Augen an, als wäre er eine Erscheinung. »Herr Hofbauer?«, fragte sie, und er hob unsicher eine Hand zum Gruß.

»Guten Tag, Fräulein Elisabeth. Herr Huber hat mich

erneut zu Ihnen gesandt«, antwortete er und schenkte ihr ein kurzes, trauriges Lächeln. »Ich wollte Sie nicht erschrecken.«

Fräulein Elisabeth nickte stumm. Plötzlich blickte sie in ihre kleine Kammer und anschließend zurück zu Jakob. Er betrachtete, wie ihre Wangen schlagartig Farbe bekamen, und schmunzelte. Hübsch sah es aus.

»O du lieber Himmel! Die Tür! Es war so heiß und ... Wie lange sind Sie schon ...? Und ich ... Hilfe!«, rief sie aus und vergrub das Gesicht in den Handflächen.

Ich stehe lange genug hier und werde diesen wunderschönen Anblick tief in meinem Innersten bewahren, dachte Jakob und lächelte. »Keine Sorge, Fräulein Elisabeth. Ich bin gerade eben gekommen, bitte schämen Sie sich nicht. Ein kurzes Mittagspäuschen ist durchaus akzeptabel und angebracht bei dieser Hitze.«

Jakobs Worte führten allerdings nicht dazu, dass sie sich beruhigte. Im Gegenteil, Elisabeths Blick wurde panisch, und sie schüttelte mehrmals den Kopf. »Es mag für andere akzeptabel sein, ich kann es mir jedoch nicht leisten«, antwortete sie und verneigte sich kurz vor ihm. »Herr Hofbauer, bitte entschuldigen Sie, ich muss zurück an die Arbeit!«

Mit diesen Worten huschte sie eilig die Stufen hinunter und ließ Jakob allein zurück – inmitten der sommerlichen Hitze eines Dachgeschosses.

Erst als sie schon fast die letzten Stufen erreicht hatte, riss sich Jakob aus seiner Starre und rief ihr nach. »Kann ich Ihnen helfen?« Allein bei dieser Frage hörte er das wilde Pochen seines Herzens und ignorierte das Gefühl von Schuld, das erneut in seinem Innersten kratzte. Er musste es tun. Für seine Familie!

Elisabeth blieb auf der untersten Stufe stehen, drehte sich zu ihm und betrachtete ihn einen Moment schweigend.

Schließlich zuckte sie mit den Schultern und deutete ihm an, ihr zu folgen.

Kurze Zeit später stand Jakob im Hinterhof der Bäckerei und wusch die Bottiche und Schüsseln aus. Allein.

Fräulein Elisabeth hatte nur den Vorteig kontrolliert und »gefüttert«, wie sie es genannt hatte, und war anschließend gemeinsam mit ihrer Schwester und der ramponierten Kutsche eines Nachbarn davongefahren. Sie besuchten das Grab ihres Vaters, hatte sie ihm zuvor mit ausdrucksloser Miene offenbart. Das Bäckergewand hatte sie durch ein schlichtes dunkles Kleid eingetauscht, die Haare in einzelnen lockigen Strähnen hochgesteckt und mit Bändern verziert. So hatte sie vor ihm gestanden und sich im Anschluss mehrmals für sein Hilfsangebot bedankt.

Nun befand sich Jakob hier, im Schatten einer alten Linde, mit aufgekrempelten Hemdsärmeln, und kratzte immer und immer wieder die eingetrockneten Teigreste vom Rand des Bottichs, den er anschließend mit Wasser von einer Wasserpumpe füllte und ordentlich sauber schrubbte. Schweiß lief ihm über die Stirn und in kleinen Rinnsalen zwischen den Schulterblättern hinunter. Das gestärkte Hemd klebte ihm unangenehm am Oberkörper. Und dennoch fühlte er sich auf eine gewisse Art erleichtert, nicht sofort Georgs schrecklichen Auftrag erfüllen zu müssen. Ein paar Tauben flatterten um ihn herum, in der Hoffnung, kleine Krümel vom getrockneten Brotteig erhaschen zu können, und Jakob warf ihnen immer wieder etwas zu.

»Nicht so gierig, ihr Lieben, es ist genug für alle da«, erklärte er und lachte kurz darauf über sein eigenes Verhalten.

Ausgerechnet er, der gewissenhafte Buchhalter, der Mathematiker, stand in einem Hinterhof, fütterte Tauben und sprach mit ihnen. Und es erfüllte ihn sogar mit Freude.

Inzwischen glänzten die meisten Schüsseln im Schein der Sonne, und Jakob wrang das Trockentuch aus und benetzte sein Gesicht mit Wasser. Danach stapelte er die Schüsseln ineinander und wollte gerade in die Backstube zurückkehren, als er Fräulein Elisabeth in der offenen Hintertür erkannte. Erschrocken wich er einen Schritt zurück, stieß dabei mit dem Fuß gegen den Wassertrog und wäre beinahe gestrauchelt. Zu seinem Glück fing er sich wieder – im Gegensatz zur obersten Schüssel, die laut klirrend zu Boden fiel.

Jakob atmete tief durch und blickte zu Elisabeth, die amüsiert hinter vorgehaltener Hand kicherte.

»Immerhin ist es diesmal nur *eine* Schüssel, die ich fallen gelassen habe. Ich bessere mich, nicht wahr?«, fügte er schmunzelnd hinzu, und Elisabeth nickte überdeutlich.

»Ich würde Sie glatt als Hilfsgesellen einstellen, wenn ich könnte«, antwortete sie mit sarkastischem Unterton. »Dieses Talent ist außerordentlich!«

Jakob grinste und deutete eine Verbeugung an, was mit den Schüsseln in der Hand gar nicht so einfach war. Sie schwankten gefährlich, und Jakob presste sie an seinen

Oberkörper. »Ich sollte sie wegräumen, wenn ich sie nicht noch einmal waschen will«, sagte er und ignorierte sein wild pochendes Herz, während er an Elisabeth vorbeiging, die ihm in die stickige Backstube folgte.

Hatte er bis vor wenigen Sekunden geglaubt, im Schatten der Linde sei die Hitze unerträglich, hatte er nun das Gefühl, selbst ein Brotlaib im Backofen zu sein.

»Großer Gott! Hier kann man ja kaum noch atmen!«, rief er stöhnend aus. Die Schüsseln stellte er auf einem der Arbeitstische ab und räumte sie dann fein säuberlich zurück in die Regale.

Elisabeth war ihm gefolgt, öffnete das Ofentürchen des Brotbackofens und kehrte die ausgekühlte Asche in ein dafür vorgesehenes Behältnis. Jakob wagte einen kurzen, schüchternen Blick auf die sanften Rundungen ihrer Hüfte und wandte sich anschließend räuspernd ab. Nein! Nein, er durfte sie weder auf diese Art beobachten, noch sollte er ein solches Begehren empfinden, wenn er sie sah.

»Empfinden Sie diese Hitze etwa nicht als unerträglich?«, fragte er daher, hauptsächlich, um seine eigenen Gedanken in eine andere Richtung zu lenken.

Fräulein Elisabeth schloss die Ofentür und erhob sich. »Nun, es ist Sommer«, antwortete sie schlicht und zuckte mit den Schultern. »Und dies ist eine Backstube«, fügte sie hinzu. Sie schenkte ihm ein strahlendes Lächeln. »Ich schätze, ich bin die Hitze gewohnt.«

Jakob betrachtete ihre dennoch roten Wangen und biss die Zähne fest aufeinander. Wie gern würde er diese kleine, rot schimmernde Strähne, die sich aufgrund der feuchten

Hitze leicht kräuselte, hinter ihr Ohr streichen. Wie gern würde er ihr Gesicht berühren, nur ganz sacht und mit dem Handrücken. Angefangen an der Stelle vor ihrem Ohr, dort, wo sich die kräuselnde Strähne befand, über ihre markanten Konturen hinunter bis zum Kinn und zuletzt über ihre rot schimmernden Lippen.

Er schluckte und räusperte sich. Genau dies forderte Georg von ihm, wieso also fiel es ihm so schwer, den eigenen Gefühlen freien Lauf zu lassen und sein Begehr in die Tat umzusetzen? »Vermutlich haben Sie recht«, antwortete er daher mit Verzögerung und räusperte sich erneut. »Kann ich Ihnen noch bei etwas behilflich sein?«

Fräulein Elisabeth schüttelte den Kopf. »Sie haben mir, weiß Gott, schon genug geholfen. Noch einmal herzlichen Dank, Herr Hofbauer.« Sie streckte ihm ihre Hand entgegen, die er nur zögerlich ergriff, und deutete eine Verbeugung an. »Wirklich, Sie wissen gar nicht, was mir das bedeutet.«

Jakob umschloss Elisabeths kleine Hand mit seiner und spürte ihre für eine Frau ungewöhnlich rauen Fingerkuppen in sciner Handfläche. Augenblicklich fragte er sich, wie sie sich wohl auf seiner Brust anfühlten, wenn sie ihn dort berühren würde. Langsam und zärtlich, von einer Brustwarze zur anderen, bis hinab zu ... So zögerlich, wie er ihre Hand ergriffen hatte, so abrupt ließ er sie wieder los, erschrocken von seinen eigenen Gedanken.

»Ich«, begann er stotternd. »Ich helfe Ihnen gern. Es gefällt mir hier in Ihrer Backstube.«

»Trotz der Hitze?«, erklang Liesis verschmitzt klingende Frage.

Er strich sich die inzwischen nassen Haare nach hinten und versuchte zu lachen. »Nun, darauf könnte ich getrost verzichten, das gebe ich zu«, antwortete er. »Dennoch gefällt mir Ihre Arbeit. Sie ist so – vollkommen anders als das, was ich üblicherweise jeden Tag zu tun habe«, fügte er hinzu und spürte selbst die Wahrheit in seinen Worten. Denn wenn er ehrlich war, erfüllte ihn sogar das Waschen der Töpfe mit mehr Freude als die Buchhalterarbeiten in der Pfisterei.

»Wenn Sie nicht nur Töpfe reinigen, sondern mehr übers Backen erfahren wollen, können Sie mir gern morgen früh behilflich sein«, antwortete sie und schenkte Jakob ein kurzes Lächeln. »Also nur, wenn Sie wirklich wollen. Ich beginne nämlich um spätestens vier Uhr mit der Arbeit.« Noch bevor Jakob zu einer Antwort ansetzen konnte, schüttelte sie erneut den Kopf. »Nein, vergessen Sie meine Worte. Und verzeihen Sie, dass ich sie so unbedarft ausgesprochen habe. Um diese Zeit sollte niemand ...«, stotterte Elisabeth, doch Jakob, der sein Glück kaum fassen konnte, unterbrach sie, indem er erneut ihre Hand ergriff und sie sanft drückte.

»Ich freue mich jetzt schon auf Ihren Unterricht, Fräulein Elisabeth. Und vielleicht ist es um diese Uhrzeit auch nicht ganz so stickig heiß hier«, fügte er mit einem Zwinkern hinzu. Anschließend verbeugte er sich höflich vor ihr. »Dann wünsche ich Ihnen einen angenehmen Feierabend. Wir sehen uns spätestens morgen früh um vier.«

Und ohne Elisabeths Antwort abzuwarten, verließ er die Backstube mit einem seligen Lächeln. Allerdings nicht, weil er Georgs Auftrag in Kürze erfüllen könnte. Nein, er lächelte, weil er in weniger als zehn Stunden erneut Fräulein Elisabeth im Schein einer einzelnen Kerze beobachten durfte. Zu einer Zeit, wenn alle anderen Bewohner Münchens schliefen.

Ein Schauer wanderte über seinen Körper, und Jakob atmete tief durch.

Er konnte es kaum erwarten.

19

Liesi

Was, um Himmels willen, war nur in sie gefahren?

Hatte sie den Verstand verloren?

Sie wollte Herrn Hofbauer aus dem Weg gehen! Stattdessen lud sie ihn zu sich in die Backstube ein. Und das auch noch nachts! Obwohl sie sich noch genau an ihr letztes Zusammentreffen um diese Zeit erinnerte. Sie erinnerte sich an ihr Herzklopfen und auch an all die verruchten Gedanken, die ihr dabei den Verstand geraubt hatten. Diese waren Grund genug, warum sie ihm aus dem Weg gehen wollte – nein, sie *musste* ihm aus dem Weg gehen!

Diese Gedanken verfolgten Liesi den kompletten restlichen Tag über: während sie ihren Haferbrei zu Abend aß, als sie im Anschluss die getrocknete Wäsche von der Leine nahm und in den Schränken und Truhen verräumte. Und auch jetzt, als sie im Bett lag und den sanften und gleichmäßigen Atem ihrer Schwester neben sich hörte, hallten immer wieder diese Fragen durch ihren Kopf.

Warum hatte sie Jakob Hofbauer in die Backstube eingeladen? Und aus welchem Grund kribbelte alles in ihrem Körper, allein beim Gedanken daran, in wenigen Stunden mit ihm allein zu sein?

Jakob Hofbauer war ihr Feind! Der Mann, der ihnen alles weggenommen hatte! Denn sooft er auch behauptete, er sei nur ein einfacher Angestellter, so überdeutlich sah selbst ein Blinder das freundschaftliche Verhältnis zwischen ihm und Georg Huber. Und ein Freund Hubers konnte niemals Gutes im Schilde führen, niemals. Sie sollte ihm nicht trauen. Ja, sie sollte gar diese Verabredung dazu nutzen, ihn deutlich spüren zu lassen, was sie von ihm hielt. Sie sollte ihm die schwierigsten Aufgaben übertragen, ihn herumkommandieren, wie andere Meister es mit ihren Gesellen handhabten. Herablassend, kalt und unnahbar sollte sie sein.

Doch plötzlich sah sie erneut Jakob Hofbauer im Hinterhof stehen. Sie sah sein ausgelassenes Lachen, während die Tauben um ihn herumflatterten. Das Hemd feucht und eng an seinem Oberkörper klebend. Aufgrund der schweißtreibenden Arbeit und der Hitze hatte er sowohl seine Weste als auch den Gehrock ausgezogen, und Liesi meinte, jeden Muskelstrang unter dem Hemd gesehen zu haben. Und doch war es sein Lachen, das ihr durch Mark und Bein ging und selbst jetzt noch einen Schauer auslöste.

Nein! Nein, sie würde nicht auf ihn hereinfallen! Sie würde nicht denselben Fehler begehen wie Anna! Nicht wegen eines schüchternen Lachens, und schon gar nicht wegen eines nett anzusehenden Oberkörpers!

»Großer Gott! Liesi, ich will schlafen!«, raunte Anna schläfrig und stieß sie mahnend in die Seite. »Bleib doch mal liegen!«

Liesi hatte selbst nicht mal bemerkt, wie unruhig sie dalag, und murmelte eine Entschuldigung. Leise seufzte sie und schlang die dünne Bettdecke um ihre Beine. Das Wissen, dass Jakob Hofbauer nur wenige Meter gegenüber von ihnen in Vaters einstigem Bett lag, half ihr nicht wirklich dabei, sich zu beruhigen. Ob er bei dieser Hitze, genau wie Liesi, dennoch eine Decke benötigte? Ob ihm sein Nachtgewand ebenso feucht und unerträglich auf der Haut klebte? Trug er überhaupt eins?

Liesi schreckte auf und murmelte eine weitere Entschuldigung, nachdem sie Anna erneut geweckt hatte.

Nein! Was für Gedanken irrten nur durch ihren Kopf? Wenn Vater das wüsste!

Plötzlich richtete sie sich auf. Vater! Natürlich! Er würde sie wieder zur Vernunft bringen. Er würde ihr helfen, den Blick zurück aufs Wesentliche zu richten.

So schnell und lautlos wie möglich erhob sich Liesi vom Bett und tauschte ihr Nachthemd gegen das am Abend zuvor hergerichtete Bäckergewand. Nachdem sie trotz der Hitze alle Kleidungsschichten zugeknöpft und zugebunden hatte, huschte sie lautlos aus dem Zimmer, hinunter in die Backstube.

Erst dort erlaubte sie sich, innezuhalten und durchzuatmen. Mit geübten Handgriffen entzündete sie die Tranlampe und lief einige Schritte in die Backstube hinein.

Die flackernde Flamme erzeugte schaurige Schatten an den Wänden. Liesi sah urplötzlich ihren Vater vor sich …

»Ich habe Angst, Vater! Sehen Sie doch, dort! Da bewegen sich Monster mit riesigen Klauen!«, hatte Liesi gejammert und sich

hinter dem Rockzipfel ihres Vaters versteckt. Noch heute erkannte sie mit etwas Fantasie die angsteinflößenden Kreaturen, die sie damals als kleines Kind hinter jedem Regal und jedem Bottich vermutet hatte. Doch ihr Vater hatte sie nicht ausgelacht. Er hatte sie auch nicht gescholten.

»Monster, sagst du? In unserer Bäckerei? Das sind bestimmt die Korn-Trolle! Diese fürchterlichen Kreaturen mit ihren langen Fangarmen sind bei allen Bäckereien gefürchtet, denn sie stehlen das Korn und tauschen das Mehl gegen Säcke voller Gips, um den Bäcker und seine Waren zu ruinieren! Komm, Liesi! Das müssen wir verhindern. Nimm du den Holzschieber und die Schüssel, und auf drei brüllen und verjagen wir sie gemeinsam!«

Sie waren laut grölend durch die gesamte Backstube, in die Vorratskammer und sogar hinaus in den Hinterhof gerannt und hatten dazu unentwegt auf die Schüsseln geschlagen, was man vermutlich noch drei Straßen weiter hören konnte. Wie hatten sie hinterher gelacht, als kein einziger Troll mehr zu sehen war. Und noch lauter hatten sie gelacht, als kurze Zeit später Anna und Liesis Mutter erschienen waren, völlig schlaftrunken, verwirrt und verärgert.

»Ach, Vater!« Liesi seufzte und lehnte sich gegen die Arbeitsplatte. »Ich vermisse Sie so sehr!« Gedankenversunken strich sie über die Gärkörbe aus Schilf und sah doch nur ihren Vater vor sich, der neben ihr stand und herzlich lachte, weil er ihr kurz zuvor eines der Gärkörbchen wie einen Hut auf den Kopf gesetzt hatte. *»Guten Tag, edler Herr. Welch einen außergewöhnlich hübschen Zylinder Sie doch tragen!«*, hörte sie ihn mit polternder Stimme sagen. *»Wenn dies das Königshaus sieht,* *werden bald alle Könige und Königinnen nur noch diese Kopfbedeckung tragen wollen!«*

Eine einzelne Träne lief lautlos über ihre Wange, und Liesi biss sich auf die Unterlippe. Ob der Schmerz jemals vergehen würde? Oder zumindest erträglich werden?

»Mein Hannerl, ich komme zu dir«, erinnerte sie sich an seine letzten Worte. Ob sie nun wirklich wieder beisammen waren? Mutter und Vater, vereint als Mann und Frau? Ob sie glücklich waren?

Noch vor wenigen Stunden hatte Liesi zusammen mit Anna am Grab gestanden, hatte frische Blumen eingepflanzt und ein Gebet gesprochen. Dort, wo die sterblichen Überreste ihrer Eltern vergraben lagen. Und doch hatte sie sie nicht gespürt. Weder ihre Mutter noch ihren Vater.

Im Gegensatz zur Backstube. Sie musste nur den Kopf drehen und zum kleinen Fenster blicken, schon sah sie ihre Eltern dort stehen, eng umschlungen, Kleidung und Gesichter voller Mehl, das Haar leicht zerzaust und der Blick voller Liebe und Zuneigung. Ein Blick zum Brotbackofen genügte, und sie hörte Mutters warnende Worte, sie solle sich nicht verbrennen, als Liesi zum ersten Mal anschüren durfte. Sie spürte den festen Händedruck und die schwieligen Finger ihres Vaters auf der Schulter, sein Zeichen, dass er ihr vertraute. Er hatte ihr immer vertraut, in allen Dingen.

Was er ihr wohl sagen würde, sähe er sie jetzt? Mitten in der Nacht, allein und verzweifelt in der Backstube, die ihnen längst nicht mehr gehörte?

»Ich glaub an dich, Liesi«, hörte sie plötzlich die Stimme ih-

res Vaters flüsternd an ihrem Ohr. Als stünde er direkt neben ihr.

Sie schluckte und ignorierte die Tränen, die nun unaufhaltsam übers Gesicht flossen.

»Ach, Vater!«, sagte sie mit zittriger Stimme und rieb sich über die Arme.

»Ich glaub an dich«, hörte sie ihn erneut, und sie lächelte und empfand zeitgleich eine innere Ruhe und Gelassenheit, die sie lange schon nicht mehr gespürt hatte.

Ihr Vater hatte immer an sie geglaubt. Er würde auch niemals damit aufhören. Diese Zuversicht sollte ihr Kraft spenden, völlig egal, welche Aufgaben sie noch zu bewältigen hatte.

»Danke«, flüsterte sie und wollte gerade ins Bett zurückkehren, als das leise Knarzen der Tür sie innehalten ließ.

»Bin ich zu spät?«

20

Das Herz klopfte ihr bis zum Hals, und Liesi schluckte, obwohl sich ihr Mund staubtrocken anfühlte. Dort im Türrahmen der kleinen Backstube stand er – Jakob Hofbauer, ordentlich gekleidet in eine dunkle Bundhose, ein hell schimmerndes Hemd und eine dunkle Weste – und schenkte ihr ein schüchternes Lächeln, das sie trotz der schummrigen Dunkelheit erkannte.

»Ich … ich konnte nicht schlafen und habe Sie gehört«, begann er stotternd und lachte dann leise. »Die Treppe knarzt grässlich«, fügte er hinzu. »Da dachte ich, dass meine Taschenuhr möglicherweise stehen geblieben ist.«

»Sie sind nicht zu spät«, antwortete Liesi. Ihre Stimme klang krächzend, und sie räusperte sich ein paarmal, bevor sie weitersprach. »Ich konnte ebenfalls nicht schlafen.« Sie drehte sich einmal um die eigene Achse und betrachtete die friedliche Atmosphäre der Backstube. »Hier finde ich immer Ruhe.«

Jakob Hofbauer rührte sich nicht, doch sie spürte seinen durchdringenden Blick auf sich, als würde er direkt ihr Innerstes betrachten. Das Schweigen und die Stille zwischen ihnen sollte unangenehm sein, und Liesi sollte Jakob Hofbauer zurück in sein Zimmer schicken. Ja, sie sollte selbst zu Anna zurückkehren und ihn und die Backstube hinter sich lassen. Doch sie konnte nicht. Aus unerklärlichen Gründen genoss sie seine Anwesenheit, selbst das Schweigen. Noch immer stand er regungslos im Türrahmen, und sie erkannte trotz der Dunkelheit sein schwaches, tröstliches Lächeln.

»Ich schätze, es ist noch zu früh, um mit dem Backen zu beginnen, oder?«, unterbrach er nach einer gefühlten Ewigkeit die Stille.

Liesi beobachtete, wie Jakob Hofbauer sich die Haare nach hinten strich und ein paar Schritte auf sie zuging.

»Das würde ich so nicht behaupten«, antwortete Liesi. »Außerdem gibt es genügend andere Arbeiten, die ich auch jetzt schon erledigen und vorbereiten kann.«

Das Gesicht des Buchhalters erhellte sich, und er klatschte erfreut in die Hände. »Na, worauf warten wir dann noch? Fräulein Elisabeth, womit kann ich Ihnen behilflich sein?«

Liesi schluckte, um irgendwie das Ungute in sich zu verdrängen, diese leisen Worte, die immer wieder durch ihr Innerstes hallten und ihr mitteilten, dass sie diese Verabredung hier niemals zulassen sollte, dass dieser Mann ein Feind war. Doch sie ignorierte die innere Stimme. Stattdessen atmete sie tief durch und deutete Jakob Hofbauer an, ihr zu folgen. Sie ging geradewegs auf den Steinofen zu und öffnete, begleitet von einem lauten Ächzen, die Ofentür.

»Zuallererst müssen wir den Ofen von den Teigresten befreien und reinigen«, begann sie und drückte Herrn Hofbauer mit einem verschmitzten Grinsen die Backofenbürste in die Hand.

Der betrachtete mit ernster Miene den langen Stab und nickte schließlich. Ohne abzuwarten, verrichtete er stillschweigend die Arbeit, während Liesi wie angewurzelt hinter ihm stand. Sie konnte den Blick nicht von ihm abwenden, weder von den breiten Schultern und den muskulösen Armen, die immer wieder in den Tiefen des Ofens verschwanden, noch von den sanften Locken, die zuletzt grauweiß schimmerten, nachdem er offensichtlich in Kontakt mit der Ofentür gekommen war.

Liesi kicherte und trat einen Schritt auf den Buchhalter zu, der fragend die Augenbrauen anhob.

»Habe ich etwas falsch gemacht?«, fragte er sichtlich irritiert, doch Liesi grinste nur noch breiter und streckte vorsichtig die Hand nach seiner Stirn aus und strich ihm anschließend die Asche vom Kopf, die nun zu Boden rieselte. Erst als sie sein erstarrtes Gesicht bemerkte, erschrak sie über ihr eigenes Betragen.

»Entschuldigen Sie«, murmelte sie und trat verlegen einen Schritt zurück. Was, um Himmels willen, war nur in sie gefahren? Was machte sie hier nur?

Allerdings ergriff Jakob Hofbauer kurz darauf ihre Hand, drückte sie sanft und warf ihr ein schüchternes Lächeln zu. Allein diese kurze Berührung seiner Hand erzeugte ein Kribbeln in Liesis gesamtem Körper, das sie kaum ertragen konnte, und sie riss sich los und trat einen weiteren Schritt zurück, um irgendwie Abstand zu gewinnen.

»Ich denke, der Ofen ist sauber, und wir können das

Mehl in die Backmulde füllen«, sagte sie hektisch und öffnete mit zittrigen Händen den Holzdeckel des Backtrogs. Dann schloss sie ihn wieder und drehte sich in die andere Richtung. »Nein. Ich habe ja noch gar nicht nach dem Vorteig gesehen! Und der Sauerteig muss noch …« Völlig verwirrt blickte Liesi vom Ofen zurück zur Backmulde und zu den Regalen und konnte doch keinen einzigen Gedanken richtig fassen. Stattdessen hörte sie das stete und schnelle Pochen ihres eigenen Herzens. Poch-poch, poch-poch, hämmerte es in ihrer Brust.

»Soll ich lieber gehen, Fräulein Elisabeth?«, hörte sie plötzlich die dunkle und warme Stimme Jakob Hofbauers neben sich und zuckte zusammen.

»Was? Nein, nein … Ich …«, begann sie stotternd und erntete ein erneutes Lächeln.

»Es schmeichelt mir, Sie nervös zu sehen. Denn in den vergangenen Tagen war es immerzu andersherum.« Er neigte den Kopf, sah in ihre Augen und lachte leise. »Es grenzt nahezu an ein Wunder, dass Sie mich überhaupt noch Ihre Backstube betreten lassen, bei all den Schüsseln und Körben, die ich bereits umgestoßen habe.«

Liesi lachte bei dieser Erwähnung kurz auf und atmete im Anschluss tief durch. So nervös sie diese Situation auch machte, so ruhig fühlte sie sich plötzlich, nur weil Jakob Hofbauer neben ihr stand. Als würde er einen Mantel des Friedens über ihr ausbreiten.

Sie schloss für einen Moment die Augen. Es war, als hörte sie erneut die Stimme ihres Vaters, sie sah sein Zwinkern und sein aufrichtiges Lächeln, als würde er ihr zunicken. *»Ich glaub an dich, Liesi!«*, hörte sie die Stimme ihres Vaters in ihrem Innersten.

»Liesi«, sagte sie schließlich und suchte Jakob Hofbauers Blick, der sie fragend ansah. »Sie können mich gern Liesi nennen, wenn Sie möchten. Und nun kommen Sie! Ich zeige Ihnen, wo wir den Vorteig lagern.«

21

Jakob

Er konnte sein Lächeln gar nicht abstellen, während er ihr dabei zusah, wie sie ans andere Ende der Backstube tänzelte. Verschwunden war der Hauch von Unsicherheit, die Nervosität und auch die Angst in ihren Augen. Und sie hatte Angst verspürt, dessen war Jakob sich sicher! Stattdessen drehte sie sich nun um und stemmte die Hände auffordernd und abwartend in die Hüfte. Trotz der Entfernung und der schummrigen Dunkelheit erkannte er ihr spitzbübisches Grinsen. Ihre Stimmung war wie ausgewechselt.

»Worauf warten Sie?«, hörte er sie fragen.

Jakob lachte leise auf. »Ich komme«, antwortete er und kam ihrer Forderung nach. »Liesi«, fügte er flüsternd hinzu. Liesi … Wie schön dieser Kosename klang. Und was es wohl für sie beide bedeutete, wenn er sie mit diesem Namen ansprechen durfte?

»Was tun wir hier?«, fragte er schließlich, während Liesi eine Klappe direkt neben dem Steinofen öffnete.

Sie deutete in den Stauraum. »Hier lagern wir die Vorteige, durch die Nähe des Ofens ist es dort immer relativ gleich warm – ideale Bedingungen sowohl für den Sauerteig als auch für den Vorteig«, erklärte sie und holte sogleich eine große und schwere Schüssel Teig hervor, die sie Jakob in die Hände drückte. »Hier, bringen Sie die Schüssel bitte zur Backmulde.«

Jakob betrachtete die Schüssel und sah sich unsicher in der Backstube um.

»Der Trog dort vorn«, ergänzte Liesi, der Jakobs Unsicherheit offensichtlich nicht entgangen war. Kurze Zeit später stand er neben Liesi und füllte einen Sack Mehl in die Mulde hinein, während Liesi mit einem hölzernen Teigschaber die Masse umrührte und Wasser hinzufügte.

»Noch ein bisschen, noch ein bisschen mehr«, murmelte sie und sah konzentriert in die Backmulde. Jakob erkannte eine feine Falte zwischen ihren Augen, die bis zur Nasenwurzel reichte. Ob sie wohl verschwand, wenn man zärtlich darüberfuhr? »Jetzt reicht es«, erklärte sie und legte den Teigschaber beiseite.

Jakob betrachtete das Mehl im Backtrog und legte nun seinerseits die Stirn in Falten. »Und wie viel Mehl ist das?«, fragte er, doch Liesi zuckte nur mit den Schultern.

»Das ergibt in etwa fünfundzwanzig Laib Brot, die jeweils vier Pfund schwer sein werden«, antwortete sie schlicht und tauchte bis zu den hochgekrempelten Ellenbogen in den Teig ein, um ihn händisch weiterzurühren. »Dort drüben gäbe es auch eine Waage, aber ehrlich gesagt benötige ich sie nur selten«, erklärte sie währenddessen und deutete mit dem Kopf auf eine weiter entfernte Arbeitsfläche, auf der tatsächlich eine Balkenwaage mit unzähligen Gewichten aufgebaut stand.

Jakob stellte den Mehlsack beiseite und verfolgte jede ihrer Bewegungen. Trotz der einen tiefen Falte zwischen den Augen wirkte ihr Gesicht entspannt, während sie mit ganzem Körpereinsatz die Masse zu einem Teig knetete. Als hätte sie seinen Blick gespürt, hielt Liesi inne und befreite ihre Arme von Teigresten. »Wollen Sie es mal versuchen?«

Jakob räusperte sich, stellte sich direkt gegenüber von Liesi und krempelte seine Hemdärmel nach oben. Mit zaghaften Griffen stieß er eine Hand in die Masse hinein und ächzte, als er die klebrige und feste Substanz spürte.

»Ich stecke fest«, sagte er und verzog den Mund zu einer Grimasse. Liesi lachte vergnügt auf, ein Geräusch, das ihm sofort einen Schauer über den Rücken jagte. Plötzlich spürte er ihre kleinen, rauen Fingerspitzen auf seinem Handrücken, und er schluckte, als sich ihre Blicke trafen.

Liesi übernahm die Führung und zeigte ihm schweigend, wie er die Masse kneten und stoßen musste, damit allmählich ein geschmeidiger und luftiger Teig entstand. Dennoch konnte sich Jakob einzig und allein auf das Gefühl ihrer Hände konzentrieren. Obwohl sie auf der gegenüberliegenden Seite der Backmulde stand, war sie ihm so unglaublich nah, dass er sogar ihren warmen Atem während des Knetens auf seinen nackten Armen spüren konnte.

»Sehen Sie? So ist er perfekt«, erklärte sie flüsternd, ja nahezu ehrfürchtig, und richtete sich wieder auf. Sie wischte die Hände und Unterarme an der Schürze sauber und klappte anschließend den Deckel der Backmulde zu. »Nun muss der Teig ruhen. Ein äußerst wichtiger Prozess, den viele unterschätzen. Man nennt ihn Stockgare, falls Sie das interessiert.«

Jakob nickte und beobachtete das Glitzern in Liesis Augen, ihr leichtes Lächeln und die Art, wie sie immer wieder mit dem Finger über den geschlossenen Deckel fuhr. Zärtlich und stolz wirkte sie, und er hätte ihr stundenlang zuhören können, völlig egal, ob ihn das Thema interessierte oder nicht. Sie hätte auch in einer anderen Sprache sprechen können, und er hätte jedes Wort mit Begeisterung aufgesogen. Diese Leidenschaft, die Liesi versprühte, zog ihn in einen Bann, der ihn kaum atmen ließ.

Sie erklärte ihm den Prozess der Stockgare und die Zusammensetzung des Sauerteigs und auch sämtliche weitere Schritte, die noch nötig waren, um das perfekte Brot zu backen. Georg würde vor Freude einen Luftsprung machen, wäre er in diesem Augenblick anwesend. Doch statt genau zuzuhören und womöglich sogar mitzuschreiben, stand Jakob nur da, selig lächelnd, und beobachtete Liesi. Ihre Bäckerhaube saß nach dem vollen Körpereinsatz beim Kneten etwas schief auf dem Kopf, und ein paar widerspenstige Strähnen fielen ihr über die Schulter auf ihr helles und schlichtes Bäckergewand. An ihrer rechten Wangenseite klebte ein kleiner, weißer Teigrest, den sie offensichtlich nicht bemerkte. Liesi begleitete jedes ihrer Worte mit ausfallenden Gesten, deutete mal auf das eine Ende der Backstube, mal zu den Regalen, und tänzelte zurück zum Ofen. Dabei lächelte sie unentwegt – ein Gesichtsausdruck, den er zuletzt vor dem Tod ihres Vaters an ihr gesehen hatte. Sie schien völlig entspannt und von allen Sorgen losgelöst zu sein. Frei und glücklich. Und Jakob verstand: Dies war ihre Oase, ihr Wohlfühlort, ihre Heimat.

Er schluckte. Ausgerechnet diesen Ort sollte er ihr rauben.

Ob es eine Möglichkeit gab, genau dies zu verhindern und dennoch Georgs Anweisungen zu befolgen? Wenn er beispielsweise Liesis Brotrezept nicht genau wiedergab und stattdessen ein paar Details verschwieg? Jakob schloss für einen Moment die Augen und sah augenblicklich seinen kleinen Neffen vor sich. Das schiefe Zahnlückenlächeln, verbeulte Knie und eingerissene Hemdsärmel. Kurz darauf sah er Georgs breites und falsches Grinsen vor seinem geistigen Auge. Nein. Georg ließ sich nicht hinters Licht führen. Schon gar nicht, wenn es ums Backen ging. Und Jakob durfte nicht scheitern, das war er seinem kleinen Fritz schuldig.

»Alles in Ordnung?«, unterbrach eine ruhige und besorgte Stimme Jakobs Gedanken. Liesi stand vor ihm und musterte ihn aufmerksam. Er hatte gar nicht gemerkt, wie sie in der Zwischenzeit den Ofen angefeuert hatte. Es knisterte, und Jakob erkannte ein flackerndes und warmes Feuer durch die offene Ofentür. Gleichzeitig breitete sich der aromatische und angenehme Duft der brennenden Hölzer in der Backstube aus, und Jakob atmete tief durch, bevor er antwortete.

»Verzeihen Sie, ich hätte Ihnen helfen sollen«, erklärte er schnell, doch Liesi schüttelte den Kopf.

»Den Ofen richtig einzuheizen ist eine Kunst für sich.« Sie zuckte kurz mit den Schultern und schenkte ihm ein weiteres, verschmitztes Grinsen. »Das mache ich lieber selbst, nichts für ungut.«

Jakob lachte leise und trat einen Schritt auf sie zu. »Haben Sie etwa Angst, dass ich vor lauter Schusseligkeit die gesamte Backstube in Brand setze?«

Er erntete ein breites Grinsen und beobachtete, wie Liesi den Kopf anhob, um nicht den Blickkontakt abzubrechen.

»Ich muss gestehen, es wäre Ihnen zuzutrauen«, antwortete sie.

Inzwischen stand er direkt vor ihr. Viel zu nah. Er spürte ihren warmen Atem auf seinem Gesicht, die Hitze, die ihr Körper ausstrahlte. Er roch den Duft ihrer Haut, zart und leicht süßlich, wie frisch gebackener Hefezopf. Dann hielt er inne.

Das war nicht richtig! Diese Worte hallten immerzu in seinem Kopf. Er durfte ihre Nähe nicht so genießen. Und vor allem sollte sein Herz nicht so verräterisch pochen. Er sollte sich abwenden und möglichst schnell zurück in seine Kammer eilen. Er sollte der jungen Bäckerin aus dem Weg gehen, bis sein Verstand wieder in der Lage war, zu funktionieren, und er klare Gedanken fassen konnte. Dennoch schaffte Jakob es nicht, zurückzuweichen.

Stattdessen betrachtete er mit trockenem Mund Liesis schmale Lippen, die immer noch amüsiert nach oben gezogen waren. Er sah das dunkle Glänzen ihrer Augen und betrachtete den rötlich schimmernden Teint. Dann schmunzelte er.

»Darf ich?«, fragte er und berührte kurz darauf ihre Wange, um den inzwischen trockenen Teigrest fortzuwischen. Noch bevor er die Hand zurückziehen konnte, spürte er Liesis warme Handfläche darauf. Vorsichtig und zärtlich fuhr sie über seinen Handrücken, und Jakob schluckte.

»Liesi«, flüsterte er tonlos, und ihr Blick war Antwort genug. Ohne ein weiteres Mal darüber nachzudenken, schloss Jakob die geringe Lücke zwischen ihnen und küsste sie. Sein Herz geriet ins Stolpern, während er ein leises Seufzen aus Liesis Mund vernahm, die noch immer Jakobs Hand fest umschlungen hielt und an ihre Wange presste.

Jakob schloss die Augen und zog Liesi in seine Arme, ohne den Mund von ihrem zu lösen. Er spürte die Weichheit ihrer Lippen und hätte am liebsten laut geseufzt. Was für ein wunderbares und himmlisches Gefühl! Sein gesamter Körper kribbelte vor Verlangen, und er zog Liesi noch enger in seine Umarmung. Er wollte mehr, so viel mehr!

Er spürte, wie sich Liesi an ihn presste und den Mund leicht öffnete, als wollte sie seiner Zunge Einlass gewähren. Doch genau diese Reaktion ließ ihn abrupt innehalten.

Was, um alles in der Welt, tat er hier?

Er riss sich von ihr los und schüttelte panisch den Kopf, als er Liesis verwirrte Miene erkannte.

»Es tut mir leid. Fräulein Elis– … Liesi, ich … wir … das … Ich bitte vielmals um Verzeihung. Ich bin zu weit gegangen. Viel zu weit.« Er fasste an seine Lippen und schüttelte erneut den Kopf. »Es tut mir leid«, wiederholte er und tat anschließend genau das, was er schon längst hätte tun sollen – er verließ eilig und ohne einen weiteren Blick zurück die Backstube. Fort von Elisabeth und fort von seinem verräterischen Herzklopfen.

22

»Und? Wie läuft es?«

Georg zog den Zylinder vom Kopf und nickte dem Herrn des Hauses freundlich zu. Anschließend reichte er dem Hausdiener Frack und Gehstock und ließ sich die ihnen zugewiesenen Plätze zeigen.

Jakob folgte ihm, nickte hier und da anderen Zunftbrüdern zu und setzte sich anschließend auf den Stuhl neben Georg. Sie waren noch früh genug dran, die Zunftlade stand noch geschlossen in der ersten Reihe auf einem massiven Tisch mit dunkelroter Tischdecke. Wie auch bei den letzten Zusammenkünften, die Jakob und Georg seit ihrer Mitgliedschaft besucht hatten, flackerten zwei Kerzen rechts und links davon unruhig, als würden sie darauf warten, dass die Lade geöffnet würde und die Sitzung begann. Schon jetzt war der Großteil der Sitzplätze belegt, und Jakob hörte murmelnde Gespräche unter den Knechten, Gesellen und Bäckermeistern, die allesamt je nach Alter und Titel auf ihren Plätzen saßen. Er selbst saß nur aufgrund seiner Position als Buchhalter direkt neben Georg, ansonsten hätte er sich mit den letzten Reihen zufriedengeben müssen. Doch aktuell bereute er es, nicht dort hinten neben den Gesellen zu sitzen, denn ihrem Gelächter nach zu urteilen führten sie gewiss angenehmere Gespräche. Stattdessen fühlte er immer noch Georgs fragenden und bohrenden Blick auf sich.

»Es läuft gut«, antwortete er knapp und presste die Lippen fest zusammen. Er wollte nicht weiter über Elisabeth und seine unseriösen Absichten sprechen. Er wollte schon gar nicht mehr weiter daran denken, was er getan hatte.

Doch Georg war eben Georg und ließ nicht locker. »Ich werde dir garantiert nicht jedes Wort aus der Nase ziehen, mein Freund. Also?«

Jakob seufzte und knotete die Finger ineinander. Wieso konnte der Zunftmeister nicht die Lade öffnen? Das würde Jakob zumindest ein paar Minuten Ruhe einbringen, da das Sprechen während der Versammlung untersagt war. Auf diese Weise könnte er hoffen, dass Georg im Anschluss seine Fragen vergessen hatte.

Doch die Lade war verschlossen, und ein Blick auf seine Taschenuhr zeigte, dass sie noch mindestens fünf weitere Minuten geschlossen bleiben würde.

Er seufzte noch einmal und ignorierte den immer größer werdenden Knoten im Magen. »Ich habe sie geküsst.«

Mit einem Mal hatte er Georgs vollste Aufmerksamkeit. »Du hast *was?*« Er saß nun kerzengerade auf seinem Stuhl und musterte Jakob schweigend von Kopf bis Fuß. Dann verfiel er in schallendes Gelächter. »Alle Achtung, mein Freund! Das hätte ich dir niemals zugetraut!« Er klopfte Jakob brüderlich auf die Schulter und lachte immer weiter.

»Ich sehe schon, ich muss mir keine weiteren Sorgen machen. Das funktioniert ja besser als erwartet.«

Je mehr Georg lachte, desto schlechter fühlte sich Jakob. Was hatte er nur getan? Allein der Gedanke an den Kuss ließ ihn erbleichen und gleichzeitig in Flammen stehen. Er hatte es gewollt. Er hatte es so sehr gewollt. Ihre Lippen auf seinen, ihre Hände hinter seinem Nacken verschränkt, ihr weicher und warmer Körper an seinen gepresst. Er hatte sie gerochen, sie geschmeckt und konnte seitdem an nichts anderes mehr denken. Und doch war es falsch, abgrundtief falsch.

»Du denkst aber zwischen deinen Vergnügungen daran, dass du mir ein Rezept schuldest?«, sagte Georg und wackelte vielsagend mit den Augenbrauen.

Natürlich. Er sah in Jakob nur einen Angestellten, der seinem Befehl gefolgt war und sich zudem etwas Spaß mit einem Mädchen gönnte. Ohne Hintergedanken und natürlich ohne Reue. Wieso auch? War Elisabeth Gmeiner doch für Georg nichts weiter als eine lästige Konkurrentin, die man loswerden musste. Nur was bedeutete sie Jakob?

Er schluckte und schloss die Augen. In diesem Augenblick schritt der Zunftmeister durch den abgedunkelten Raum und öffnete im Anschluss die Zunftlade, auf deren Deckel das Siegel mit der Brezel und den Landesadlern aus Bronze schimmerte. Augenblicklich verstummten alle Gespräche, und die Sitzung begann. Allerdings schweiften Jakobs Gedanken bereits nach dem Vorstellen der neuen Bäckergesellen ab. Anstatt dem Verlesen der Ordnungspunkte zu lauschen, dachte er erneut an Liesi. Er sah ihren fragenden Blick vor sich, als er wenige Tage zuvor fluchtartig die Backstube verlassen hatte. Er dachte an ihre Unsicherheit, aber auch die Entschlossenheit, mit der sie seine Hand festgehalten hatte. Sie hatte es ebenfalls gewollt, das wusste er. Und es wäre vermutlich ein Leichtes, genau dort weiterzumachen, wo sie aufgehört hatten, einzig und allein, um an das Rezept zu kommen, das Georg so dringlich benötigte. Doch könnte Jakob danach jemals wieder in den Spiegel blicken, ohne sich zu hassen?

Was würde sein eigenes Herz dabei empfinden?

Übelkeit stieg in ihm auf, und er presste die mitgebrachten Unterlagen fest an sich, nur um sich irgendwie abzulenken.

Währenddessen las der Meister die aktuellen Vergehen der letzten Monate vor, und Jakob beobachtete, wie die Gesellen und Knechte nacheinander vortraten und Abbitte leisteten, indem sie den Bußbetrag in die Zunftlade legten.

»Als Letztes bitte ich Anton Heckmann hervor, Knecht und Wandergeselle des Bäckermeisters Peter Wagner. Ihm wird zur Last gelegt, am Sonntag der vergangenen Woche im Wirtshaus *Goldener Adler* bei einem Kartenspiel erwischt worden zu sein. Als Strafe verlangt die Bäckerzunft einen Wert von fünfundzwanzig Kreuzern und das Gelöbnis, in Zukunft als ehrbarer Zunftbruder zu leben.«

Jakob beobachtete den jungen Mann, kaum älter als achtzehn Jahre, dessen Gesicht rot glühte, während er mit gesenktem Haupt nach vorn trat und seine Strafe entgegennahm.

»Es ist eine Schande, dass dieses Gebot noch immer Teil

der Zunftordnung ist«, hörte er plötzlich Georgs Stimme an seinem Ohr. »Schließlich ist das Spiel am Tisch eine perfekte Vorübung für einen Geschäftsmann. Man lernt, die Gesten des anderen zu studieren, man plant gewissenhafte Spielzüge, um letztendlich den anderen auszuschalten. Wer das Kartenspielen beherrscht, weiß, wie die Welt funktioniert.«

Jakob kam nicht dazu, seine Meinung zu äußern, da in diesem Augenblick die Lade geschlossen wurde und damit sämtliche lautstarken Unterhaltungen begannen. Georg erhob sich und deutete Jakob an, ihm zu folgen, um ein paar Worte mit dem Zunftmeister zu wechseln.

Doch weit kam er nicht, da stellte sich Max Keller, Bäckermeister und Schwager des Verstorbenen Gmeiner, in den Weg. Durch Zufall hatte Jakob von dem Verwandtschaftsgrad mit den Gmeiners erfahren, ebenso von der Tatsache, dass Fräulein Anna Gmeiner bei diesem hager und mürrisch wirkenden alten Mann eine Anstellung gefunden hatte. Max Keller hatte den Backenbart fein gestutzt und den Mund nahezu immer zu einem spöttischen, verächtlichen Lächeln verzogen.

»Sieh an, der Landpfister und sein Büchsenknecht. Es ist mir immer noch unbegreiflich, wie Sie es geschafft haben, Teil der Münchner Zunft zu werden.« Er verzog abfällig den Mund, als haftete an Jakob und Georg ein unerträglicher Gestank.

»Und dennoch sind wir nun Brüder auf Lebenszeit, nicht wahr?« Georg neigte den Kopf und lachte, bevor er weitersprach. »Wie geht es Ihnen, Herr Keller? Ich habe gehört, dass Sie Ihren Büchsenknecht entlassen haben, um stattdessen Ihre Nichte einzustellen. Das ist wahre Nächstenliebe, und Sie verdienen meinen größten Respekt. Dennoch hoffe ich um Ihretwillen sehr, dass Ihr Geschäft nicht allzu sehr darunter leidet.«

Jakob wurde hellhörig und betrachtete das feindliche Grinsen des Bäckermeisters. Es war offensichtlich, dass Max Keller und Georg Huber sich nicht ausstehen konnten, dennoch interessierte es Jakob brennend, was dieser über Liesis Schwester Anna zu berichten hatte.

»Ob Sie es glauben oder nicht, das Talent meiner Nichte, obgleich sie eine Frau ist, ist phänomenal. Sie hat innerhalb kürzester Zeit meine Bäckerei finanziell auf eine völlig andere Stufe gestellt. Wer weiß, vielleicht gelingt mir auf diese Weise der Schritt vom Schwarz- zum Weißbäcker, um letztendlich die Königlichen Hoheiten mit meinen Backwaren zu beliefern? Sie dürfen mir gern die Daumen dazu drücken, werter Zunftbruder.« Die letzten Worte trieften nur so vor Sarkasmus. Max Keller reichte sowohl Jakob als auch Georg die Hand und ließ sie anschließend stehen.

Noch bevor sich Jakob zu Georg umdrehte, wusste er, was Kellers Worte bei ihm ausgelöst hatten. Und obwohl Georg noch immer lächelte, erkannte Jakob an den geballten Fäusten und der auffällig angespannten Kieferpartie, wie wütend sein einstiger Freund gerade war. Verständlicherweise, schließlich hatte er Anna Gmeiner eine Arbeitsstelle in ihrem Betrieb verwehrt.

»Du kannst sie immer noch zurückholen und für uns arbeiten lassen«, flüsterte Jakob daher, in der Hoffnung, Georgs Laune zu besänftigen. Doch der sah ihm nur flüchtig in die Augen und prustete verärgert aus.

»Willst du damit gerade zugeben, dass ein einfaches Weib bessere Leistungen erbringt als mein jetziger Buchhalter?«

Jakob schloss die Augen und verzog den Mund zu einer Grimasse. Georg Huber hatte das Talent, sämtliche Worte so zu verdrehen, dass sie einen völlig anderen Sinn ergaben.

»Ich will damit sagen«, begann er daher, »dass du mit den Gmeiner-Schwestern ebenfalls die Chance hättest, zum königlichen Hofbäcker befördert zu werden, sollte dies dein Ziel darstellen. Du musst lediglich ihre Talente anerkennen.«

Georg hatte inzwischen die Richtung gewechselt und wartete nun ungeduldig auf den Hausknecht, der für die Garderobe zuständig war, indem er immer wieder mit den Fingern auf dem Tisch direkt vor dem Ausgang herumtrommelte. Offensichtlich war ihm sogar die Lust auf ein Gespräch mit dem Zunftmeister vergangen. Jakob seufzte und versuchte, das Geräusch von Georgs Ungeduld zu ignorieren. »Es ist nur ein Vorschlag, doch ich empfehle dir, darüber nachzudenken.«

Der Hausknecht kam und reichte Georg und Jakob endlich ihre Garderobe, und während Jakob ein »Dankeschön« murmelte und sich verabschiedete, verließ sein einstiger Freund bereits die Bäckerei.

Allerdings blieb er vor der Tür abrupt stehen und schenkte Jakob ein verschlagenes Lächeln.

»Du hast mich auf eine Idee gebracht«, sagte er und

hakte sich freundschaftlich bei ihm unter. »Oh, du glaubst gar nicht, wie sehr ich dir zu Dank verpflichtet bin.«

Jakob hielt den Atem an und wartete gespannt. Es kam äußerst selten vor, dass Georg Jakobs Vorschläge annahm, geschweige denn dankbar darauf reagierte.

»Ich sorge einfach dafür, dass Anna Gmeiner gar nicht mehr in der Lage ist, weiter für den alten Keller zu arbeiten.«

Jakob schluckte. Diese Idee ging in eine Richtung, die ihm absolut missfiel. Schon wieder.

»Wie willst du das anstellen?«, fragte er mit krächzender Stimme.

Georg lachte erneut und stieß ihm dabei in die Seite. »Na, indem ich Elisabeth Gmeiner an ihre körperlichen und geistigen Grenzen bringe, sodass sich Anna entscheiden muss: Entweder hilft sie ihrer Schwester, oder sie muss zusehen, wie der letzte Mensch ihrer Familie zugrunde geht.« Er blieb stehen und sah zu Jakob, dem schlagartig übel geworden war. Nur langsam erwiderte er Georgs Blick, dessen Augen begeistert glänzten. »Wir wissen beide, wofür sie sich entscheiden wird.«

23

»Geht es Ihnen gut?«

Anna Gmeiners Stimme riss Jakob aus seinen Gedanken. Seit einer Ewigkeit saß er nun schon auf der Eckbank der Familie, drehte völlig versunken den Bierkrug im Kreis herum und starrte ins Nichts. Dementsprechend wild klopfte nun sein Herz, als er Annas skeptische Miene betrachtete.

»Was? Entschuldigen Sie ... Haben Sie etwas gesagt?«, fragte er stotternd und warf einen kurzen Blick auf den Stapel an Unterlagen, den sie in den Händen hielt, bevor er Anna betrachtete. Sie trug bereits ihren Spenzer über dem weiß-blauen Tageskleid, weiße Spitzenhandschuhe und einen farblich identischen Hut, wie jeden Morgen, kurz bevor sie das Haus verließ. Theoretisch hätte sie mit ihrer Anstellung in der Bäckerei ihres Onkels auch eine Bettstatt in den dortigen Wohnräumen in Anspruch nehmen können, doch Jakob wusste, dass Anna Gmeiner dieses Angebot abgelehnt hatte, da sie ihre Schwester nicht allein lassen wollte. Sie sorgte sich so sehr um Liesi, dass sie dafür sogar die täglichen und sicherlich nicht günstigen Kutschfahrten in Kauf nahm.

»Sie sind ziemlich blass. Haben Sie etwa Fieber?«, fragte Anna weiter, legte das Papier direkt neben ihn auf den Tisch und berührte ungefragt Jakobs Stirn.

»Was? Nein! Ich bin nicht krank. Ich bitte Sie, lassen Sie das!«, antwortete Jakob und versuchte, Annas ruppigen Bewegungen auszuweichen.

Doch die schien von seinen Antworten nicht sonderlich überzeugt zu sein und schüttelte den Kopf. Dann verschränkte sie die Arme ineinander und musterte ihn weiter mit zusammengekniffenen Augen.

»Hören Sie«, begann sie schließlich. »Ich weiß weder, was genau meine Schwester in Ihnen sieht, noch, aus welchem Grund. Doch eines sollten Sie wissen: Ich vertraue Ihnen nicht. Diese Schusseligkeit, das Stottern«, sie hielt inne und deutete mit einer abfälligen Bewegung auf Jakob, »das ist doch nichts weiter als ein gut funktionierendes Schauspiel Ihrerseits. Sie wollen irgendetwas von uns, nicht wahr?«, fragte sie weiter und sah Jakob ernst in die Augen.

Er schluckte und schwieg, wusste er doch, dass ihn jedes Wort verraten könnte. Denn obwohl sein Stammeln zu seinem Leidwesen rein gar nichts mit einem wohl geübten Theater zu tun hatte, konnte er die Frage doch nicht verneinen. Georg wollte etwas von ihnen, und Jakob war sein Handlanger.

»Aber seien Sie versichert, Herr Hofbauer: Ich lasse mich kein zweites Mal auf solch intrigante Weise von Ihnen und

Herrn Huber hinters Licht führen. Und ich passe auf meine Schwester auf – immer. Haben Sie das verstanden?«

Jakob nickte stumm und dachte augenblicklich an Georgs Worte. Anna würde sich für Liesi entscheiden, genau das hatte Georg vorausgesagt. Und nun, nur wenige Tage später, wiederholte sie Georgs Worte, obwohl noch rein gar nichts geschehen war. Sie würde sich für Liesis Wohl aufopfern, und Jakob musste Anna kein zweites Mal betrachten oder anhören, um zu wissen, dass sie ihre Position als Buchhalterin sofort aufgeben würde, wenn Liesi irgendeine Gefahr drohte.

Alles lief genau so, wie Georg es vorausgesagt hatte.

Es fehlte nur noch das Brotrezept, das Jakob ergattern musste, anschließend würde er Liesi den neuen Auftrag erteilen. Einen Auftrag, der sie nicht nur an ihre körperlichen Grenzen bringen würde, sondern darüber hinaus. Eine Aufgabe, die ihre Gesundheit zerstören würde. Und das nur, weil Annas kaufmännisches Talent die Bäckerei Keller zu einem neuen, gefährlichen Konkurrenten Georgs gemacht hatte. Anna müsste ihre Arbeit aufgeben und Liesi pflegen, und Georg hätte gewonnen. In allen Punkten. Und er wäre endlich wieder frei.

Wieso also saß Jakob immer noch stumm auf der Eckbank und starrte ins Nichts?

Warum fühlte er sich selbst so schrecklich, dass er sogar jegliches Fieber bevorzugen würde?

Und warum verknoteten sich sämtliche Eingeweide, sobald er nur an Liesi dachte? An sie und das Lächeln, das sie ihm zuwarf, sobald sie sich begegneten? Ein Lächeln, das ihm absolut nicht zustand.

»Sind Sie wirklich sicher, dass Sie wohlauf sind? Ihre Augen wirken ganz glasig«, fragte Anna weiter.

Jakob räusperte sich und fuhr sich durch die Haare. »Vielleicht haben Sie recht, und ich habe mir einen Sommerkatarrh eingefangen«, antwortete er mit krächzender Stimme und fasste sich stöhnend an den Hemdkragen, der unangenehm auf seiner Haut kratzte.

Tatsächlich erkannte er einen Hauch Mitleid in Annas sonst so resolutem Gebaren. Sie seufzte leise.

»Ein paar Minuten habe ich noch Zeit. Soll ich Ihnen einen Tee zubereiten?«, fragte sie höflich.

Jakob schenkte ihr ein dankbares Lächeln. »Das wäre sehr freundlich von Ihnen«, antwortete er, wohl wissend, dass ihn kein Tee der Welt von seinen Sorgen befreien konnte. Und während Anna die Stube verließ, stöhnte Jakob auf.

Wie war er nur in solch eine Lage geraten? Es war zum Verzweifeln. Es musste doch einen Ausweg geben, irgendeine Möglichkeit, Georgs Auftrag zu erfüllen, ohne weitere Schäden an Liesi und ihrer geliebten Bäckerei anzurichten. Nur was konnte er tun?

Er seufzte erneut und lehnte sich zurück. Die Lehne der hölzernen Eckbank bohrte sich unangenehm in seinen Rücken, doch selbst dies ignorierte Jakob. Stattdessen ließ er den Blick durch die Stube wandern. Er betrachtete das ordentlich eingeräumte und immerzu abgestaubte Regal, wo das Sonntagsgeschirr mit den zartrosa Blüten aufbewahrt wurde. Gleich daneben hing ein Ölgemälde mit dem Motiv des letzten Abendmahls darauf. Jakob löste den Blick von Jesus, der brüderlich das Brot mit seinen Jüngern teilte, und presste die Lippen aufeinander. Er wollte gar nicht daran denken, was der heilige Gottvater zu seinen und Georgs Plänen zu sagen hätte. Er schloss die Augen und ließ das Gesicht in seine Hände fallen.

Es gab einfach keinen Ausweg. Nichts, was er tun konnte, um Liesi zu helfen. Entweder sie oder er und seine Familie – eine andere Möglichkeit gab es nicht.

Als er die Augen öffnete, fiel sein Blick auf die Unterlagen, die Anna direkt neben ihm auf dem Tisch liegen gelassen hatte. Jakob hielt die Luft an und lauschte in die Stille hinein. Weit entfernt hörte er das Klappern von Geschirr und wusste, dass Anna gewiss noch ein paar Minuten benötigen würde, ehe sie mit dem Tee zurückkehrte. Und Liesi hatte vor etwa einer halben Stunde die Bäckerei verlassen, um das Armenhaus zu besuchen. Er war also allein.

Ohne weiter nachzudenken, zog er den Stapel zu sich und blätterte vorsichtig darin. Es handelte sich um die Unterlagen der Bäckerei ihres Onkels. Einkaufslisten, Abrechnungen, Adressen, er entdeckte sogar den ein oder anderen Vertrag der Müller und Angaben der jeweiligen Mengen von Mehl. Jakob schluckte und sah erneut um sich.

Was, wenn es doch eine Möglichkeit gab, um sowohl seiner Familie als auch Liesi zu helfen? Was, wenn er Annas Arbeit sabotierte, um sie auf diese Weise aus dem Geschäft des Onkels zu treiben? Irgendein Vergehen, das ihre Glaubhaftigkeit infrage stellen würde?

Jakob presste die Zähne fest aufeinander und schnappte sich ein paar der Dokumente, die er eilig zusammenfaltete und in seiner Westeninnentasche verschwinden ließ. Dann schob er hektisch den Stapel Papier zurück an seinen Ausgangsort.

Gerade noch rechtzeitig, denn nur wenige Augenblicke später betrat Anna die Stube. In den Händen hielt sie eine dampfende Kanne und eine Tasse, die sie direkt vor Jakob auf den Tisch stellte.

»So, hier kommt ein Kräutertee aus Salbei, Thymian und Lindenblüten. Das sollte bei einem Katarrh helfen.« Sie füllte ihm sogleich die erste Tasse voll und nahm im Anschluss die Unterlagen an sich. »Trinken Sie ihn, solange er noch heiß ist, so hilft er am besten«, erklärte sie, und Jakob neigte den Kopf und ignorierte das wild pochende Herz.

»Ich danke Ihnen, Fräulein Anna. Das ist sehr freundlich von Ihnen.«

Anna verzog das Gesicht zu einer skeptischen Grimasse und nickte schwach. »Ja, ich weiß. Sehen Sie zu, dass ich es nicht bereuen werde«, antwortete sie und nickte ihm erneut zu. »Ich muss zum Arbeiten. Falls sich Ihr Zustand verschlechtern sollte und Sie Hilfe benötigen, unsere Nachbarin Marie Stadelmann, Gustavs Ehefrau, ist ein wahres Kräuterweiblein. Sie kann Ihnen gewiss helfen. Ansonsten müsste Liesi auch bald aus Haidhausen zurückkommen.«

Jakob schluckte das Gefühl von Schuld herunter und legte eine flache Hand an seine Brust, direkt dort, wo sich die gestohlenen Unterlagen befanden. Dann schenkte er Anna ein schwaches Lächeln.

»Ein herzliches ›Vergelts Gott‹, Fräulein Anna«, wiederholte er seinen Dank und verabschiedete sich von Liesis Schwester, die nun winkend die Stube verließ.

Zurück blieb Jakob.

Mit pochendem Herzen und dem Gefühl von Schuld, das sich immer weiter in ihm ausbreitete.

Und doch wusste er, dass dies die einzige Möglichkeit war, Liesi zu helfen.

Liesi, die ohne die Bäckerei zugrunde gehen würde. Sie benötigte das Backen wie die Luft zum Atmen. Sie würde zerbrechen, würde Jakob Georgs Anweisungen befolgen. Das konnte, nein, das durfte er nicht zulassen.

Anna hingegen war stark. Sie würde sich selbst nach Jakobs Intrigen schnell erholen. Und sie würde gewiss innerhalb kürzester Zeit eine neue Arbeitsstelle finden.

Er musste es tun. Es war die richtige Entscheidung.

Dies redete er sich immer und immer wieder ein, während er die Dokumente aus seiner Tasche hervorholte und sich gedanklich Notizen machte, welche Gerüchte er bei welchen Getreidebauern einzustreuen hatte und wie er Herrn Keller auf die angeblich gestohlenen Unterlagen aufmerksam machen sollte.

Er tat das Richtige.

Ganz sicher.

Die leise und warnende Stimme in seinem Innersten ignorierte er. Genauso wie das Ölgemälde und das Lächeln von Jesus, der brüderlich und voller Nächstenliebe das Brot reichte.

Er tat es für seine Schwester und für Fritz.

Und für Liesi.

Sie würden es verstehen. Ganz sicher.

24

Liesi

Das Grummeln ihres Magens ließ sie innehalten. Ihr Körper protestierte bereits seit Stunden und verlangte nach Nahrung, doch Liesi konnte sich keine weitere Pause gönnen. Der Ausflug nach Haidhausen hatte aufgrund einer Revolte des Gesindels dort viel länger gedauert als erwartet, und Gustav hatte einen großen Umweg in Kauf nehmen müssen, um nicht zwischen die Fronten zu geraten.

Da Liesi jede Minute ihres Tages streng durchgeplant hatte, hing sie nun schon seit Stunden hinter ihrem zu erfüllenden Tagessoll. Die Vorteige waren noch nicht angesetzt, die letzten Brote noch nicht gebacken und das Lager auch noch nicht aufgefüllt. Das Mittag- und auch das Abendessen mussten einfach warten.

Schweiß tropfte von ihrer Stirn, und sie strich sich mit zittrigen Fingern die feuchten Haare aus den Augen. Dann richtete sie sich auf und betrachtete keuchend den Sack Mehl, der neben ihr am Boden stand. Theoretisch sollte sie ihn abwiegen und daraus die Vorteige vorbereiten.

Praktisch brannten alle ihre Muskeln, und sie stöhnte allein vom Anblick dieser Aufgabe verzweifelt auf. Wenn sie sich nicht bald eine Pause gönnte, würde sie zusammenbrechen. Das wusste sie.

Dennoch. Ein Blick auf die Uhr trieb sie weiter an. Hubers Leute warteten gewiss schon auf ihre Lieferung für den Laimer Markt.

Sie atmete tief durch, kniff noch einmal kurz die Augen zusammen, um die Sterne aus ihrem Sichtfeld zu vertreiben, und ergriff anschließend den Sack Mehl. Das Knarzen der Eingangstür ließ sie jedoch aufschrecken.

Jakob Hofbauer stand mit einem schiefen Lächeln im Türrahmen und winkte ihr zu. Liesi erstarrte. Was wollte er hier? Ausgerechnet er?

Der Mann, der sie letzte Woche geküsst hatte, nur um direkt im Anschluss fluchtartig die Backstube zu verlassen. Der Mann, der ihr seitdem aus dem Weg ging. Als hätte der Kuss nichts bedeutet. Als hätte sie ihm nichts bedeutet.

Liesi erinnerte sich jedoch an alles. An den Geschmack seiner vollen und weichen Lippen. An den herben Geruch seines Körpers, nachdem er sie in seine Arme gezogen hatte. Sie erinnerte sich an die große Handfläche, die ihre Hand umschlossen gehalten hatte. Zärtlich und liebevoll. Genau wie der Blick seiner Augen. Jedenfalls hatte sie geglaubt, dass er sie liebevoll angesehen hatte. Bis zu dem Zeitpunkt, als er panisch davongelaufen war.

Und nun stand er hier, nur wenige Meter vor ihr, und schenkte ihr ein schüchternes Lächeln. Dasselbe Lächeln, das er gezeigt hatte, als sie sich zum ersten Mal begegnet waren.

»Fräulein Elisab–«, begann er und hielt inne. »Liesi«,

verbesserte er sich schmunzelnd und deutete in die Backstube. »Darf ich?«

Liesi nickte schwach und verfolgte jede seiner Bewegungen, während er langsam auf sie zukam. Dabei wischte er die Hände an den Hosenbeinen ab und betrachtete interessiert die Backstube, als wäre er zum ersten Mal hier. Doch Liesi erkannte hinter seinem gespielten Interesse Nervosität. Das sah sie an seinem markanten Kiefer, den er immer wieder fest zusammenpresste, und an seinem Adamsapfel, der hektisch auf und ab hüpfte. Sie schluckte, gespannt, was nun folgen würde.

Direkt vor ihr blieb er stehen und lächelte sie erneut an.

»Ich schätze, ich bin Ihnen eine Erklärung schuldig«, begann er nach kurzer Zeit des Schweigens.

Liesi hob den Kopf an, um ihm in die Augen sehen zu können. Dabei ignorierte sie die auftauchenden schwarzen Punkte in ihrem Sichtfeld genau wie den auftretenden Schwindel. Sie musste wissen, was er zu sagen hatte.

Jakob Hofbauer lehnte sich an die mit feinem Mehlstaub überzogene Arbeitsfläche und trommelte nervös mit den Fingern auf die Oberschenkel, während er nach den richtigen Worten zu suchen schien.

»Unser letztes Treffen … in der Nacht«, begann er stotternd und schüttelte den Kopf. »Ich habe mich von meinen Gefühlen leiten lassen, ohne weiter nachzudenken. Das war falsch.« Liesi spürte die Traurigkeit in seinem Blick und schlang die Arme um ihren Körper, um das leise Zittern ihrer Gliedmaßen irgendwie zu verbergen.

»Sie haben einen aufrichtigen Mann verdient, der Sie

umwirbt. Einen Mann, der für Sie sorgen und Sie unterstützen kann, sowohl finanziell als auch in der Backstube. Ich …«, begann er und seufzte kraftlos. »Ich bin nichts dergleichen.« Er zuckte mit den Schultern und wich ihrem Blick aus. Stattdessen sah er links an ihr vorbei, mitten ins Nichts. »Ich bin kein Mann von Ehre. Ich bin ein Niemand. Und Sie …« Nun sah er sie direkt an und streckte vorsichtig die Hand nach ihrem Gesicht aus, nur um sie kurz davor wieder sinken zu lassen. »Sie sollten mich vergessen. Bitte, Liesi. Vergessen Sie mich. Und den Kuss.«

Liesi atmete tief durch und streckte die Hand nach ihm aus. Sie wollte jedes Wort aus seinem Mund verneinen. Sie wollte ihm erklären, dass es immer noch ihre Entscheidung war, ob sie ihn vergessen wollte oder nicht. Und sie wollte ihm mitteilen, dass sie es war, die diesen Kuss zugelassen hatte. Weil sie es wollte. Doch kein einziges Wort kam ihr über die Lippen.

Stattdessen wurde ihr schwarz vor Augen, und das Letzte, was sie wahrnahm, waren Jakobs starke Arme, in die sie fiel.

Als sie wieder zu sich kam, spürte sie ein feuchtes Tuch auf der Stirn und hörte ein dankbares Aufatmen.

»Dem Himmel sei Dank! Sie sind wieder bei Bewusstsein!« Jakobs Stimme zitterte, während er ihr immer wieder mit dem Tuch über die Stirn tupfte. Erst jetzt begriff Liesi, dass sie auf dem Boden lag, den Kopf auf Jakobs Schoß gebettet, der ebenfalls auf dem harten Boden kniete. Er musterte sie mit besorgter Miene.

»Können Sie mich hören? Wie geht es Ihnen? Soll ich eine Kutsche organisieren und Sie ins Hospital bringen lassen?«, fragte er hektisch, doch Liesi versuchte, zu verneinen.

»Es ... geht mir gut, danke«, stammelte sie kraftlos. »Ich habe nur zu wenig gegessen und getrunken.«

Sie rappelte sich auf, krallte sich aber sofort in Jakobs Unterarmen fest, als der Schwindel erneut überhandnahm.

»Immer langsam, liebste Liesi.« Jakob schlang seine Arme um ihren Körper, und Liesi spürte seine langen, feingliedrigen Finger an ihrem Gesicht. Gleichzeitig hörte sie das Pochen ihres Herzens und atmete tief durch, einzig, um seinen wunderbar herben Duft zu riechen.

Ein paar Augenblicke harrten sie beide regungslos am Boden aus, und Liesi genoss das Gefühl von Geborgenheit, das sie empfand.

»Was haben Sie denn heute schon gegessen?«, fragte Jakob nach einiger Zeit und reichte Liesi ein Glas Wasser, das sie schweigend austrank und neben sich auf dem Boden abstellte, bevor sie mit den Schultern zuckte.

»Ich wollte schon etwas essen«, begann sie, wurde aber sofort unterbrochen.

»Noch gar nichts? Himmel! Fräulein Elisabeth! Das müssen wir ändern!« Behutsam schob er Liesi neben sich auf den Boden und erhob sich anschließend. Liesi beobachtete, wie er unruhig in der Backstube auf und ab ging und mit unsicherem Gesichtsausdruck die rohen Teiglinge in den Gärkörben betrachtete.

»Ich schätze, die kann man so nicht essen, oder?«

Liesi kicherte leise und zog sich langsam zurück auf die

Beine. Dank des Wassers hatte der Schwindel nachgelassen, und auch so fühlte sie sich bereits viel besser. Dennoch deutete sie auf den brennenden Ofen und grinste.

»Ich habe eine Idee.«

Kurze Zeit später rollte sie die angetrockneten Teigreste, die von den letzten Teiglingen übrig waren, zu einem bröseligen Fladen zusammen und belegte ihn mit etwas Schmand, Speck und ein paar frischen Kräutern aus dem Garten, die sie kurz zuvor abgeschnitten hatte. Anschließend schob sie das *Schmandfleckerl*, wie sie die Mahlzeit liebevoll nannte, in den glühend heißen Ofen und schloss die Ofentür.

Jakob blickte vom Ofen zurück zu Liesi und lächelte. »Wenn das nur ansatzweise so schmeckt, wie es jetzt schon riecht, werden Sie mich nie wieder los, Liesi.«

Liesi grinste breit. »Oh, Sie werden es lieben, das verspreche ich Ihnen.«

Nur wenige Augenblicke später holte sie mit dem Backschießer das fertig gebackene Fladenbrot heraus und ließ es zwischen ihr und Jakob auf den Arbeitstisch gleiten.

»Fangen Sie ja nicht ohne mich an«, sagte sie scherzend und kümmerte sich gleich im Anschluss um die Teiglinge, die sie nun anstelle des kleinen Teilchens in den Ofen schob. Eines nach dem anderen warf sie aus dem Gärkörbchen auf den Backschießer, den sie in die extreme Hitze des Ofens schob. Erst als alle fünfundzwanzig zu backenden Brotlaibe verteilt waren, drehte sie sich zurück zu Jakob, der sie ehrfürchtig und mit offenem Mund betrachtete.

»Das war … schnell«, antwortete er und schüttelte den Kopf. »Wie kann man denn nur so schnell arbeiten?«

Liesi stellte den Holzschießer zur Seite, klopfte sich die Hände an der Schürze ab und trat an Jakobs Seite.

»Einmal abgesehen davon, dass der Ofen ansonsten viel zu viel Hitze verlieren würde, hat mich das Schmandfleckerl zur Eile angetrieben«, antwortete sie grinsend und riss das dampfende und aromatisch duftende Stück Teig in zwei Hälften. Ohne auf Jakob zu warten, biss sie hinein und genoss den knusprigen und weichen Teig. Kurze Zeit später hörte sie ein Aufstöhnen aus Jakobs Mund, der mit geschlossenen Augen dastand und sich den Schmand von den Lippen leckte.

»Herr im Himmel! Das schmeckt köstlich!«

Liesi schluckte allein bei diesem Anblick. Zärtlich riss er ein Stück Teig ab, hielt es an seine Nase, atmete genüsslich ein, ehe er es in den Mund schob. Und immer wieder seufzte er dazwischen auf.

Liesi hätte ihm ewig dabei zusehen können und vergaß glatt, selbst zu essen – trotz des Hungers und des laut knurrenden Magens.

Erst als Jakob das letzte Stück vertilgt hatte, schien er ihren flammenden Blick zu bemerken und erstarrte mitten in der Bewegung.

»Liesi«, flüsterte er, dennoch vibrierte dieses eine Wort in ihrem Innersten. Ganz langsam kam er auf sie zu und schüttelte zeitgleich den Kopf. »Das ist keine gute Idee.«

Sie legte ihr Teigstück beiseite, denn sie konnte jetzt

nichts essen. Nicht, wenn ihr gesamter Körper in Flammen stand, allein durch den Blick, mit dem Jakob sie ansah.

»Es ist eine ganz und gar schlechte Idee«, wiederholte Jakob hauchend, beugte sich jedoch zeitgleich zu ihr hinunter, sodass sie seinen heißen Atem auf ihrem Gesicht spürte.

»Ist es das wirklich?«, fragte Liesi zurück und stellte sich auf die Zehenspitzen, um die geringe Lücke zu schließen.

Schon spürte sie diese herrlich weichen Lippen auf ihren und genoss das Kribbeln, das sich in ihrem gesamten Körper ausbreitete. Ein Feuer, glühend heiße Lava, schoss durch ihre Adern, während sie Jakob noch näher an sich heranzog und ihre Finger in den Locken vergrub. Er stöhnte leise, ein Geräusch, das einen Schauer auf ihrer Haut erzeugte.

Sie wollte ihn küssen.

Sie hatte ihn damals in der Nacht küssen wollen, und sie wollte es auch nun. Dennoch spürte sie die Anspannung in Jakobs gesamter Körperhaltung. Sie fühlte, dass er sich zurücknahm, dass irgendetwas ihn daran hinderte, sich fallen zu lassen.

Aus diesem Grund fuhr sie zärtlich über seinen Nacken, streichelte seine Schultern und wanderte ganz langsam über die Arme. Sie wollte ihm zeigen, dass er sich entspannen konnte. Sie wollte ihm deutlich machen, dass sie sehr wohl wusste, worauf sie sich einließ.

Er musste sie nicht beschützen. Nicht hier. Nicht jetzt.

Doch Jakob hielt inne und trat einen Schritt zurück.

»Liesi!«, keuchte er atemlos und betrachtete sie mit einer Mischung aus Verlangen und Panik. »Ich kann nicht«, stotterte er, doch Liesi hinderte ihn daran, weiterzusprechen.

»Doch, du kannst«, antwortete sie und zog ihn am Hemd erneut an sich heran.

Aber bevor sie ihren Mund erneut auf seinem fühlen konnte, flog die Tür der Backstube so schwungvoll auf, dass diese lautstark an die Wand donnerte, und Liesi hörte die gehetzte Stimme ihrer Schwester.

»Liesi, hast du eine Ahnung, wo der Hofbau– ... ah, ich habe ihn gefunden«, beendete sie ihre Frage abrupt und blickte irritiert von Jakob, der beim ersten Türknall einen erschrockenen Satz zurück gemacht hatte, zu Liesi, die sich peinlich berührt an den Mund fasste.

Dann verschränkte Anna die Arme ineinander.

»Ich wollte eigentlich nur erfahren, wie es um Ihre Gesundheit steht. Aber ich sehe, Sie sind wieder wohlauf.« Annas Stimme triefte vor Ärger und Zorn, und Liesi sah verwirrt zu Jakob, der ihrer Schwester ein halbherziges Lächeln zuwarf.

»Ja, danke. Ich schätze, Ihr Tee hat ganze Arbeit geleistet«, antwortete er stotternd, aber Liesi verstand den Sinn seiner Worte nicht. Allerdings beantwortete Anna ihre ungestellte Frage prompt.

»Er meinte heute Morgen, er habe sich eine Erkältung zugezogen. Ein Katarrh, der offensichtlich schnell vorübergegangen ist. Erstaunlich, nicht wahr?«

Liesi beobachtete Jakobs Gesicht, das sich immer dunkler färbte, sie sah das Zittern seiner Hände, noch bevor er sie ineinander verschränkte. Es war offensichtlich, wie unangenehm ihm diese Situation war, daher atmete Liesi tief durch und berührte ihn sacht am Oberarm.

»Dann freue ich mich sehr, dass es Ihnen wieder gut geht«, antwortete sie und wandte sich anschließend an Anna.

»Vielleicht liegt es am Wetter, dass wir uns kränklich fühlen. Herr Hofbauer war nämlich gerade eben auch mein Schutzengel, als mich der Schwindel auf den Boden riss.«

Anna hob beide Augenbrauen und starrte Liesi skeptisch und mit eiserner Miene an. Sie glaubte ihr kein Wort, so viel stand fest. Dennoch kannte Liesi ihre Schwester. Sie würde ihre Meinung und auch Liesis Willen akzeptieren, völlig egal, wie sehr es ihr persönlich zuwider war. Denn das war sie ihr schuldig.

»Na dann, gelobt sei der Schutzengel unseres Hauses«, antwortete Anna mit unüberhörbarem Sarkasmus in der Stimme und verließ ohne ein weiteres Wort die Backstube.

Zurück blieben Liesi und Jakob, der sich verlegen am Kopf kratzte und Liesis Blick auszuweichen schien.

»Hören Sie, Liesi«, begann er leise, fast schon flüsternd. »Ich bin nicht gut für Sie. Das müssen Sie mir glauben.«

Ohne auf seine Worte zu achten, legte Liesi die flache Hand an seine Brust und sah ihm ernst in die Augen. »Was fühlen Sie, Jakob?«, fragte sie, und Jakobs Miene verwandelte sich in einen Spiegel voller Emotionen – Verlangen, Leidenschaft, Panik, Verwirrung, Vorsicht, Liebe.

»Zu viel«, antwortete er mit hauchender Stimme. »Viel zu viel.«

Liesi lächelte und fuhr zärtlich mit einem Finger seine

grimmigen und verkrampften Lippen nach. »Dann erlauben Sie mir, selbst zu entscheiden, ob Sie gut genug für mich sind.« Sie stellte sich auf die Zehenspitzen und hauchte ihm einen weiteren schüchternen Kuss auf die Lippen, bevor sie sich abwandte.

»Ich muss mich jetzt um die Brote kümmern«, sagte sie und grinste, als sie Jakobs völlig verdutztes Gesicht betrachtete.

25

Liebste Amalie,

ich danke dir für deinen langen Brief. Es ist immer wieder eine große Freude, von dir und deinen Erlebnissen zu lesen, die mir selbst doch so fremd sind. Dennoch hoffe und bete ich sehr für dich, dass sich die vielen Ungereimtheiten bald klären lassen und du endlich deinem geliebten Verlobten das Jawort schenken darfst.

Außerdem kann ich es kaum erwarten, dich wiederzusehen. Selbst Schwester Hildegard scheint dich zu vermissen, immer wieder bittet sie mich darum, dich mitzubringen. Ich darf dir im Übrigen herzliche Grüße von der kleinen Zenzi ausrichten, sie trägt noch immer das Armkettchen, das du ihr beim letzten Besuch im Sankt-Marien-Heim geschenkt hattest.

Ach, liebe Amalie, wärst du doch nur hier in meiner Nähe. Mein Herz droht überzulaufen, so voll ist es mit allerlei Gefühlen, die ich kaum richtig zuordnen kann. Wie gern würde ich dir bis ins kleinste Detail berichten, was bei mir zu Hause alles geschehen ist.

Denn inzwischen glaube ich, zu wissen, wie es sich anfühlt, einen Mann sehnsüchtig zu vermissen und ihn aufrichtig zu lieben. Und gleichzeitig bin ich mir so unsicher und fühle mich hilflos.

Meine liebe Freundin, darf ich dich etwas fragen?

Wann hast du erkannt, dass dein Zukünftiger der Mann ist, mit dem du den Rest deines Lebens glücklich sein wirst? Wie hast du es erkannt? War es Liebe auf den ersten Blick, wie es die alten Minnesänger immerzu erzählten?

Liesi betrachtete ihre letzten Zeilen und schüttelte lachend den Kopf. Was würde Amalie nur denken, wenn sie sie lesen würde? Würde sie Liesi auslachen? Würde sie sie rügen, wüsste sie, was Liesi getan hatte?

Nein. Nein, Amalie würde sie verstehen. Im Gegensatz zu Anna, die seit ihrer letzten Begegnung in der Backstube kaum noch ein Wort mit ihr sprach. Als Liesi sie auf den Kuss ansprechen wollte, hatte Anna nur den Kopf geschüttelt und die Hände abwehrend ausgestreckt.

»Du kennst meine Meinung«, hatte sie gesagt, noch bevor Liesi den Mund öffnen konnte, und damit das Gespräch beendet, bevor es überhaupt begonnen hatte.

Dennoch wünschte sich Liesi nichts sehnlicher, als mit jemandem über ihre eigenen Gefühle sprechen zu können. Sie wollte verstehen, warum ihr Herz derart aus dem Takt geriet, sobald Jakob auch nur denselben Raum betrat. Sie wollte erfahren, ob andere junge Frauen ähnliche Gefühle erlebten und wie diese damit umgingen.

Doch sie hatte niemanden, mit dem sie darüber sprechen konnte. Daher musste sie all ihre verwirrenden Gefühle mit Tinte und Feder auf Papier verewigen und darauf hoffen, dass Amalie ihr zuhören würde. Und so tauchte sie erneut den Federkiel in das Tintenfass und schrieb weiter.

Liebste Amalie, verzeih mir meine kindlichen Fragen, dennoch hoffe ich, du verstehst meine Gedanken. Ich kann es kaum erwarten, von dir zu hören und dich vor allem im Herbst wiederzusehen.

Es grüßt dich herzlich
deine Freundin aus Sendling
Liesi

26

»Ist es richtig so?«, fragte Jakob. Lange und dünne Fäden des Teiges klebten zwischen seinen Fingern und wurden immer länger.

Liesi kicherte. Nein, das hatte sie nicht gemeint, als sie ihn anwies, den Teig zu falten und zu dehnen. Doch Jakob lachte laut und herzlich und betrachtete den Klumpen zwischen seinen Händen.

»Das sah vorhin so einfach aus«, gab er kleinlaut zu und pustete sich eine Locke aus dem Sichtfeld.

Liesi strich ihm behutsam das Haar nach hinten. »Soll ich es noch einmal zeigen?«, fragte sie, und Jakob nickte stumm.

Vorsichtig zupfte sie die Teigreste von Jakobs Händen und stellte sich im Anschluss direkt vor ihn. Sie spürte seinen Atem direkt in ihrem Nacken, der ihm aufgrund ihrer Bäckerhaube und des hochgesteckten Haars völlig schutzlos ausgeliefert war, und genoss den Schauer, den das Gefühl auslöste, genau wie das Kribbeln aufgrund seiner Nähe.

»Leg deine Hände auf meine«, wies sie ihn an, und Jakob trat einen weiteren Schritt nach vorn, sodass sich ihre Körper berührten. Liesi schluckte und unterdrückte ein Stöhnen, als Jakobs Hände langsam und zärtlich über ihre Arme glitten, angefangen von den Oberarmen bis hinab zu ihren Fingerspitzen, wo sie schließlich liegen blieben.

»So?«, fragte er tonlos, und Liesi nickte mit geschlossenen Augen. Sie könnte ewig hier stehen bleiben, solange sie Jakob direkt hinter sich spürte. Ihr Kopf lehnte an seiner Brust, und sie fühlte bereits jetzt das wilde Klopfen seines Herzens.

»Liesi? Was soll ich tun?«, unterbrach Jakobs leise Stimme direkt an ihrem Ohr ihre Gedanken.

»Folge meinen Bewegungen«, antwortete sie.

Sie befühlte den Teig unter ihren Händen, knetete ihn langsam und schlug mit geübten Handgriffen die Ecken mehrmals nach innen, damit ein runder Teigballen entstand. Jede Bewegung erzeugte einen neuen Schauer auf ihrem Körper, da Jakobs Hände ununterbrochen auf ihren blieben. Er befolgte jeden Schritt, ohne ihre Nähe zu unterbrechen, ja sogar, ohne ihre Hände loszulassen.

»Wir falten den Teig von den Ecken aus nach innen, siehst du? Du ziehst diese Ecke ganz vorsichtig«, sie verdeutlichte ihre Worte und führte Jakobs Hände, »und dann faltest du sie in die Mitte. Und dann … Ahhh!«

Ein sanfter, fast schon hauchender Kuss auf ihrer Halsbeuge ließ sie innehalten, und Liesi lehnte sich wie von selbst noch stärker gegen Jakobs Körper.

»Du riechst so himmlisch«, raunte er, bevor er sie ein weiteres Mal küsste. Jakobs Mund wanderte, angefangen von der Stelle direkt hinter dem Ohrläppchen, hinunter zum

Schlüsselbein und hinterließ mit jedem weiteren Kuss eine brennende Spur auf Liesis Haut.

Vergessen war der zur Hälfte gefaltete Brotteig unter ihren Fingern, den sie nun achtlos liegen ließ. Jakobs Arme schlangen sich um Liesis Körper, und sie genoss das Gefühl seiner Fingerspitzen, die zaghaft über ihren Oberkörper wanderten. Liesi keuchte auf, als Jakobs Hände ihre Brüste erreichten, und presste sich noch stärker an ihn. Sie brauchte mehr! Tatsächlich verstand Jakob ihre Körpersprache, denn er umfasste stöhnend mit einer Hand ihre Brust, während er mit der anderen versuchte, den Knoten ihrer Schürze zu lösen. Als diese achtlos zu Boden glitt, machte er sich sogleich an den Knöpfen des Mieders zu schaffen, das er für Liesis Empfinden viel zu langsam und zu vorsichtig öffnete.

Sie entfernte ihre Bäckerhaube, sodass ihre Haare wallend über die Schulter fielen. Anschließend half sie Jakob beim Öffnen des Mieders und knöpfte kurzerhand das weiße Hemdchen, das sie darunter trug, auf.

»Liesi, willst du wirklich«, begann Jakob stockend, doch Liesi wartete erst gar nicht darauf, dass er die Frage zu Ende formulierte, sondern ergriff Jakobs Hand und schob sie durch den geöffneten Schlitz ihres Hemdes hindurch. Diesmal stöhnte Jakob laut und sehnsuchtsvoll, während er Liesis nackte Brust umfasste und knetete.

»Liesi! Ich ... Du ... Himmel!«, stammelte Jakob. Er atmete genauso hektisch und wild wie Liesi, und sie schmunzelte, als er sie vorsichtig umdrehte, um sie anzusehen.

Allerdings nutzte sie die Gelegenheit und entfernte das

geöffnete Mieder sowie das Hemd, das sie beides achtlos zu Boden fallen ließ. Schließlich stand sie mit nacktem Oberkörper vor Jakob und genoss jede Regung in seinem Gesicht, während er den Anblick förmlich in sich aufsog.

»Du siehst aus wie eine Göttin«, sagte er und hob sie mit einem einzigen Griff auf die Arbeitsplatte. Den Teigling schob er achtlos beiseite. Dann schenkte er ihr erneut dieses schüchterne Lächeln und fuhr sich durch die Haare. »Ich bezweifle, einer Göttin würdig zu sein.«

Liesi ignorierte seine Worte, zog Jakob an seiner Weste zu sich heran und knöpfte anschließend das Hemd, das er darunter trug, auf. »Wie wäre es, wenn du es versuchst und ich im Anschluss mein Urteil fälle?«

Inzwischen betrachtete sie im dämmrigen Licht der Backstube Jakobs nackten Oberkörper und glitt mit den Fingerspitzen vorsichtig über seine heiße und hell schimmernde Haut. Jakob stöhnte kehlig und beugte sich über Liesi.

»Glaub mir, Liesi. Ich werde alles tun, nur um dich glücklich zu sehen.«

Dann küsste er sie. Drängend. Fordernd.

Er legte sie sanft mit dem Rücken auf die Arbeitsfläche und schenkte ihr ein verschmitztes Lächeln. »Nun wird sich zeigen, ob ich mir all deine Anweisungen bezüglich der perfekten Knettechnik gemerkt habe, o du wunderschöner, göttlicher Laib«, sagte er, und Liesi kicherte. Allerdings endete ihr Lachen schlagartig, als sie spürte, wie sich Jakobs Lippen einen Weg über ihren Oberkörper bahnten und er mit den Zähnen an ihrer Brustwarze knabberte, während seine Hand in den Tiefen ihrer Röcke verschwand.

Sie stand vollkommen in Flammen, keuchte und stöhnte. Die Backstube drehte sich vor ihren Augen im Kreis, und doch konnte sie sich nur auf Jakob konzentrieren. Auf ihn und die Explosionen in ihrem Körper, die er immer und immer wieder auslöste.

27

Liesi hatte gerade die angenehme Kühle der Kirche betreten, da hörte sie bereits von Weitem das Gerede. Leise tuschelnd und doch für jedermann hörbar.

Die alten Witwen Sendlings saßen in der Mitte des linken Flügels, eingehüllt in ihre schwarzen Trachten, und drehten sich immer wieder scheinbar unauffällig zu Liesi und Anna um.

»Habt ihr die Kleidung der Mädchen gesehen?«

»Ja, als würde ihnen der Tod ihres geliebten Herrn Vaters – möge er in Frieden ruhen – rein gar nichts mehr ausmachen!«

»Unerhört! Und dieser fremde Mann in ihrer Bäckerei! Ich will gar nicht erst wissen, was er dort alles treibt. Gustl, der mittlere Sohn unserer Zenzi, hat ihr erst kürzlich erzählt, dass er ihn und das junge Mädchen nachts in der Backstube gesehen hat! Das muss man sich einmal vorstellen! Mitten in der Nacht! Bei uns in Sendling! Herr im Himmel!«

»Wenn der arme Joseph wüsste, was die Mädchen aus

seinem Lebenswerk gemacht haben. Er würde sich im Grabe umdrehen. Ruiniert haben sie es, jawohl!«

»Der Herrgott persönlich wird ihre sündigen Seelen richten, das könnt ihr mir glauben!«

Liesi blieb wie angewurzelt im Mittelgang der Kirche stehen. Übelkeit stieg in ihr auf, und sie krallte ihre Fingernägel in Annas Unterarm, die dennoch keine Regung zeigte. Stattdessen seufzte sie und gab Liesi einen kleinen Stoß.

»Dir steht das Wort ›Schuld‹ auf die Stirn geschrieben, Schwesterherz«, flüsterte sie in ihr Ohr und schüttelte den Kopf. »Aber diese alten Weiber haben keine Ahnung von unserem Leben. Also komm!« Und ohne abzuwarten, zog sie Liesi weiter den Gang entlang und entschied sich tatsächlich für die Reihe der tratschenden Witwen, die augenblicklich verstummten und Anna und sie mit geweiteten Augen anstarrten.

Anna lächelte bittersüß und neigte den Kopf, auf dem ein der Mode entsprechender, hellbrauner Hut saß. »Guten Morgen, die Damen. Sind diese Plätze noch frei?«

Liesi spürte die Abneigung der Witwen überdeutlich, während sie mit verkniffenen Gesichtern besonders Annas helle Kleidung betrachteten.

Natürlich, immerhin war das Trauerjahr noch lange nicht beendet, doch Anna weigerte sich, ihre Kleidung dementsprechend anzupassen.

»Glaubst du, Vater kümmert es, welche Kleidung wir nun tragen, Liesi? Denkst du wirklich, ich würde weniger trauern, weil ich mir erlaube, mit der Mode zu gehen, und sommerlich hübsche Kleider trage? Du weißt, wie sehr das Aussehen das Kaufverhalten einiger Men-

schen beeinflusst«, hatte sie einst zu Liesi gesagt, nachdem sie sie darauf angesprochen hatte. Und Liesi verstand und akzeptierte Annas Meinung, dennoch schmerzten die Blicke der Alten unerträglich in ihrem Innersten. Als wären sie beide der Abschaum der Gesellschaft. Nicht lebensfähig. Und schon gar nicht würdig, neben ihnen, den anständig trauernden Witwen und Waisen, zu sitzen.

Dennoch nickte Mathilde Bauer, eine Frau Mitte sechzig, deren Ehemann vor zwei Jahren gestorben war und die ihnen am nächsten saß, und rückte ein Stück zur Seite. Anna ließ sich mit einem dankbaren Nicken nieder.

Kaum saßen die beiden Schwestern und hatten die Hände für ein stummes Gebet gefaltet, wurden die tuschelnden Gespräche fortgesetzt. Als säße Anna nicht direkt neben ihnen, hörte Liesi weitere Empörungen über ihre Kleidung, dicht gefolgt von der Tatsache, dass Anna nun beim verhassten Onkel arbeitete. Noch dazu als unverheiratete junge Frau!

Einzig Erna Häussler, ebenfalls eine betagte Witwe, ermahnte die Weiber und tadelte sie, doch die anderen schienen sie nicht zu beachten und schimpften tuschelnd weiter.

Liesi beobachtete, wie Anna neben ihr die Schultern straffte, die Hände faltete und starr in die Richtung des Hochaltars blickte. Sie kannte ihre Schwester zu gut und wusste, wie sehr diese Worte ihr Schmerzen bereiteten, ganz egal, wie oft sie das Gegenteil behauptete und wie hart sie vor anderen wirkte.

Dennoch schloss Liesi für einen Moment die Augen und

ignorierte den Tratsch der alten Weiber. Stattdessen versuchte sie, zu beten.

»Herr, ich habe gesündigt«, formulierte sie in Gedanken und schluckte, als sie erneut an Jakob dachte. An seine sanften Lippen, den sehnsuchtsvollen Blick seiner Augen, während er ihren nackten Körper betrachtete, die zärtliche und drängende Berührung seiner Fingerspitzen auf ihrem Körper, an ihrer empfindlichsten Stelle. Seine Küsse – einfach überall! So etwas hatte sie noch nie erlebt. Wie sollte sie für etwas Reue empfinden, das so wundervoll war? Noch nie zuvor hatte sie sich so lebendig gefühlt. So unfassbar glücklich. So geliebt.

War das wirklich falsch?

»Ich bin nicht gut genug für Sie«, hatte er gesagt, doch Liesi schüttelte den Kopf. Was, wenn er es doch wäre? Was, wenn er gerade der Richtige für sie wäre? Sollte sie sich wirklich dafür schämen, dass Jakob sie berührt und geküsst hatte? Sollte sie vor Gott geloben, ihm nie wieder auf diese Weise nahezukommen?

Nein.

Das konnte sie nicht.

Das wollte sie gar nicht.

Im Gegenteil. Sie konnte es gar nicht erwarten, ihn an diesem Abend wiederzusehen, nachdem er die letzten beiden Tage bei seiner Familie verweilt hatte. Er hatte sich mit einem sanften, beinahe hauchenden Kuss von ihr verabschiedet, doch Liesi musste nur die Augen schließen, um erneut seine weichen Lippen auf ihren zu spüren.

Seit den frühen Morgenstunden zählte sie schon die Minuten, bis er endlich wieder vor ihrer Tür stehen würde, den Kopf leicht schräg, genau wie sein schüchternes Lächeln, einzelne wellige Strähnen wirr in der Stirn hängend. Und sie konnte es erst recht nicht erwarten, ihn ein weiteres Mal in der Backstube zu küssen. Diesmal wollte sie sein Hemd ausziehen, sie wollte ihn berühren und küssen. Sie wollte mehr, so viel mehr von Jakob!

Die tratschenden Worte der Alten unterbrachen Liesis unangebrachte Gedanken abrupt, und sie keuchte erschrocken auf – genau wie Anna, nachdem sie den Sinn ihrer Worte verstand.

»Angeblich hat die Ältere der beiden den eigenen Onkel betrogen, den Getreidebauern ihr Geld gestohlen und den Anteil für den alten Keller selbst eingesteckt. Unerhört, wie sie nun hier sitzen kann, mit ihrem unschuldigen Lächeln und dem weißen Kleid!«

»Nein, ist das wahr?«

»Jesus, Maria und Josef! Das kommt heraus, wenn man Frauen wichtige Arbeiten erledigen lässt. Wobei es doch wissenschaftlich längst erwiesen ist, dass Frauen nicht in der Lage sind, ein Geschäft zu führen oder mit Geld zu hantieren. Der alte Gmeiner hätte sich mal lieber um passende Ehemänner kümmern sollen, als ihnen einen Beruf beizubringen, den eine Frau niemals ausführen kann!«

Liesi warf einen Blick auf ihre Schwester, die die Lippen fest zusammenpresste und immer noch stur geradeaus blickte. Dennoch erkannte Liesi den Schmerz in ihren Augen. Vorsichtig streckte sie die Hand nach ihr aus und drückte sie sanft.

»Lass sie reden, Anna. Beachte sie nicht.«

Der laute, dröhnende Klang der Orgel beendete alle flüsternden Gespräche, und die Gemeinde erhob sich zum Beginn des Gottesdienstes. Nur Anna blieb starr sitzen.

»Anna?«, flüsterte Liesi, zupfte an ihrem Ärmel und versuchte, die verärgerten Blicke der Witwen zu ignorieren. »Steh auf!«

Doch Anna schüttelte den Kopf. »Ich habe niemanden betrogen. Und schon gar kein Geld gestohlen. Weder den Bauern noch Onkel Max«, sagte sie, ohne die Lautstärke ihrer Stimme zu senken.

Liesi schluckte und nickte schwach. »Das weiß ich doch, das ist nur dummes Gerede«, antwortete sie. Als Anna den Blick hob, erkannte Liesi pure Verzweiflung darin.

»Aber ich kann es nicht beweisen!«, schluchzte sie und schlug die weiß behandschuhten Hände vors Gesicht.

»Es ist also kein dummes Gerücht?«, fragte Liesi leise, und als Anna stumm den Kopf schüttelte, atmete Liesi tief durch, schloss die Augen für einen kurzen Augenblick, bevor sie Annas Hand ergriff und sie hinter sich herzog. Trotz der erschrockenen Blicke der Kirchenbesucher, trotz der Stille, die nun nach dem Gemeindegesang herrschte. Ihre Schritte hallten unangenehm laut wider, dennoch zerrte sie ihre Schwester aus der Kirche hinaus, während der Pfarrer zu beten begann, und blieb erst stehen, als das Tor hinter ihnen lautstark zurück in die Angeln fiel.

»Was ist geschehen?«, fragte sie schließlich, und Anna begann zu erzählen.

Sie berichtete von der Wut ihres Onkels, von angeblich

verloren gegangenen Unterlagen und Verträgen, die Anna absichtlich und zu ihrem Vorteil geändert hätte.

Immer wieder schüttelte Anna den Kopf und zupfte an den Spitzen ihrer Handschuhe herum. »Und ich habe ihm direkt ins Gesicht gelacht, so sicher war ich mir, dass ich all seine dummen Gerüchte dementieren könnte«, sagte sie und schlang die Arme um ihren Körper. »Nur kann ich nichts dergleichen tun, denn ich finde keines der fehlenden Dokumente.«

»Aber …«, begann Liesi und schüttelte den Kopf. Annas Berichte ergaben keinen Sinn. Nicht, wenn sie von Anna handelten. Sie war ein Organisationstalent, das alles, jeden noch so wertlos erscheinenden Notizzettel, aufbewahrte und dokumentierte. In Annas Welt existierte keine Unordnung. Sie verlor keine Unterlagen, niemals.

»Warum sollte Onkel Max solche Unwahrheiten über dich verbreiten? Was bringt ihm das?«, fragte sie daher, doch Anna lachte bitter und tonlos auf.

»Oh, er verbreitet sie nicht. Er glaubt sie nur. Die Frage ist, wer will uns Schaden zufügen?« Sie atmete tief durch und suchte Liesis Blick, die immer noch nicht begriff, worauf Anna hinauswollte. »Mir fällt da nur einer ein. Und der hatte definitiv die Gelegenheit dazu, mich zu bestehlen.«

Plötzlich begriff Liesi und riss erschrocken die Augen auf.

»Du meinst …? Nein! Nein, Anna! Jakob würde so etwas niemals …«

Anna verzog den Mund zu einer skeptischen Grimasse. »Ach nein? Was macht dich da so sicher? Was genau weißt du über Jakob? Kennst du seine Familie, seine Lebensumstände, seine Ziele? Was erzählt er dir, wenn ihr zusammen seid?«

Liesi schluckte.

In der letzten Zeit hatten sie sich nur äußerst spärlich unterhalten, zumindest verbal. Doch bevor sie Anna auch nur eine der Fragen beantworten konnte, seufzte diese und winkte ab.

»Dein Blick sagt mehr als tausend Worte«, erklärte sie und schenkte Liesi ein trauriges Lächeln. »Ich traue ihm nicht, Liesi.«

»Ich weiß«, antwortete Liesi und strich Anna liebevoll durch die einzelnen Locken, die unter dem eleganten Hut hervorspitzten. »Aber nicht alle Männer sind wie Georg Huber.«

Anna rümpfte die Nase. »Die zwei sind befreundet! Und sie arbeiten zusammen!«

»Na und?« Liesi stöhnte auf und betrachtete die Kirchturmglocken hoch über ihren Köpfen, die laut schallend die Eucharistiefeier ankündigten. »Das bedeutet doch nicht, dass sie beide intrigant und böswillig sind. Außerdem – welche Vorteile hätten Huber oder Jakob, wenn einer von ihnen deine Arbeit sabotierten würde? Sie sind Zunftkollegen! Und zusätzlich arbeiten sie in völlig unterschiedlichen Bezirken. Das ergäbe keinen Sinn!«

»Ich weiß es nicht«, antwortete Anna ehrlich und ergriff Liesis Hand. Gemeinsam verließen sie das Kirchengelände und spazierten ruhig durch die leeren Gassen des Sendlinger Bezirks. Lediglich ein paar Tauben folgten ihren Schritten, und Liesi genoss die Stille um sie herum.

»Ich will doch nur nicht, dass er dein Herz bricht«, unterbrach Anna nach einiger Zeit ihr einvernehmliches Schweigen, und Liesi drückte Annas Hand.

»Ich weiß.« Sie atmete tief durch und sah einer weißen Taube nach, die in diesem Augenblick über ihre Köpfe hinweg und über die Dächer Münchens davonflog. Ein Gefühl von Freiheit durchströmte Liesi, und sie schenkte ihrer Schwester ein Lächeln.

»Ich passe auf mich auf. Und ich versuche, mehr über die beiden Männer herauszufinden, ja? Vielleicht war das alles auch nur ein großes Missverständnis, und Onkel Max entschuldigt sich bereits morgen in aller Frühe bei dir?«

Anna seufzte. »Vielleicht«, antwortete sie, doch überzeugt klang sie nicht.

Liesi drückte ihre große Schwester an sich und küsste sie. »Wir beide schaffen das!«

28

Jakob

»Sag, hörst du mir eigentlich zu?«

Jakob schreckte auf und sah reumütig zu Boden, hauptsächlich, um dem verärgerten Blick seiner Schwester auszuweichen. Zwar wusste er, dass Ziska angefangen hatte, von den Grabkosten und all den anderen Ausgaben zu sprechen, die in ihren Augen viel zu hoch und utopisch seien, allerdings war dies vor über zehn Minuten gewesen. Ob sie gerade immer noch davon sprach, konnte Jakob daher nur mutmaßen, also schwieg er lieber.

Franziska schüttelte den Kopf, kniete sich hin, um einen frischen Bund Lilien auf das Grab ihres verstorbenen Ehemannes zu legen, und murmelte irgendetwas. Jakob konnte allerdings überdeutlich das Wort »Männer« heraushören.

»Wo sind denn nur deine Gedanken?«, fragte Ziska anschließend und hakte sich erneut bei ihm unter. »Ich habe bereits das ganze Wochenende das Gefühl, nur mit der Hülle meines Bruders zu sprechen. Willst du mir nicht endlich erzählen, was dich bedrückt?«

Jakob seufzte gedehnt und wischte sich mit der freien Hand den Schweiß von der Stirn. Die Sommerhitze brannte, wie schon in den letzten Wochen, unerträglich heiß, und Jakob betrachtete all die Wiesen und Blumenbeete, die normalerweise den Friedhof umrahmten und die jetzt allesamt braun und verdorrt waren. »Es wird Zeit, dass es bald regnet«, murmelte er und deutete mit verkniffenem Gesichtsausdruck in den blauen Himmel.

»Jakob!«, rief seine Schwester und stieß ihn in die Seite. »Nun red mit mir, Herrschaftszeiten noch mal!«

Jakob schloss für einen Moment die Augen und presste die Zähne aufeinander.

Das Problem war, dass Jakob nicht darüber sprechen wollte. Er wollte Ziska nicht von Liesi erzählen. Weder über seine nächtlichen Besuche in der Backstube noch darüber, was Georg von ihm verlangte.

Er wollte nicht über seine eigene Zerrissenheit sprechen. Darüber, dass er nicht wusste, was er tun sollte.

Denn theoretisch war Jakob längst im Bilde darüber, wie Liesis Brote gebacken wurden. Inzwischen hatte er oft genug neben ihr in der Backstube gestanden und sowohl die Sauerteige, den Vorteig als auch den Brotteig angesetzt. Er wusste, welche Konsistenz er haben musste, um in Liesis Augen perfekt zu sein, und er wusste ebenso, wie lange die Brote im Ofen backen mussten, bis das perfekte Bauernbrot mit einer herrlich knusprigen Kruste und luftig weicher Krume herauskam. Jakob hatte jedes Detail verinnerlicht und würde Georg alles berichten können. Theoretisch.

Denn praktisch verkrampfte sich alles in ihm, sobald er auch nur an seinen Vorgesetzten dachte. Er wollte Liesi nicht verraten.

Er wollte ihr Lebenswerk bewahren und sie dabei unterstützen. Und, Himmel! Er wollte sie küssen, bis ihm die Lippen anschwollen, er wollte sie berühren, sie schmecken und dabei ihr leises und dennoch leidenschaftliches Stöhnen direkt in seinem Ohr hören. Er wollte sie lieben, wie ein Mann eine Frau liebte. Mit ganzem Herzen und ganzer Seele. Er wollte ihr gehören.

Nur war es ihm nicht möglich.

Schon gar nicht, wenn sie je erfahren würde, wie sein eigentlicher Auftrag lautete.

Jakob stöhnte, was dazu führte, dass Ziska stehen blieb und beide Hände in die Hüften stemmte.

»Wir gehen erst ins Wirtshaus, wenn du mir berichtet hast, was dich bedrückt, Bruderherz. Hast du mich verstanden?«

Tatsächlich standen sie inzwischen vor dem Gasthof *Zum goldenen Bären*, den die kleine Familie, anlässlich des neunten Geburtstages des kleinen Fritz, besuchen wollte. Jakobs kleiner Neffe stand bereits mit brav gescheiteltem Haar, einem frisch gestärkten weißen Hemd und neuer Kniebundhose an der Tür und wartete gespannt auf ihn und seine Mutter.

Jakob seufzte ein weiteres Mal. »Ziska, jetzt ist nicht der richtige Augenblick dafür. Heute geht es um Fritz. Er steht im Mittelpunkt«, antwortete er, wobei er die letzten Worte direkt an seinen Neffen richtete und ihm anschließend über den Kopf strich. »Unglaublich, wie groß du schon geworden bist.«

Während Fritz ihm ein schiefes und gleichzeitig stolzes

Lächeln zeigte, dachte er augenblicklich an Liesi. Ob sie irgendwann einmal Mutter werden wollte? Wie würden wohl ihre Kinder aussehen? Ohne es zu wollen, sah er plötzlich Liesi mit einem rundlich geformten Bauch vor seinem geistigen Auge, und ein Lächeln stahl sich auf sein Gesicht.

»Jakob!«, unterbrach Ziska seine Gedanken, und er räusperte sich und zwinkerte ein paarmal, um die Bilder aus seinem Kopf zu vertreiben. Himmel! Welche Gedanken erlaubte er sich nur?

»Ja ... Wir sollten ... Nun, Fritz, öffne doch bitte die Tür«, stammelte er und wich dem fragenden Blick seiner Schwester aus, indem er Fritz hinein in die Gaststube folgte, die ihn mit einem herrlichen Duft aus Schweinebraten, Kraut und Knödeln willkommen hieß.

Die angenehme Ruhe hielt allerdings nur kurz an. Kaum hatten Jakob, Ziska und Fritz ihre Mahlzeit beendet und Fritz Jakobs Geschenk – sein allererstes Sackmesser – ausgepackt, schickte Ziska ihren Sohn nach draußen zum Spielen und blickte Jakob abwartend an. Dieser drehte den Henkel seines Bierkruges im Kreis herum und versuchte, seine Schwester zu ignorieren.

Was sollte er auch sagen?

»Versuch erst gar nicht, dir irgendwelche Ausreden auszudenken, Jakob!«, knurrte Ziska und trank ebenfalls einen Schluck Bier. »Ich kenne dich, vergiss das nicht.«

Jakob seufzte und strich sich diese eine widerspenstige Strähne nach hinten, die ihm immer wieder wellig in die Stirn fiel.

»Es geht um eine Frau«, begann er und lächelte traurig. Wie war es nur möglich, dass er, sobald er an Liesi dachte, gleichzeitig Herzrasen bekam und sich sämtliche Organe verkrampften? »Sie heißt Elisabeth.«

»Das Bäckermädchen?«, schlussfolgerte Ziska richtig und richtete sich neugierig auf.

Jakob nickte und schloss für einen Moment die Augen. »Sie ist ... ein wahr gewordener Traum. Herzlich, freundlich. Alle ihre Arbeiten und Aufgaben erfüllt sie mit einer Leidenschaft, wovon andere nur träumen können.« Jakob lachte leise und wischte sich diese Gefühlsregung sofort aus dem Gesicht. »Und aus irgendeinem Grund mag sie mich. Ausgerechnet mich, den langweiligen, stotternden Buchhalter.«

Ziska quietschte vergnügt auf und stieß ihn mit der Faust in den Oberarm, wobei sie nur noch lauter lachte. »Dass ich das noch erleben darf! Mein Bruder hat sich verliebt! Ich kann es nicht fassen!«

Jakob schluckte. Dennoch breitete sich in seinem Innersten ein heißes Feuer aus. Ja, er hatte sich verliebt. In Elisabeth Gmeiner. Das schönste und liebevollste Mädchen der ganzen Welt. Eine Frau, die bereits so viel Leid erfahren hatte und immer noch herzlich lachen konnte. Ein Engel, der vermutlich sein letztes Hemd mit den Ärmsten des Landes teilen würde. Ja, er hatte sich in Liesi verliebt. Und wenn er sie richtig einschätzte, ging es ihr ebenso.

Nur – er würde sie zerstören.

Jakob schloss erneut die Augen und verzog das Gesicht zu einer schmerzhaften Grimasse. »Ich bin ihr Untergang, Ziska.« Seine Worte waren nicht mehr als ein Hauchen, und

Ziska musste sich ganz nah an ihn lehnen, um sie überhaupt zu verstehen. Doch dann stieß sie ihn erneut in die Seite und schüttelte den Kopf.

»Du denkst immer, dass du nicht ausreichend bist, oder? Wie oft habe ich schon diese Worte aus deinem Mund gehört? *Ich erfülle Georgs Aufgaben nicht gut genug. Ich bezahle euch nicht gut genug. Würde ich doch nur mehr Geld verdienen, um dir und Fritz ein besseres Zuhause beschaffen zu können!*«, wiederholte sie Jakobs eigene Worte mit verstellter und eindeutig genervter Stimme. »Wie wäre es, wenn du endlich damit beginnst, uns entscheiden zu lassen?« Sie seufzte laut und gedehnt und strich ihm anschließend über den Kopf, als wäre er Fritz und sie seine Mutter. »Vielleicht gelingt es der Bäckerin, dass du endlich erkennst, was für ein wundervoller Mensch du bist, Bruderherz.«

Aber das ist nicht wahr, wollte er entgegnen. Er wollte ihr deutlich machen, was er bereits alles getan hatte, um Elisabeths Leben zu zerstören. Hatte er schließlich bereits Dokumente ihrer Schwester verschwinden lassen und Anna bei ihrem eigenen Onkel angeschwärzt. Außerdem würde er Liesis geistiges Eigentum, ihr heimliches Brotrezept, an ihren größten Konkurrenten verraten, womit sie alles verlieren würde. Ganz zu schweigen von den Vertragsklauseln, die er mit voller Absicht und im Wissen, dass Liesi ihr Zuhause verlieren würde, geschrieben hatte. Ziska musste erkennen, was für ein schlechter Mensch er war! Ja, sie sollte ihn am besten sogleich für den Rest seines Lebens einsperren, damit er Liesi nie wieder zu nahe kam. Doch Ziska unterbrach ihn, noch bevor er irgendetwas dazu sagen konnte.

»Ich will nichts mehr davon hören! Heute Abend kehrst du zurück in die Bäckerei und siehst zu, dass du ihr deine Gefühle offenbarst. Jakob, eines kannst du mir glauben, die Zeit hier auf Erden ist so unglaublich kurz, genieße die Liebe, solange du die Möglichkeit dazu hast. Und vergiss all deine Sorgen um deine Unwürdigkeit. Sie hat dich gewählt. Aus gutem Grund.« Ziska ergriff Jakobs Hände, drückte sie sanft und sah ihm ernst in die Augen. Er wusste, dass sie für einen kurzen Augenblick an ihre eigene Liebe dachte. An ihren Ehemann, den sie doch nur für so kurze Zeit lieben durfte. Das erkannte er an der Traurigkeit, die in ihren Augen flackerte und das helle Blau ihrer Iriden für einen Moment dunkel erscheinen ließ. Jakob schluckte.

»Die Liebe erträgt alles, sie glaubt alles, sie hofft alles, sie duldet alles. Die Liebe höret nimmer auf«, zitierte sie, und Jakob lächelte ergriffen.

»Das Hohelied der Liebe«, murmelte er, und Ziska nickte. Es war ein Teil ihrer Traupredigt gewesen, und Jakob erinnerte sich noch genau an das Glitzern in den Augen ihrer Schwester, als der Pfarrer ebendiesen Vers aus der Bibel vorgelesen hatte.

»Liebe, Jakob, liebe!«

Er schenkte seiner Schwester ein schwaches Lächeln und drängte die Tränen zurück, die sich in seinen Augenwinkeln sammelten. »Ich werde es versuchen«, antwortete er.

29

Jakob schloss für einen Moment die Augen und genoss das Zwitschern der Vögel, das wie Musik durch die Lüfte hallte, während ein Nebenarm der Isar, ein schmaler, sanfter Fluss, zu ihren Füßen plätscherte. Es war herrlich.

»Kaum zu glauben, dass wir uns in so unmittelbarer Nähe der Stadt befinden«, sagte Jakob und kniff die Augen zusammen, um die Umgebung genauer zu betrachten. Dichte Beeren- und Haselsträucher säumten den Weg hinter ihnen und schirmten sie vor möglichen Blicken anderer Fußgänger ab, die den Montagvormittag für einen Spaziergang nutzten, bevor die Sommerhitze jegliche Tätigkeit unmöglich machte. Liesi breitete indessen eine Decke direkt in Ufernähe aus und öffnete den mitgebrachten Korb.

Als Jakob den Inhalt erkannte, knurrte sein Magen voller Vorfreude, was Liesi erneut schmunzeln ließ.

»Hast du etwa schon wieder Hunger?«, fragte sie, holte einen Teller und zwei Gabeln heraus und sah ihn mit diesem atemberaubenden Glitzern ihrer Augen an.

Jakob setzte sich direkt neben sie, sah kurz nach links und rechts und hauchte ihr anschließend einen zarten Kuss auf den Hals, direkt hinter ihrem Ohrläppchen, wo sich eine Strähne aus den hochgesteckten Haaren gelöst hatte.

»Ich habe immer Hunger, wenn du die Bäckerin bist«, antwortete er zweideutig und lächelte, als er sah, wie sich sämtliche Härchen in ihrem Nacken aufstellten.

Allerdings ignorierte Liesi seinen Annäherungsversuch und holte ein Stück ihres selbst gebackenen Kuchens hervor, das sie auf den Teller legte und Jakob in die Hand drückte.

»Ich liebe Marillendatschi!« Er seufzte, noch bevor er überhaupt davon gekostet hatte. Der Duft, der ihm in die Nase stieg, reichte vollkommen aus, dass ihm das Wasser im Mund zusammenlief.

»Wann, um Himmels willen, hast du Zeit gefunden, auch noch Kuchen zu backen?«

Liesi zuckte mit den Schultern und stach mit der Gabel in den weichen, luftigen Hefeteig. »Marie Stadelmann, unsere Nachbarin, hat mir gestern Mittag einen ganzen Korb voller Marillen gebracht«, erklärte sie und hob erneut die Schultern. »Die muss man schnell verarbeiten, und so schmecken sie am besten, nicht wahr? Außerdem war der Brotbackofen sowieso noch heiß.«

Jakob kostete davon und stöhnte genüsslich auf, als sich der herrlich süße Geschmack des Teiges mit der fruchtig sauren Marille in seinem Mund vermischte. »Du hast dich mal wieder selbst übertroffen!«

Für einige Augenblicke herrschte angenehmes Schweigen zwischen ihnen, das einzig vom Gesang der Vögel und ihren Kaugeräuschen unterbrochen wurde. Dennoch konnte Jakob das Lächeln nicht abstellen, sobald er auch nur einen Blick auf Liesi warf.

Liesi, die mit einem eleganten, himmelblauen Tagesgewand kerzengerade auf der karierten Picknickdecke saß, die Beine etwas angewinkelt, sodass er ihre nackten Waden darunter erkennen konnte. Die Haare hatte sie diesmal nur locker hochgesteckt, als würde ein einziger Handgriff seinerseits reichen, damit sie in süßlich duftenden Wellen über ihre Schulter fallen würden. Sobald sie ein Stück vom Kuchen in den Mund geschoben hatte, schloss Liesi die Augen und wandte ihr Gesicht mit einem sanften Lächeln der Sonne zu. Wie wunderschön sie doch aussah! Wunderschön und glücklich.

Als hätte sie Jakobs Blicke bemerkt, öffnete sie die Augen, drehte den Kopf und hob fragend eine Augenbraue an. »Willst du etwas sagen?«

Jakob räusperte sich verlegen und rückte ein Stück näher an sie heran. Er streckte den Arm aus und fuhr zärtlich die markanten Linien ihres Gesichts nach. »In deiner Nähe habe ich das Gefühl, der glücklichste Mensch auf Erden zu sein«, antwortete er ehrlich, wickelte eine ihrer Haarsträhnen um seinen Finger und roch anschließend daran.

Liesi stellte den Kuchenteller beiseite und schmiegte ihr Gesicht in Jakobs Hand. »Das fühle ich ebenso«, antwortete sie flüsternd.

Für einen Moment schloss Jakob die Augen und wiederholte Ziskas Worte im Geiste. *»Liebe, Jakob!«*, hatte sie ihn aufgefordert. Nur wie sollte ihm das gelingen, wenn ihn das Gefühl der Schuld innerlich auffraß?

Er musste mit ihr sprechen. Er musste ihr die Wahrheit sagen, über alles, was geschehen war, und alles, was noch geschehen würde. Immerhin wartete Georg auf das Brotrezept. Liesi hatte Ehrlichkeit verdient, selbst wenn dies bedeutete, dass sie ihn von nun an hassen würde. Also räusperte er sich und atmete tief durch, bevor er ihr ein trauriges Lächeln schenkte. »Ich muss mit dir sprechen, Liesi«, begann er und hörte selbst das Zittern in seiner Stimme.

Allerdings schien sie nichts von seiner Zerrissenheit zu spüren, denn statt auf seine Worte zu warten, hob sie ihre Röcke, um sich auf seinen Schoß zu setzen. Dann schlang sie die Arme um Jakobs Nacken und näherte sich mit einem sanften Lächeln seinem Mund. »Dann sprich mit mir«, antwortete sie und verschloss seine Lippen mit ihren.

Loderndes Feuer schoss durch seinen Körper, während Liesi wild und ungestüm an seiner Unterlippe knabberte. Ihre Hände wanderten wie von selbst über seinen Rücken, zogen das Hemd aus der Hose heraus, nur um kurz darauf mit den rauen Fingerkuppen seine nackte Haut zu reizen.

Jakob stöhnte auf. »Liesi!«

Sie durfte nicht weitermachen. Nicht hier, nicht jetzt. Nicht, wenn sie noch nicht wusste, wer er wirklich war, was er getan hatte. Er musste unbedingt ...

Er stöhnte erneut, als Liesi ihn mit dem Rücken auf die Wiese beförderte und sein Hemd aufknöpfte. Er spürte, wie ihre heißen Lippen über seinen inzwischen nackten Oberkörper wanderten. Sie saß rittlings auf ihm, und vermutlich war ihr nicht einmal bewusst, dass jede ihrer Bewegungen eine Explosion in Jakobs Mitte verursachte. Seine Härte pochte verlangend, dennoch biss er die Zähne zusammen und hielt sich an seinen Gedanken fest. Er musste das beenden. Sofort. Es wäre ihr Untergang. »Liesi!«, keuchte er atemlos, und tatsächlich hielt sie für einen Moment inne und betrachtete Jakobs leidende Miene.

Sie seufzte leise und streichelte seine Wange.

»Ich muss in spätestens einer Stunde wieder in der Backstube stehen«, sagte Liesi und schenkte ihm ein sanftes Lächeln. »Wäre es möglich, dass du nur für diesen einen Moment all deine Zweifel beiseiteschiebst?« Sie richtete sich auf und blickte in den Himmel. Anschließend hob sie die Schultern an. »Wir leben nur einmal, Jakob. Und es bringt nichts als Kopfschmerzen, wenn wir dieses Leben dazu nutzen, ohne Unterbrechung Gewissensbisse zu haben – aus welchen Gründen auch immer.«

»Aber …«, unterbrach Jakob ihre Rede, doch Liesi schüttelte den Kopf.

»Ich sehe deine Zweifel beinahe jeden Tag, ich fühle die Angst bei jedem Kuss, den du mir schenkst, Jakob. Doch ich spüre auch Liebe in deinem Blick. Und ob du es glaubst oder nicht, mir genügt dein schweigender Blick vollkommen, um zu wissen, was du für mich empfindest. Sag mir, wenn ich falschliege.«

Jakob schluckte. Natürlich irrte sie sich nicht. Seine Gefühle waren durch und durch echt. Aber das entschuldigte seine Taten erst recht nicht. Und genau dies musste er ihr deutlich machen. Nur ließ sie ihm keine Gelegenheit, zu sprechen.

Stattdessen küsste sie ihn erneut, indem sie sein Gesicht in beide Hände nahm.

»Fühle, Jakob! Und hör auf, zu denken«, forderte sie ihn atemlos zwischen den Küssen auf.

Und als sie ihren Oberkörper fest und verlangend an seine nackte Brust presste und sich an seiner Härte rieb, stöhnte Jakob auf und verlor all seine Gedanken und Zweifel, an denen er so vehement festhalten wollte. Stattdessen ließ er sich von der Welle aus Lust, Leidenschaft und Liebe mitreißen.

30

Liesi

»Das macht dann drei Heller, bitte. Ach, und die ist für dich«, fügte Liesi hinzu, nachdem sie zuerst den Brotlaib eingepackt und anschließend dem kleinen Mädchen eine Brezel gereicht hatte. Es stand halb versteckt hinter den dunklen Röcken seiner Mutter und strahlte Liesi nun übers ganze Gesicht an, während es sogleich in das geschlungene, knusprige Gebäck biss.

Sie hatte an diesem Morgen so viel gebacken, dass nach der Auslieferung für den Laimer Markt Brote und anderes Gebäck übrig geblieben waren, die sie nun selbst in ihrer kleinen Verkaufsstube anbot. Seitdem Anna angefangen hatte, für ihren Onkel zu arbeiten, war ihre familieneigene Verkaufsstube geschlossen gewesen, und Liesi hatte ausschließlich für die Wochenmärkte in Sendling und Laim Brot gebacken und ausgeliefert. Sie konnte sich gar nicht mehr erinnern, wann sie zuletzt Zeit und Muße gehabt hatte, selbst zu verkaufen. Früher hatten ihre Mutter und Anna diese Arbeiten übernommen, Liesi war immer nur in Notfällen und bei Krankheiten eingesprungen. Doch an diesem Tag genoss sie die Begegnung mit ihren Nachbarn,

Freunden und Bekannten aus Sendling. Sie gaben ihr das Gefühl, noch immer Teil ihres Lebens zu sein. Sie war noch immer die Bäckerin, die sie mit dem lebenswichtigen Brot versorgte.

»Margarete, hast du nicht etwas vergessen?«, fragte die Mutter des Mädchens und bezahlte das Brot.

Die Kleine zog eine Grimasse und verbeugte sich kurz darauf vor Liesi. »Herzliches Vergelts Gott«, murmelte sie so leise, dass Liesi Mühe hatte, ihre Worte zu verstehen.

»Gern geschehen«, antwortete sie.

Die Mutter nahm ihre Tochter an die Hand und wollte gerade den kleinen Verkaufsraum verlassen, blieb allerdings vor dem Süßgebäck stehen. »Seit wann verkaufen Sie denn auch Kuchen? Ist das nur eine Besonderheit, die Sie hier in Ihrem Laden anbieten? Sie müssen wissen, dass ich selbst auf dem Wochenmarkt ausschließlich das Gmeiner Bauernbrot kaufe«, fügte sie hinzu, und Liesi erkannte bereits von Weitem das Glitzern in ihren Augen. Sie wusste, dass der Duft des Marillenkuchens herrlich süß in der Luft lag und sowohl den Gästen als auch ihr selbst das Wasser im Mund zusammenlaufen ließ.

»Das freut mich zu hören. Der Kuchen ist tatsächlich nur eine Ausnahme. Ich bekam in den letzten beiden Tagen so viele Marillen, die ich verarbeiten musste. Sie glauben gar nicht, wie viele Gläser Marmelade ich nun besitze.« Liesi lachte herzlich und deutete auf das Süßgebäck. »Darf ich Ihnen ein paar Stücke Marillendatschi einpacken, Frau Eichinger?«

Theoretisch hätte die Frau gar nicht erst antworten müssen, da ihr begeistertes Lächeln mehr sagte als tausend Worte. Dennoch nickte die junge Mutter freudig. »Liebend gern! Ach, da wird sich mein Hans später freuen! Bitte gern auch noch ein fünftes Stück. Sie wissen doch, wie gern Männer Kuchen essen«, fügte sie schmunzelnd hinzu und kramte gleichzeitig in ihrer Geldtasche nach weiteren Münzen.

Liesi kicherte, denn ja, sie erinnerte sich nur zu gut an Jakob, der an ihrem gestrigen Ausflug an den Fluss gewiss vier Stück allein vertilgt hatte. Vor, während und nachdem er sie geküsst hatte.

Allein der Gedanke an seine Zungenspitze auf Liesis nackter Haut trieb ihr die Röte ins Gesicht, und sie räusperte sich ein paarmal, um die Gedanken zu vertreiben.

Nein, dies war gewiss nicht der richtige Ort und Zeitpunkt, um sich an Jakobs nackten und wunderschönen Körper zu erinnern, an sein dunkles und verlangendes Stöhnen, während sie sich gegenseitig berührten und küssten, oder seine zärtlichen Liebkosungen, als sie hinterher in seinen Armen lag. Und doch stahl sich ein Lächeln auf ihre Lippen, und sie spürte die erneut aufsteigende Hitze in ihrem Körper. Jakob hatte sie verzaubert, nur mithilfe seiner Finger, der Lippen und seiner Zunge. Er hatte ihr gezeigt, was es bedeutete, zu lieben, obgleich er dennoch Zurückhaltung übte, das hatte Liesi genau gespürt. Jakob war ein Mann von Ehre, auch wenn er selbst das Gegenteil behauptete.

»Du meine Güte! So, wie es aussieht, hat mir mein Mann zu wenig Geld mitgegeben, ich kann den Kuchen gar nicht bezahlen«, unterbrach Frau Eichinger Liesis unangebrachte Gedanken.

Sie räusperte sich erneut, schenkte ihr ein freundliches Lächeln und hoffte gleichzeitig, dass ihr glühendes Gesicht nicht auffiel. »Das ist doch kein Problem, Frau Eichinger. Sie können es gern anschreiben lassen.«

Frau Eichinger nickte ihr dankbar zu und legte die eingepackten Kuchenstücke behutsam in ihren Einkaufskorb. Anschließend bedankte sie sich ein weiteres Mal und verließ gemeinsam mit ihrer Tochter die kleine Bäckerei.

Liesi atmete tief aus und schlenderte vergnügt durch den Verkaufsraum. Mit einem Lächeln richtete sie die Brote neu aus, füllte den Korb mit den Brezen und Semmeln auf und verscheuchte ein paar hungrige Wespen, die dem Duft des Kuchens gefolgt waren und nun gierig über dem Marillendatschi umherflogen. Anschließend lief sie zur Eingangstür und wischte liebevoll über das Zunftemblem, das dort an der Wand hing, um es von möglichem Staub zu befreien. Sie betrachtete die geschwungene Brezel und den Adler und lächelte erneut.

Wer weiß, vielleicht bekäme sie doch eines Tages einen Sitz in der Zunft? Immerhin hatte sie die anspruchsvollen Forderungen Herrn Hubers erfüllt, was bedeutete, dass er ihr vielleicht schon bald einen Platz als Gesellin anbieten würde. Sie benötigte nur noch die von der Zunft verlangte Geldsumme, um den Eintritt bezahlen zu können, und das ein oder andere Argument, um die alten Herren davon zu überzeugen, dass auch eine Frau Anspruch auf die Mitgliedschaft hätte. Gerade den letzten Punkt schätzte sie als den schwierigsten ein, immerhin kannte sie die meisten Mitglieder von den Erzählungen ihres Vaters. Der Großteil von ihnen teilte Hubers Meinung, dass Frauen niemals dazu in der Lage seien, eine Bäckerei nach den Regeln und Ordnungen der Zunft zu führen. Doch auch das würde Liesi schaffen, ganz gewiss.

Sie richtete den Blick auf das Kruzifix, das in der Ecke hinter dem Verkaufstresen hing, und dachte an ihren Vater. Sie sah seinen liebevollen Blick, hörte sein dunkles und polterndes Lachen, ja, sie spürte beinahe die ruppige Umarmung und roch den herben Duft, der nur ihm gehörte.

»Ich hoffe, Sie sind stolz auf mich, Vater«, murmelte sie und atmete tief durch. Was er wohl zu Jakob sagen würde? Ob er ihn als Mann an Liesis Seite akzeptieren würde?

Erneut spürte sie Jakobs weiche Lippen, die ihren Hals mit Küssen bedeckten, die Zungenspitze, die über ihr Schlüsselbein fuhr, sie spürte Jakobs Fingerspitzen an ihrer Taille, seinen Mund beinahe überall auf ihrem Oberkörper. Sie spürte die seidig weichen und welligen Haare, in die sie ihre Finger gekrallt hatte, während sich die Welt um Liesi immer schneller drehte und sie schließlich wie ein riesiger Feuerball explodierte.

Liesi schloss die Augen und lehnte sich an die Wand.

Wie war es nur möglich, so viel zu empfinden? Allein der Gedanke an Jakobs schüchternes Lächeln, an den dunklen und warmen Blick seiner Augen genügte, dass ihr erneut schwindelig wurde.

Fühlte sich so Liebe an?

Liesi schluckte und lächelte.

Ja.

Sie hatte sich verliebt. In Jakob Hofbauer. Ausgerechnet in den Mann, dem sie eigentlich aus dem Weg gehen wollte.

Und doch bereute sie rein gar nichts.

Das Klingeln der Glocke über der Eingangstür beendete Liesis verträumte Gedanken.

»Fräulein Elisabeth! Wie schön, den Laden wieder geöffnet zu sehen!«, rief Erna Häussler, eine betagte Frau, die zwei Straßen entfernt von ihnen wohnte und sie damals in der Kirche vor den anderen alten Weibern verteidigt hatte. Ihr Lächeln war herzlich, und sie zog Liesi in eine liebevolle Umarmung. »Das Rot auf Ihren Wangen steht Ihnen äußerst gut«, flüsterte sie und kicherte. »Was auch immer dafür verantwortlich ist, behalten Sie es.«

Liesi riss die Augen auf und hustete verlegen. Wüsste Frau Häussler den wahren Grund ihrer Gesichtsfarbe, würde sie gewiss etwas anderes behaupten, daher verdrängte sie jegliche Gedanken an Jakob, erwiderte stattdessen die liebevolle Begrüßung und begleitete die alte Frau zu den Backwaren.

31

Jakob

»Ich dulde keine weiteren Ausreden mehr, Jakob. Ich verlange das Rezept – jetzt! Ansonsten betrachte ich deine Anstellung hier und jetzt mit sofortiger Wirkung als beendet.«

Georgs Worte verwandelten Jakobs Herz zu einem Eisklumpen, und er schloss für einen Moment die Augen. Vergessen war das reine Glücksgefühl, das ihn seit dem Ausflug an den Fluss unentwegt begleitete. Er war auf Wolken geflogen und abgestürzt, mitten in das brennende Höllenfeuer. Denn genauso fühlte es sich an, als er die Feder nun in die Tinte tauchte und mit akkurater Schrift und Zeile für Zeile das Rezept niederschrieb. Zuerst die Zutaten, dann die Zubereitung des Vorteigs und schließlich den Knetvorgang. Er schrieb jedes Detail auf, sodass selbst ein Anfänger, der noch nie im Leben gebacken hatte, wusste, was zu tun war.

Liesis Rezept.

Ihr Lebenswerk.

Jeder Buchstabe brannte sich schmerzhaft in seine Seele, und er konnte sich keine schlimmere Folter vorstellen.

Er zerstörte Liesis Leben, Zeile für Zeile, und konnte nichts dagegen tun. Denn andererseits wäre das Leben von

Ziska und Fritz gefährdet. Und er hatte es, weiß Gott, versucht. Immer wieder hatte er Ausreden erfunden, erklärt, dass er mehr Zeit benötigte, um das Rezept zu verinnerlichen. Er hatte sogar versucht, Georg mit einem möglichen neuen Rezept zu ködern, das Liesi für das Königspaar kreieren wollte und das noch nicht fertiggestellt war. Es war nicht einmal gelogen, da Liesi erst vor Kurzem tatsächlich damit begonnen hatte, neue Rezepturen auszuprobieren, um ein möglichst königliches Brot zu backen. Sie hatte ihm aus freien Stücken vom Preisausschreiben berichtet und davon, dass auch sie daran teilnehmen würde, aber bisher hatte Jakob es tunlichst vermieden, Georg von dieser Tatsache zu berichten. Allerdings war dies nun seine einzige Chance, mehr Zeit für sich und Liesi auszuhandeln. Zumindest hatte er das gedacht.

Doch Georgs Geduld war am Ende, und Jakob musste einsehen, verloren zu haben.

Georg lief hinter seinem Rücken hin und her, und Jakob spürte den stechenden Blick seines Vorgesetzten, sobald er stehen blieb.

Nachdem er die letzten Worte geschrieben hatte, klopfte Georg ihm lachend auf die Schulter. »Na, siehst du? Das war doch gar nicht schwer«, sagte er und holte zur Feier des Tages die Karaffe Branntwein. Er goss sowohl Jakob als auch sich selbst ein Glas ein und wartete darauf, mit Jakob anzustoßen.

»Auf dich, mein Freund. Auf dich und deinen gelungenen Auftrag!«, rief Georg und trank das Glas in einem Zug leer. »Und denk nicht, mir seien deine Ausreden entgangen.

Du hast ein Glück, dass du mein bester Freund bist, sonst hätte ich dich für dieses Verhalten längst auf die Straße gesetzt.«

Jakob schluckte und legte die Schreibfeder beiseite. Er nippte an dem Hochprozentigen und zwang sich zu einem Lächeln. »Dann danke ich dir von Herzen für deine Großherzigkeit. Ich weiß das sehr zu schätzen«, log er und ignorierte das Brennen in seinem Innersten. Immer wieder blickte er auf das Rezept vor sich und wünschte, es würde genauso brennen wie sein Herz. Es sollte in Flammen aufgehen, zusammen mit Jakobs Wissen. Er hatte keinen Anspruch auf dieses Wissen. Es war Liesis Rezept, ihr Lebensunterhalt! Wieso hatte er das nur getan?

Georg lachte, als würde er Jakobs Zerrissenheit gar nicht wahrnehmen. »Das weiß ich doch. Und du wirst mich sicherlich gleich ein bisschen mehr lieben, da ich dich in den wohlverdienten Urlaub schicke. Schon morgen darfst du deinen kleinen Neffen und deine Schwester zum Kofferpacken auffordern. Bucht euch eine Kutsche und fahrt an den Starnberger See, gönnt euch ein paar Tage Auszeit und genießt die sommerlichen Temperaturen. Das wird dir gewiss guttun.«

Jakob schluckte. »Ist das dein Ernst?«, fragte er.

Georg schenkte sich ein weiteres Glas ein und nickte lachend. »Natürlich meine ich es ernst. Ich habe nun alles, was ich benötige, dank dir, mein Freund. Da ist es nur gerecht, mich einmal gönnerhaft zu zeigen, nicht wahr?« Er trank einen weiteren Schluck Branntwein und deutete auf Jakobs beinahe unangetastetes Glas. »Schmeckt er dir nicht?«

Hastig trank Jakob das Glas leer, und entgegen Jakobs Willen schenkte Georg sogleich nach.

»Ich würde dir zudem empfehlen, eines meiner Lieblingshäuser zu besuchen.« Er griff in die Innentasche seiner Weste und reichte Jakob ein zusammengefaltetes Papier, auf dem lediglich eine Straße und eine Hausnummer vermerkt waren. Jakob hob fragend eine Augenbraue, und Georg lachte leise.

»Mein Freund, mir ist wohl bewusst, aus welchem Grund du dir so viel Zeit gelassen hast, mir das Rezept auszuhändigen«, antwortete Georg, und Jakob schluckte.

Konnte es tatsächlich sein, dass Georg, der Mann, der ausschließlich an sich selbst dachte und noch nie zuvor in seinem Leben Gefühle solcher Art empfunden hatte, wusste, wie es in Jakobs Herzen aussah? Hatte er wirklich erkannt, wie sehr er Liesi lieb gewonnen hatte? Wusste er, dass er Tag und Nacht nur noch an sie dachte? An ihr Lächeln, an ihre Eleganz, wenn sie buk, oder an den Blick ihrer Augen, wenn er sie ansah?

»Diese Damen dort werden dich das Bäckermädchen schneller vergessen lassen, als du bis zehn zählen kannst«, erklärte er, und Jakob erstarrte, als er verstand. »Sie leisten vorzügliche Arbeit, und ich habe deinen Besuch für heute Abend angekündigt. Verlange Aurélie oder Colette. Beide sind wahrhafte Künstlerinnen.«

Jakobs Ohren rauschten, während Georg noch deutlicher schilderte, mit welchen Fähigkeiten die beiden Damen glänzten. Doch Jakob wollte es nicht hören. Nichts dergleichen!

Kein Freudenhaus der Welt würde ihn vergessen lassen, was er mit Liesi erlebt hatte. Zumal er nicht mal vergessen wollte. Nein, er würde diese Erinnerungen tief in seinem Herzen bewahren. All das hätte er Georg gern deutlich zum Ausdruck gebracht. Stattdessen starrte er mit zittrigen Fingern auf die Adresse, und kein einziges Wort fand den Weg über seine Lippen.

»Herrgott, Jakob! Deine Ohren glühen, als wärest du ein Schuljunge!« Georg lachte vergnügt auf und klopfte ihm erneut freundschaftlich auf die Schulter. »Oh, ich weiß jetzt schon, wie sehr die Mädchen ihren Spaß mit dir haben werden. Sie werden dich lieben! Dich und deine Schüchternheit!«

Jakob räusperte sich und fuhr mit den Händen durch seine Haare. »Ja, vermutlich werden sie das«, antwortete er leise und zwang sich zu einem Lächeln. »Ich danke dir.«

Georg winkte ab. »Nicht hierfür. Ach, und bevor ich es vergesse«, sagte er, nachdem Jakob sich von seinem Sitzplatz erhoben hatte und nach seinem Zylinder griff. »Bevor du meinen beiden Mädchen einen Besuch abstattest, musst du diesen Brief deiner kleinen Bäckerin aushändigen.«

Er öffnete die Schublade seines Sekretärs und reichte Jakob einen hellen Umschlag.

»Was ist das?«, fragte er. Das siegreiche Grinsen in Georgs Gesicht gefiel ihm nicht, absolut nicht.

Sein Vorgesetzter zupfte die weiße Krawatte zurecht und winkte lässig ab.

»Nichts Besonderes. Das ist nur ihr neuer Auftrag.« Er zuckte mit beiden Augenbrauen und gönnte sich einen weiteren Schluck Branntwein, bevor er weitersprach. »Jetzt, da ich endlich das Brotrezept erhalten habe, können wir die beiden Schwestern an ihre Grenzen und darüber hinaus treiben, nicht wahr? Es war sowieso längst Zeit, die Forderungen aufzustocken.«

Jakob fiel der Zylinder aus der Hand.

»Was steht in diesem Schreiben?«, wiederholte er die Frage mit zittriger Stimme und spürte, wie ihm jegliche Farbe aus dem Gesicht wich.

Georg kam langsam auf ihn zu und nahm Jakob brüderlich in seine Arme.

»Darin steht die Gewissheit, dass die Gmeiner-Schwestern nie wieder zu einer ernst zu nehmenden Konkurrenz werden, genau das, was wir beide von Anfang an geplant hatten«, antwortete Georg. »Und nun geh, Aurélie wartet bereits auf dich!«

32

»Gnädiger Herr? Sie sollten ein Haus aufsuchen. Es zieht ein Gewitter auf!«

Ein kleiner, verdreckter Junge, der einen Schwung gerollter Zeitungen unter seinem Arm trug, stupste zum wiederholten Mal Jakobs Schulter an und deutete in den nachtschwarzen Himmel.

»Hören Sie mich, mein Herr?«

Jakob benötigte einige Augenblicke, bis die Worte des Jungen bis in seinen Verstand drangen. Er folgte dem Blick des Kindes und verzog das Gesicht, als der Wind lautstark durch die Gasse pfiff.

Jakob saß auf einer Bank, irgendwo zwischen Pasing und Sendling. Nachdem Georg ihn mit dem Brief ausgesandt hatte, war er völlig in Gedanken versunken losgegangen. Er hatte weder auf die Richtung geachtet noch auf das Wetter. Stattdessen wiederholte er immer und immer wieder das Gespräch mit Georg im Geiste.

Wieso hatte er Liesi diesen neuen Auftrag erteilt? Wieso wollte er sie noch immer vernichten? Jetzt, wo er doch alles hatte, was er wollte?

Er hatte Georg mehrmals darauf angesprochen, ihm sogar von seiner Sabotage Annas berichtet, die sie für die nächsten Wochen, wenn nicht sogar Monate oder lebenslang aus dem Geschäft ihres Onkels getrieben hatte.

Wieso also beharrte Georg darauf, die beiden Schwestern zu zerstören?

Leider hatte Georgs Antwort nur aus einem müden Lächeln bestanden und der Aufforderung, Aurélie zu besuchen, damit Jakob wieder klar denken könnte.

Als ob eine Nacht mit einer Prostituierten Georgs Handeln verständlicher machen würde. Als ob Jakob tatsächlich Liesi vergessen könnte!

Keine Frau der Welt würde ihn vergessen lassen, was er für Liesi empfand. Niemals!

»Mein Herr? Benötigen Sie Hilfe?«

Der Junge zupfte unablässig an Jakobs Mantel, die Zeitungen fest unter den Arm geklemmt, während er mit der anderen Hand seine Kopfbedeckung festhielt, damit der Wind sie nicht mitnahm.

Jakob betrachtete den Jungen und lächelte matt. »Wie alt bist du, Kleiner?«, fragte er und ignorierte das Tosen des Windes sowie das warnende Donnergrollen.

»Ich bin zehn Jahre alt, gnädiger Herr. Aber Sie sollten wirklich …«

»Fast gleich alt wie mein Fritz«, unterbrach Jakob den Jungen und schluckte die Angst herunter, die sich in seinem Innersten ausbreitete. Fritz hätte sich ebenso eine Arbeit suchen müssen, wenn Jakob sich geweigert hätte.

»Wie bitte?«, fragte der Junge und zuckte zusammen, als

ein Blitz, dicht gefolgt von Donner, über ihre Köpfe hinwegschoss.

Jakob schüttelte die Starre ab und kramte in seiner Manteltasche nach Münzen, die er dem Jungen reichte. Der betrachtete die silbernen Kreuzer und riss ungläubig die Augen auf.

»Mein Herr! Ich kann Ihnen kein Rückgeld geben, so viel Geld besitze ich nicht«, schrie er nun, da der Wind jedes Wort zu verschlucken drohte.

Doch Jakob winkte ab und stand endlich auf. »Betrachte es als Obolus, mein Junge. Du wirst heute vermutlich keine einzige Zeitung mehr verkaufen. Und jetzt sieh zu, dass du fortkommst!«

Der Junge stand mit offenem Mund vor Jakob und musterte die Münzen in seiner Hand, als wüsste er nicht, was er damit tun sollte. Allerdings donnerte es erneut, und als die ersten Regentropfen herabfielen, suchte er noch einmal Jakobs Blick, neigte dankbar den Kopf und rannte anschließend davon.

Jakob seufzte zittrig und sah ihm ein paar Augenblicke nach.

Nein, er wollte Fritz ein anderes Leben bieten. Sein Neffe sollte niemals bei Wind und Wetter in den Straßen stehen, um Almosen zu erbitten. Denn diese Zeitungsjungen waren auf die Gunst der Fußgänger angewiesen und nicht besser dran als die Bettler der Stadt.

Nein, Jakob konnte das seinem Fritz und seiner Schwester niemals antun. Er musste dafür Sorge tragen, die Anstellung bei Georg zu behalten, ob er wollte oder nicht.

Er kniff die Augen zu und ignorierte das Brennen seines Herzens und die Übelkeit, die sich in ihm ausbreitete.

Er hasste sich dafür, was er Liesi angetan hatte. Er hasste sich dafür, was er ihr in wenigen Stunden antun würde.

Und er hasste sich dafür, dass er sie dennoch liebte.

Ein Donner grollte direkt über seinem Kopf, und Jakob zog den Zylinder tief über das Gesicht und rannte schließlich durch die leeren Gassen der Stadt.

Der Regen verwandelte sich in Graupelschauer, der nun schmerzhaft auf ihn herabprasselte. Jakob kniff die Augen zusammen und rannte weiter. Er achtete nicht auf die Pfützen, die sich in den Straßen bildeten, er ignorierte die Rufe der Anwohner, die ihm einen Platz zum Unterstellen anboten. Nein, er wollte nur noch zu Liesi. Er wollte die Arme um sie schlingen und sie um Verzeihung anflehen. Die Hagelkörner waren nichts im Vergleich zu den Schmerzen, die er innerlich spürte. Ja, er hatte diese Schmerzen verdient, viel mehr als das sogar!

Jakob rannte durch die Gassen, wich abgerissenen Ästen aus, die durch die Luft flogen und sich in gefährliche Geschosse verwandelten, und schrie all seinen Schmerz in das tosende Gewitter hinein.

Was hatte er nur getan?

»Jakob? Jakob! Um Himmels willen! Was machst du hier draußen?«

Es dauerte einige Augenblicke, bis er trotz des Regens und des Windes die Worte verstand, und noch weitere Sekunden, bis er durch den Schleier hindurch Liesi erkannte, die energisch an den Ärmeln seines Mantels zog und ihn hinter sich in die Bäckerei zerrte. Offensichtlich hatte er trotz des Unwetters die Bäckerei Gmeiner erreicht.

Der Wind erzeugte ein schauderhaftes Pfeifen, und sie hatten sogar zu zweit Mühe, die Tür der Bäckerei hinter sich zu schließen, die letztendlich laut krachend ins Schloss fiel.

Völlig erschöpft ließ sich Jakob direkt an der Tür zu Boden gleiten und unterdrückte ein Schluchzen, während Liesi ihm mit zärtlichen Handgriffen und einem mitfühlenden Lächeln den Mantel aufknöpfte.

»Nicht«, stammelte er und legte die Hand auf Liesis. »Ich ... ich habe das nicht verdient.«

Liesi kicherte leise und zog ihm behutsam den triefend nassen Mantel von den Schultern.

»Was? Den Regen? Das ist wohl wahr. Was machst du auch bei diesem Wetter auf den Straßen? Und dann auch noch zu Fuß? Du könntest krank werden, das weißt du hoffentlich!«

Jakob presste die Lippen aufeinander und schüttelte den Kopf.

»Bitte«, hauchte er und versuchte erneut, Liesis Nähe auszuweichen, obwohl er zeitgleich nichts lieber wollte, als ihre ebenfalls nassen Kleider vom Körper zu zerren und sich mit Liesi in ihr weiches Bett zu legen. Er wollte sie in die Arme nehmen und einfach nur halten und nie wieder loslassen.

»Ich bin nicht gut für dich.« Jedes Wort kostete ihn Kraft, die er kaum noch besaß, da Liesi inzwischen sein Hemd aufknöpfte und Jakobs nasse Brust mit heißen und verlangenden Küssen bedeckte.

Er stöhnte und schluchzte gleichzeitig, und endlich schaffte er es, Liesi festzuhalten und Abstand zu gewinnen.

Eine tiefe Traurigkeit hüllte ihn ein, als er den Kopf schüttelte und Liesis nasse Haare hinters Ohr strich.

»Ich bin nicht gut für dich, Liesi. Bitte glaub mir«, wiederholte er tonlos und holte kurz darauf den Umschlag aus der Innentasche seiner Weste hervor, der zumindest einigermaßen trocken schien, auch wenn die Anschrift darauf völlig zerlaufen und nicht mehr identifizierbar war. Jakob atmete zittrig durch und reichte ihn Liesi.

»Dieser Brief ist von Georg, also Herrn Huber.« Und noch bevor sie den Brief öffnete, fügte er ein schmerzerfülltes »Es tut mir so unendlich leid« hinzu und wandte sich ab. Ohne auf Liesis Reaktion zu achten, schlüpfte er erneut in den triefend nassen Mantel, zog den Zylinder auf den Kopf und rannte hinaus in den Gewitterregen. Fort von Liesi. Fort von seinen Lügen und Missetaten. Fort von seiner Liebe zu diesem wunderbaren Menschen, den er niemals verdient hatte.

33

Liesi

Liesi hörte Annas gedehntes Seufzen und weigerte sich dennoch, ihren Blick zu suchen. Stattdessen saß sie seit Stunden regungslos auf der Eckbank und drehte das inzwischen getrocknete Schreiben, das vor ihr auf dem Tisch lag, im Kreis herum. Sie hatte es schon so oft gelesen, dass sie vermutlich jede Zeile auswendig aufsprechen könnte. Und doch verstand sie es nicht.

Sooft sie auch darüber nachdachte, warum Herr Huber diese neuen Forderungen stellte, sie fand keinen Grund. Es ergab keinen Sinn.

Sie hatte all seine Wünsche erfüllt, hatte ihr tägliches Brotkontingent aufgestockt und, obwohl sie allein arbeitete, die geforderte Menge an Backwaren geliefert – und dies jeden Tag.

Sie hatte sparsam gewirtschaftet, ihr Mehl akribisch rationiert, sodass sie damit auskam, trotz des geringen Budgets, das Herr Huber ihr zur Verfügung gestellt hatte. Sie hatte es geschafft, obwohl alle an ihr gezweifelt hatten.

Und anstelle eines Dankes erhielt sie nun das? Noch

mehr Aufträge, noch mehr Brote, die sie allein backen musste?

»Dir ist bewusst, dass du das nicht schaffen kannst, oder?«

Liesi schluckte und ignorierte Annas mitleidigen Blick. Selbst wenn sie es nicht aussprach, so sah sie allein an dem Gebaren ihrer Schwester die Worte »Ich habe dich gewarnt«. Denn genau das hatte sie getan. Mehrfach. Anna hatte sie vor Jakob gewarnt, sie hatte sie vor Huber gewarnt. Sie hatte vorausgesagt, dass Huber sie niemals einstellen würde. Und nun, da sie tatsächlich seine ersten Forderungen erfüllt hatte, kam er mit neuen Aufträgen daher.

Liesi las die letzten Zeilen, in denen Huber ihr mitteilte, dass nach Erfüllen dieser Aufträge einer festen Anstellung nichts mehr im Wege stehen würde, und schnaubte. Hatte Jakob davon gewusst? War dies etwa der Grund dafür, warum er sich immer zurückgenommen hatte? Hatte er bewusst verschwiegen, dass sein bester Freund sie niemals als Gesellin arbeiten lassen würde?

Aber warum sollte er dies ihr gegenüber verschweigen? Was hätte er davon? Und was hätte Georg Huber davon?

»Ich verstehe das alles nicht!«, seufzte Liesi und ließ den Kopf auf die Tischplatte sinken. Tausende Fragen wanderten durch ihren Geist, und doch schien sie keinen klaren Gedanken fassen können.

»Männer!«, zischte Anna verärgert. »Gefühllose, kalte Kreaturen, die nur das Geld vor Augen haben und sich einen Dreck um andere scheren!«

Der Wind pfiff warnend und polternd durch die Fenster,

und Liesi blickte seufzend hinaus. Sie hatte Jakob keine einzige Sekunde als gefühllos wahrgenommen. War er so ein guter Schauspieler? Wenn ja, aus welchem Grund?

Wo Jakob nun wohl war? Ob er immer noch verzweifelt durch die Gassen irrte, so wie sie ihn kurz zuvor entdeckt hatte? Ob er Hilfe benötigte?

Ein Blitz erhellte für wenige Sekunden die sonst so dunkle Welt draußen, dicht gefolgt von einem Donner, und Liesi zuckte zusammen.

»Ich muss nach ihm sehen!«, murmelte sie und stand eilig auf.

Allerdings hielt Anna sie auf, indem sie ihre Hand in Liesis Arm krallte.

»Du gehst nirgendwohin, Liesi!« Ihr Ton klang messerscharf, genau wie der Blick, mit dem sie Liesi nun musterte. »Und du läufst ganz sicher nicht einem Mann hinterher, der dich nicht verdient hat!«

Liesi öffnete den Mund, um einen Einwand zu formulieren, da donnerte es erneut, während der Graupelschauer laut und zerstörerisch an die Scheiben trommelte.

»Ich benötige Antworten«, schrie sie daher verzweifelt und deutete auf das Schreiben auf dem Tisch. »Ich verstehe das alles nicht! Und er ist mir diese Antworten schuldig!« Dass Jakob vermutlich auch Hilfe benötigte, verschwieg sie lieber, da Anna dieses Argument niemals akzeptieren oder gar verstehen würde.

Anna stand auf und musterte Liesi mit besorgter Miene. Dann blickte sie aus einem der vielen kleinen Fenster und nickte schließlich.

»Ich gehe ihn suchen. Du bleibst hier, verstanden?«

Liesi verdrehte die Augen. »Ich kann selbst nach ihm suchen«, entgegnete sie, doch Anna stellte sich breitbeinig vor ihr auf und stemmte die Hände in die Hüften.

»Das mag sein, aber ich lasse mich, im Gegensatz zu dir, nicht von seinen rührseligen Antworten täuschen. Und ich sorge dafür, dass er spricht, glaube mir.« Sie strich Liesi eine Haarsträhne hinters Ohr und wischte ihr liebevoll ein paar Tränen fort. »Außerdem ist das Gewitter viel zu gefährlich. Glaube ja nicht, ich hätte deine Angst vor Gewittern vergessen«, fügte sie mit einem Augenzwinkern hinzu und verließ kurz darauf die Stube. Früher hatte Anna sie bei jedem Gewitter fest in die Arme genommen und erst losgelassen, als nicht mal mehr sanfte Regentropfen zu hören waren. Dass sich Anna jetzt, Jahre später, noch daran erinnerte, erfüllte Liesis Herz für einen kurzen Moment mit wärmendem Licht. Allerdings hielt es nicht lange an, denn ein weiterer Donner ließ sie zusammenzucken, und sie sah ängstlich aus dem Fenster.

»Möge Gott meine Anna und auch Jakob beschützen«, murmelte sie lautlos und bekreuzigte sich. Dann schloss sie die Augen. Sie war allein. Mit zittrigem Atem und tränennassen Wangen.

Um sich von ihrer Angst abzulenken, ergriff sie zum gefühlt hundertsten Mal Hubers Schreiben und las es stumm. Immer und immer wieder, in der Hoffnung, irgendwann die Worte zu verstehen. Allerdings vergeblich.

Das Schreiben ergab keinen Sinn. Genauso wenig wie Jakobs Betragen.

Nichts ergab Sinn.

Liesi stöhnte verzweifelt auf.

Was sollte sie tun?

Und was würde aus der Bäckerei werden, sollte sie sich weigern? Was würde passieren, sollte sie scheitern?

Und würde Georg Huber ihr tatsächlich eine Anstellung als Bäckergesellin anbieten, sollte sie diese Forderungen erfüllen?

Liesi schloss für einen Moment die Augen.

Sämtliche »Was wäre, wenn«-Szenarien liefen vor ihrem geistigen Auge ab, und immer wieder blieb sie bei einem möglichen Ausgang hängen: Was wäre, wenn sie es tatsächlich schaffte? Wäre das nicht sogar die einzig richtige Frage, auf die sie sich konzentrieren sollte? Völlig egal, wie unwahrscheinlich es klang. Immerhin hatte sie auch die ersten Forderungen erfüllt, obwohl alle daran gezweifelt hatten. Keiner hatte ihr zugetraut, die Anwohner Sendlings und den Wochenmarkt Laim mit Broten zu versorgen, doch sie hatte es geschafft.

Sie hatte es vollbracht, mit den knappen Mitteln zu haushalten, und immer ausreichend Brote, ja sogar Kuchen und Brezen gebacken.

Vielleicht konnte sie auch die neuen Anforderungen erfüllen?

Und vielleicht würde sie dann endlich als anerkannte Bäckergesellin arbeiten dürfen.

Sie zog die Unterlippe ein und huschte durch die Stube, um Schreibmaterial zu suchen. Kurze Zeit später saß sie im Licht einer Tranlampe auf der Eckbank und machte sich eifrig Notizen. Ein neuer Zeitplan musste her, genau wie ein neuer Haushaltsplan. Wenn sie nur akribisch jeden Punkt durchplante, war es möglich. Vielleicht. Mit viel Glück.

Das Krachen der Eingangstür beendete Liesis Arbeit abrupt, und sie sprang erschrocken von ihrem Sitzplatz auf.

Kurz danach traten Anna und Jakob triefend nass in die Stube. Liesi betrachtete mit erschrockenem Gesicht, wie Jakob völlig entkräftet in Annas Armen hing und vor sich hin jammerte, als wollte er nicht hier sein. Immer wieder hörte sie sein verzweifeltes Stammeln, dicht gefolgt von trägen und unkoordinierten Bewegungen seiner Arme. Liesi schluckte.

»Ist er …«, begann sie ihre Frage, wurde aber sofort von Anna unterbrochen.

»Betrunken? Ja. Kannst du mir bitte helfen?«, fragte sie und zerrte am triefend nassen Mantel, der Jakob inzwischen auf der Hüfte hing.

Liesi schüttelte ihre Starre ab und eilte ihrer Schwester zu Hilfe, doch als Jakobs verwirrter Blick für einige Augenblicke den ihren fand, verzog er das Gesicht zu einer schmerzenden Grimasse.

»Nein, Liesi. Nein, bitte. Du darfst mir nicht helfen! Hass mich! Ich habe das verdient!«

»Da sind wir zum ersten Mal der gleichen Meinung«, kommentierte Anna Jakobs undeutliches Stammeln und stöhnte, nachdem sie ihm endlich den nassen Mantel ausgezogen und Jakob selbst auf die Eckbank verfrachtet hatte.

»Sitzen bleiben!«, befahl sie ihm mit strenger Miene und warf Liesi einen verärgerten Blick zu.

Liesi lauschte dem leisen Wimmern, betrachtete den schlotternden Körper Jakobs und biss sich auf die Lippen, um ihren eigenen Schmerz zu verbergen.

Jakob litt.

Wegen ihr.

Nur warum?

»Ich fürchte, heute werden wir kaum eine brauchbare Antwort von ihm bekommen«, sagte Anna, nachdem sie die nasse Kleidung aufgehängt und den Boden trocken gewischt hatte. Sie stupste ein paarmal gegen Jakobs breite Schultern, der daraufhin nur schluchzend den Kopf schüttelte, und seufzte.

»Ich habe ihn im *Tannenhof* gefunden. Und er hat mich doch tatsächlich gefragt, ob ich Aurelié heiße, und erklärt, er würde niemals mit mir mitgehen! Du glaubst gar nicht, wie froh der alte Gustl war, als ich ihn abholen kam!«

Der alte Gustl war der Wirt eines Gasthauses, nur wenige Straßen entfernt von ihrer Bäckerei, und ein herzensfroher und geselliger alter Mann. Verständlich, dass er nur schwer mit Jakobs Gemütszustand zurechtkam.

Liesi seufzte leise und trat ganz dicht an Jakob heran. Vorsichtig streckte sie die Hand nach ihm aus und fuhr durch seine tropfend nassen Haare.

»Ach, Liesi!«, stöhnte er. »Wenn ich dich nur nicht so lieben würde.«

Liesi schluckte. Hatte er das eben wirklich gesagt, oder hatte sie sich die Worte eingebildet? Er liebte sie?

Ein Blick zu Anna und ihrem erschrockenen Gesichtsausdruck bestätigte es – sie hatte sich nicht verhört. Er hatte tatsächlich gesagt, dass er sie liebte. Ausgerechnet sie, Liesi, die mittellose Waise. Ihr Herz klopfte unerhört laut in ihrer Brust und übertönte schon fast den Regen, der noch immer gegen die Fenster prasselte.

Anna schüttelte den Kopf. »Gott im Himmel! Das ist doch nicht zu glauben!«, murmelte sie. Anschließend stieß sie Jakob an die Seite und deutete auf die gestickten Kissen ihrer Mutter, die in der Ecke der Bank lagen.

»Herr Hofbauer, Sie schlafen heute Nacht hier! Und Morgen bekommen wir Antworten, haben Sie mich verstanden?«

Allerdings war die einzige Antwort auf Annas ruppiges Gebaren ein zittriges Schnarchen – Jakob war eingeschlafen.

Liesi seufzte und betrachtete noch einmal das Schreiben Herrn Hubers. Doch dann legte sie es beiseite und nickte ein paarmal.

Morgen.

Morgen würde sie Antworten bekommen.

Und dann würde sie eine Entscheidung treffen. Morgen.

34

Nach einer schlaflosen Gewitternacht betrat Liesi am nächsten Morgen mit zittrigen Gliedmaßen die Stube. Der stürmische Wind, der lautstark durch das Dachgewölbe des Hauses gepfiffen hatte, war nichts im Gegensatz zu den Gedanken, die durch ihren Geist gewandert waren, immer und immer wieder.

Heute würde sie entscheiden, ob sie Hubers Anforderung annahm oder kapitulierte und das Bäckerhandwerk ein für alle Mal aufgab.

Doch wenn sie ehrlich war, wusste sie bereits vor dem Eintreten in die Stube, wie sie sich entscheiden würde.

Ein Poltern beendete Liesis wirre Gedanken, und als sie sah, dass Jakob, ein nacktes Bein in einer ihrer Decken verwickelt, von der Eckbank gefallen war, schmunzelte sie. Jakob stöhnte schmerzerfüllt und richtete sich langsam und träge auf. Er blinzelte ein paarmal, und nachdem er Liesi in der Tür erblickte, riss er ungläubig die Augen auf und schüttelte den Kopf.

»Nein! Nein, Liesi! Was ist …? Warum bin ich …?«, stammelte er und fasste sich stöhnend an den Kopf.

Liesi musste sich stark beherrschen, um nicht auf ihn zuzugehen, die Hände in die wirr abstehenden Haare zu vergraben und ihn zu küssen.

»Wag es ja nicht, Schwesterherz!« Anna schob Liesi aus dem Türrahmen, und offensichtlich genügte ihr ein Blick, um sämtliche Gefühle in ihrem Innersten erkennen zu können. Im Gegensatz zu Liesi wirkte Anna völlig ausgeruht und trug bereits ihr Tagesgewand, hatte die Haare zu einer ordentlichen Frisur geflochten und sah alles in allem wunderschön aus. Liesi betrachtete für einen kurzen Moment ihr abgetragenes und inzwischen viel zu großes Bäckergewand, fuhr mit dem Zeigefinger über einzelne fettige Flecken und seufzte. Gegen Anna sah sie wie ein graues Mäuschen aus, und sie verfluchte sich selbst, dass sie nicht ein paar Minuten früher aufgestanden war, um sich zumindest ein bisschen herzurichten. Doch kaum hatte sie das gedacht, schüttelte sie den Kopf darüber. Ihr Aussehen zählte an diesem Morgen kein bisschen. Sie benötigte Antworten von Jakob. Antworten, die ihre persönliche Zukunft betrafen.

»Ich werde die Fragen stellen, hast du mich verstanden?«, unterbrach Anna Liesis Gedanken, und sie nickte stumm, folgte ihrer Schwester zur Eckbank und schloss die Augen. Anna forderte Jakob mit herrischer Stimme dazu auf, sich anzukleiden und innerhalb kürzester Zeit gewaschen vor ihnen zu erscheinen. Tatsächlich folgte Jakob ihren Anweisungen ohne Widerrede und stolperte kurz darauf aus der Stube.

Wenige Minuten später saß er mit bleichem Gesicht vor

Liesi und Anna und knotete die Hände ineinander. Er hatte offensichtlich versucht, mit Wasser die abstehenden Haare etwas zu glätten, was ihm kaum gelungen war. Der Kragen seines Hemdes zeigte ebenfalls Wasserflecken und sah verknittert aus, genau wie die dunkelbraune Weste. Auf eine Krawatte hatte er verzichtet, und Liesi betrachtete mit zusammengekniffenem Mund die zwei offenen Knöpfe seines Hemdes und die nackte Haut darunter, von der sie genau wusste, wie sie schmeckte, wie sie roch. Wie gern würde sie ihre Lippen genau dort platzieren und ihre Zunge weiterwandern lassen.

Ein schmerzhafter Stoß des Ellenbogens ihrer Schwester beendete Liesis unangebrachte Gedanken, und sie richtete schnell ihre Aufmerksamkeit auf Anna.

»Herr Hofbauer, Sie sind uns ein paar Antworten schuldig«, begann Anna, und Liesi wagte nun doch einen weiteren Blick zu Jakob, dessen Miene sich verzerrte, als litte er größte Schmerzen.

»Bitte, stellen Sie Ihre Fragen. Ich bin Ihnen Ehrlichkeit schuldig, das ist mir sehr wohl bewusst.«

Liesi atmete tief durch und schlang die Arme um ihren Körper, um das Zittern ihrer Gliedmaßen und den Drang, Jakob in den Arm zu nehmen, ihn zu berühren, irgendwie zu verbergen.

»In Ordnung. Zuerst möchte ich wissen: Wie stehen Sie zu Georg Huber?«

Liesi hielt inne und betrachtete ihre Schwester. Sie wartete mit regungsloser Miene und verschränkten Armen auf eine Antwort. Obwohl Anna eine Frau war – in Liesis Augen die schönste Frau, die es nur gab –, strahlte sie eine solche Autorität und Dominanz aus, dass sogar Jakob kurz zusammenzuckte, bevor er eine Antwort formulierte.

»Das ist eine interessante Frage, Fräulein Anna.« Er lachte leise und fuhr sich mit den Fingern über das Gesicht. »Mit dieser Frage habe ich fürwahr nicht gerechnet. Wie stehe ich zu Georg?«, wiederholte er und atmete tief durch. »Er bezahlt mich gut, und ich bin mir wohl bewusst, dass ich auf sein Geld angewiesen bin. Und das weiß Georg. Genügt Ihnen das als Antwort?«

Anna nickte.

»Ihr seid also nicht befreundet?«, fragte Liesi weiter, und Jakob zeigte ihr ein trauriges Lächeln.

»Ich vermute, er würde diese Frage anders beantworten als ich. Es gab eine Zeit, da schätzte ich ihn als guten Freund, aber das ist lange her.«

Jakobs Augen bekamen einen dunklen Schleier, während er sprach, und Liesi fragte sich, was zwischen ihm und Herrn Huber geschehen war, denn offensichtlich bedauerte Jakob die verloren gegangene Freundschaft.

»Wenn Herr Huber Sie immer noch als Freund bezeichnet, wissen Sie dennoch, wie seine Ziele aussehen. Was also bezweckt er mit diesem Schreiben? Warum jetzt? Er hat doch längst alles bekommen, was er wollte.«

Jakob atmete tief durch, bevor er die Aufmerksamkeit erneut auf Anna richtete, die das Schreiben in den Händen hielt, und auf die akkurate Schrift darauf deutete. »Sie beide«, begann Jakob, »sind eine ernst zu nehmende Konkurrenz für ihn. Und dies ist seine Art, Konkurrenz loszuwerden. Es tut mir so leid, Liesi«, fügte er hinzu und streckte die Hand nach ihr aus.

Liesi schluckte und ignorierte Jakobs Hand. »Das heißt, die Zusage, mich nach Erfüllen der Forderungen einzustellen, ist gelogen?«, fragte sie, da sie sich genau an diesen Abschnitt des Schreibens geklammert hatte. Dies war ihre einzige Hoffnung, weiter backen zu dürfen. Die einzige Möglichkeit, nicht alles zu verlieren. Natürlich gab es noch das königliche Preisausschreiben und -backen, mit dessen Gewinn der Großteil ihrer Probleme gelöst werden könnte, doch seitdem Liesi erfahren hatte, wie viele Bäckergesellen und auch -meister an diesem Wettbewerb teilnahmen, sah sie ihre Chancen schwinden. Wenn sie also ihre Bäckerei – ihre Heimat – nicht verlieren wollte, musste sie Hubers Gesellin werden!

Jakob seufzte, nahm das Papier an sich und las die Zeilen. Dann zuckte er mit den Schultern. »Nun, theoretisch hat er das tatsächlich so formuliert, dass es einer verbindlichen Zusage gleichkäme«, antwortete er und lachte. »Das war gewiss nicht seine Absicht«, fügte er so leise hinzu, dass Liesi Mühe hatte, es zu verstehen.

»Er müsste mich also anstellen? Als Gesellin?«, fragte sie hellhörig und atmete zittrig durch.

Das Herz klopfte wild in ihrer Brust, und sie trommelte im selben Rhythmus mit den Fingern auf der Tischplatte herum. Und Jakob nickte. Sie könnte wahrlich als Bäckergesellin arbeiten. Sie könnte …

»Nein!«, unterbrach Anna ihre Gedanken mit energischer Stimme. »Nein, Liesi, das könntest du nicht. Weil du diese Anforderung nicht erfüllen kannst!«

Liesi öffnete den Mund, doch Anna ließ ihr gar keine Gelegenheit, selbst zu sprechen. »Sieh dich doch an, Liesi! Du bist jetzt schon nur noch Haut und Knochen! Hubers letzter Auftrag hat dich schon mehr Kraft gekostet, als du übrig hattest! Du wirst das niemals schaffen! Liesi!«, fügte sie flehend hinzu und strich ihr liebevoll über die Wange, nachdem Liesis Augen sich mit Tränen füllten. Denn tief in ihrem Innersten wusste Liesi, dass Anna die Wahrheit sprach. »Das ist nicht möglich«, wiederholte Anna leise.

Es stimmte. Das, was Huber verlangte, konnte Liesi allein niemals stemmen.

»Du könntest immer noch Onkel Max bitten, dich einzustellen.«

Liesi lachte tonlos auf. »Und er würde mich gewiss einstellen! Nach den Gerüchten über dich!«

Anna versuchte seit Wochen, die Lügen, die über sie und ihre Arbeit verbreitet wurden, zu dementieren, allerdings ohne Erfolg. Onkel Max traute ihr nicht mehr und hatte Anna bis auf Weiteres ihres Amtes enthoben. Niemals würde er kurze Zeit später Liesi als Gesellin einstellen, ganz abgesehen davon, dass eine Anstellung bei Onkel Max das Letzte war, was Liesi wollte.

»Und wenn ich dir helfe?«, unterbrach Jakobs dünne Stimme Liesis Gedankengänge.

»Wobei?«

Jakob räusperte sich und zuckte mit den Schultern. »Wenn wir zukünftig zu zweit in der Backstube stünden?

Ich weiß, ich bin kein ausgebildeter Geselle, doch ich lerne schnell. Vielleicht ...«

»Ja!«, unterbrach ihn Liesi, während genau zeitgleich das Wort »Nein!« aus Annas Mund ertönte.

Anna schüttelte energisch den Kopf. »Das ist unmöglich, Liesi!«, sagte sie, aber Liesi akzeptierte Annas Worte nicht.

»Es ist meine einzige Chance! Er ist meine einzige Chance«, verbesserte sie sich und deutete auf Jakob.

Anna schien nicht überzeugt. Sie stand auf und trat ganz nah an Jakob heran, der sich diesmal jedoch nicht einschüchtern ließ und Anna ernst in die Augen sah.

»Ist das wieder ein neues Spiel, das sich der Pfister ausgedacht hat? Was springt dabei für Sie heraus?«

Jakob schluckte. »Das ist das Mindeste, was ich Ihnen beiden schuldig bin. Und gleichzeitig alles, was ich anbieten kann.« Er wandte sich von Anna ab und streckte die Hände nach Liesi aus. Erst als er seine Hand mit ihrer verschlang, sprach er weiter. »Doch bevor ich deine Antwort dazu erfrage, solltest du alles erfahren. All die Dinge, die ich in Georgs Namen getan habe.« Jakob schloss für einen Moment die Augen, und als er sie wieder öffnete, erkannte Liesi einzelne Tränen darin. »Liesi, ich habe ...«

»Nein!«, unterbrach Liesi ihn und entzog sich seiner Hand. Ihre Gliedmaßen zitterten, und sie biss sich auf die Unterlippe. Die Schuld in seinem Blick war nicht zu übersehen, dennoch hatte Liesi eine Entscheidung getroffen. Daher stand sie auf. »Du willst mir helfen? Dann tu es! Wenn wir die Forderungen Hubers erfüllen wollen, bleibt keine

Zeit für Geständnisse oder Schuldzuweisung.« Sie atmete tief durch und ignorierte den brennenden Kloß in ihrem Innersten, genau wie den leisen Gedanken, dass sie gerade die falsche Entscheidung traf. Sie ignorierte ebenfalls den stummen Zweifel, dass Jakob ihr Herz brechen würde, sollte er weitersprechen. Und das konnte sie nicht zulassen. Nicht jetzt. *»Ich glaub an dich, Liesi!«*, hatte ihr Vater zu ihr gesagt, und sie würde das auch tun. Sie musste an sich glauben. »Wenn du mir helfen willst, folg mir unverzüglich in die Backstube. Wir müssen eine Menge Brote backen!«

Und ohne auf seine Reaktion zu warten, verließ sie die Stube mit wehenden Röcken. Sie würde es schaffen. Nein, sie *musste* es schaffen!

Und dann würde Georg Huber sie einstellen müssen.

35

Jakob

Niemals hätte er gedacht, dass das Gefühl von Schuld körperliche Schmerzen zufügen konnte. Doch das konnte es.

Tag für Tag kämpfte Jakob mit körperlicher und seelischer Pein, während er versuchte, Liesi zu unterstützen. Sobald er mitten in den frühen Morgenstunden das Bett verließ, um die Backstube aufzusuchen, verkrampfte sich sein Herz, da Liesi jeden Tag bereits vor ihm dort war und schweigend arbeitete. Es schnürte ihm die Kehle zu, während er Säcke voller Mehl aus der Vorratskammer holte, Teige zubereitete und knetete und zeitgleich Liesi dabei zusah, wie sie den Brotbackofen anschürte, die Teiglinge in die Gärkörbe legte und gleichzeitig weitere Vorteige ansetzte. Jeden Mittag saß Jakob mit dem Gefühl, Steine im Magen zu haben, am Mittagstisch und beobachtete Anna, die sämtliche Betriebe nach einer Arbeitsstelle abgeklappert hatte, wie sie mit betrübter Miene das Essen in zwei Schüsseln verteilte, da Liesi sich weigerte, mittags eine Pause einzulegen. Und jeden Abend fiel Jakob erschöpft und voller Verzweiflung in das Bett des verstorbenen Gmeiner und grübelte dennoch bis tief in die Nacht nach irgendeiner Möglichkeit, diesem Grauen ein Ende zu bereiten.

Er trug die alleinige Schuld an dieser Situation. Er hatte dafür gesorgt, dass Anna ihre Anstellung verloren hatte. Sie würde in Zukunft mittellos sein, wenn sie sich weigerte, einen finanziell gut gestellten Ehegatten zu suchen und zu heiraten. Jakob trug ebenfalls die Schuld daran, dass Liesi nur noch ein Schatten war, kaum noch in der Lage, zu lachen, geschweige denn zu lieben. Ihr einziges Ziel war, Georgs Anforderung einzuhalten und zu erfüllen, und Jakob hatte ein paar Wochen gebraucht, um Annas verzweifelte Bitte, das Schreiben abzulehnen, zu verstehen. Inzwischen wusste er, dass es wahrlich unmöglich war, die geforderte Anzahl an Broten und Backwaren zu liefern. Nicht allein und auch nicht mit Jakobs Unterstützung. Es war utopisch und genau das, was Georg bezweckt hatte.

Allerdings wollte Liesi nichts davon hören. Sie ignorierte Jakob, sobald er ihr auch nur zu nahe kam, um sie zu einer kurzen Pause aufzufordern. Genauso, wie sie die Tatsache ignorierte, Georgs Auftrag niemals erfüllen zu können. Sie stieß Jakob von sich, um zu arbeiten, Tag und Nacht, in jeder erdenklichen Minute. Und Jakob blieb nichts übrig, als ihr dabei zuzusehen, wie sie sich mit jedem Tag mehr in einen Schatten verwandelte. Er allein trug die Schuld daran und konnte nichts dagegen tun. Selbst jetzt saß er tatenlos in ihrer Stube, während Liesi seit Stunden daran arbeitete, ein neues Brotrezept für das Königspaar zu kreieren. Sie bräuchte ihre Ruhe, hatte sie gesagt und ihn davongejagt. Jakob kam sich so nutzlos wie niederträchtig vor.

»Ich glaube, ich habe Sie falsch eingeschätzt«, unterbrach Anna seine verzweifelten Gedanken, während er auf der Eckbank der Familie Gmeiner saß, die ihm inzwischen so vertraut war, als wäre er hier zu Hause. Nur war es nicht sein Zuhause, sondern das Eigentum seines einstigen Freundes, der wiederum nicht einmal wusste, dass Jakob immer noch hier lebte.

Jakob hatte sich nämlich nach seinem angeblichen Urlaub die Unterlagen der Landpfisterei kurzerhand mit nach Hause genommen und Georg gegenüber beteuert, er müsse von zu Hause aus arbeiten, um zeitgleich seinen Neffen zu verpflegen, da Ziska mit einem schweren Sommerfieber im Bett läge. Nichts davon entsprach der Wahrheit, was einen weiteren schmerzhaften Knoten in seinem Innersten auslöste. Wann hatte Jakob zuletzt so häufig gelogen? Ausgerechnet er?

Anna hielt eine Tasse dampfenden Tee in den Händen und musterte Jakob mit aufmerksamer und ernster Miene. Wie immer trug sie ihr ordentliches Tagesgewand, als müsste sie jeden Augenblick das Haus verlassen, um wichtige Aufgaben zu erledigen, obwohl dies nur noch selten geschah.

»Wie bitte?«, fragte Jakob etwas verspätet und räusperte sich.

Anna kam auf ihn zu, stellte den Tee auf den Tisch und setzte sich ihm gegenüber auf einen der Stühle. »Ich habe mich in Ihnen getäuscht, Herr Hofbauer«, wiederholte sie ihre Worte und schenkte ihm ein seltenes Lächeln. »Sie sind ein guter Mann.«

Jakob schluckte und schaffte es trotzdem nicht, den aufkommenden Schmerz in seinem Innersten zu vertreiben. Er verzog das Gesicht und schüttelte langsam und schwach den Kopf. »Nein, das bin ich nicht«, antwortete er tonlos. »Überhaupt nicht.«

Dass nun ausgerechnet Anna ihre Meinung über ihn änderte, war zu viel für ihn. Jakob schloss die Augen und versuchte, die Tränen zu verbergen, die sich darin ansammelten. Er presste die Lippen aufeinander, um nicht laut zu schluchzen. All die Schuld, die er auf sich geladen hatte, raubte ihm die Luft zum Atmen. Und immer noch zeigte jedermann Verständnis für ihn. Das war falsch. So abgrundtief falsch!

»Sie lieben Liesi, nicht wahr?«

Annas Stimme war leise, und als Jakob die Augen öffnete, spürte er Annas sanfte Hand auf seinem Unterarm. Der Blick ihrer dunkelbraunen Augen war weich und klar.

Jakob nickte stumm, denn ja, er liebte Liesi. Er liebte sie von ganzem Herzen. »Aber ich bin es nicht wert, sie zu lieben«, erklärte er mit brüchiger Stimme.

Anna seufzte, und eine Zeit lang herrschte beinahe friedliches Schweigen zwischen ihnen, das nur durch das leise Klappern ihrer Tasse unterbrochen wurde, sobald sie einen Schluck trank.

»Sie wissen, dass Liesi den Auftrag nicht erfüllen kann, oder?«, fragte Anna schließlich in die Stille hinein.

Jakob nickte erneut.

»Liesi benötigt einen Menschen, der sie auffängt, sobald sie es selbst begreift«, fuhr Anna fort und sah ihm in die Augen.

Jakob schluckte.

»Versprechen Sie mir, dann für sie da zu sein? Mit allem, was Sie geben können?«

»Ja!« Jakob erschrak selbst über seine energische Antwort und atmete tief durch. »Nur habe ich nicht viel«, fügte er daher kleinlaut hinzu.

Anna nickte stumm und seufzte schließlich. »Ich hoffe dennoch, dass es ausreicht«, sagte sie, trank ihre Tasse leer und erhob sich wieder von ihrem Platz. Noch bevor sie die Stube verließ, hielt sie inne und deutete erneut auf Jakob. »Sie sollten zu ihr gehen.«

Jakob lachte freudlos auf. »Sie will mich nicht sehen«, antwortete er, doch Anna schien die Worte nicht zu akzeptieren.

»Gehen Sie, Herr Hofbauer. Glauben Sie mir, ich kenne Liesi. Und ich sage Ihnen, sie braucht Sie. Jetzt.«

Mit diesen Worten verließ Anna die Stube und ließ Jakob allein zurück. Allein mit seinen unzähligen verwirrenden und verzweifelten Gedanken. Was sollte er nur tun?

Wie sollte er Liesi beistehen? Ausgerechnet er? Er konnte ja nicht einmal richtig backen! *»Sie braucht Sie. Jetzt«*, wiederholte er murmelnd Annas Worte und schüttelte den Kopf. Er war ihr keine Hilfe. Ganz im Gegenteil.

Trotz all seiner Zweifel erhob sich Jakob, atmete tief durch und folgte Annas Anweisung. Ohne auf seinen flatternden Herzschlag zu achten, verließ er den gemütlichen Wohnraum und betrat kurze Zeit später die Backstube.

Und erschrak zutiefst.

36

»Liesi?«

Sämtliche Schüsseln lagen verstreut auf dem Boden, umringt von Mehl, Korn und anderen Zutaten. Es sah aus, als wäre ein Sturm durch die Backstube gefegt, der alles mit sich gerissen und zu Boden geworfen hatte. Das Wort »Chaos« genügte gar nicht, um das Bild zu beschreiben, das sich vor Jakob aufgetan hatte.

»Liesi? Um Himmels willen!«, rief Jakob und trat vorsichtig zwischen den Schüsseln hindurch, um nicht aus Versehen in teure Lebensmittel zu treten.

Inmitten dieses Chaos stand sie. Die Frau, die sein Herz allein bei diesem Anblick gleichzeitig zum Stolpern und zum Weinen brachte.

Liesi stand vor der Backmulde, das Gesicht, die Haare und auch ihre Arme mit Mehl bedeckt, und blickte mit ausdrucksloser Miene auf die halb fertigen Teiglinge, als wüsste sie nicht, was sie tat. Bereits von Weitem sah Jakob das Zittern ihrer Gliedmaßen. Er biss sich so fest auf die Innenseiten der Wangen, bis er den metallischen Geschmack seines eigenen Blutes schmeckte. Je näher er kam, desto mehr wurde ihm das Ausmaß ihrer Verzweiflung bewusst. Sie blickte verwirrt von einer Schüssel zur Arbeitsplatte und zurück zur Backware und murmelte unablässig Sätze, die allesamt nur wenig Sinn ergaben.

»Ich muss das Quellstück noch ziehen lassen, und dann ... den Vorteig anrühren. Nein, die Sonnenblumenkerne! Wo habe ich die Sonnenblumen– ... Einen Kranz! Ich backe einen Hochzeitskranz! Das ist es! ... Mit ... Welches Mehl soll ich dafür verwenden? Wo ist denn nur ...?«, stammelte sie mit zittriger Stimme, doch Jakob hatte sie endlich trotz der Unordnung erreicht und schlang seine Arme um ihren zitternden Körper.

»Liesi«, seufzte er und ignorierte ihre abwehrende Haltung.

»Nein!«, rief sie und drückte die Hände gegen seine Brust. »Ich kann nicht, Jakob! Ich muss noch ...«, rief sie, doch Jakob presste sie stattdessen noch näher an sich und bettete ihren Kopf in seine Halskuhle.

»Meine liebste Liesi«, murmelte er und zwinkerte die aufkommenden Tränen fort. »Es tut mir so leid.«

Es dauerte eine Zeit, bis sich Liesis Abwehr wandelte, sie sich in Jakobs Hemd krallte und erbärmlich schluchzte.

»Jakob«, hörte er ihre zittrige, beinahe tonlose Stimme. »Hilf mir!«

»Immer, Liesi. Immer«, hauchte er in ihr Haar und schloss die Augen. Er wollte stark sein. Stark für Liesi. Und wenn dies bedeutete, Nacht für Nacht in der Backstube zu stehen und zu backen, trotz des Wissens, es niemals zu schaffen. Für Liesi würde er es tun.

Damit sie wieder lachen konnte. Damit sie glücklich würde.

Liesi schluchzte erneut und richtete sich anschließend auf. Durch ihre tränennassen Augen suchte sie Jakobs Blick. Dann verzog sie das Gesicht. »Entschuldige bitte. Ich schätze, ich sehe schrecklich aus«, sagte sie.

Er schenkte ihr ein sanftes Lächeln. »Du siehst immer wunderschön aus, Liesi«, antwortete er und meinte es absolut ehrlich.

Plötzlich zog Liesi ihn an sich und presste ihre Lippen auf seine. Jakob keuchte erschrocken auf, schon spürte er Liesis fordernde Zunge in seinem Mundraum. Es war kein zärtlicher Kuss, nein, im Gegenteil. Liesis Hände glitten gierig unter Jakobs Hemd, und er schaffte es nicht, sein verlangendes Stöhnen zu unterdrücken, als sie mit ihren rauen Fingerkuppen über seine Brust fuhr.

»Liesi! Ich ...« Jakob rang nach Luft, die ihm Liesi jedoch nicht gewährte, innerhalb kürzester Zeit hatte sie Jakob aus dem Hemd geschält und öffnete nun gierig den Gürtel seiner Hose.

»Himmel! Liesi! Was tust du da?« Jakob hielt ihre Hände fest und sah sie mit einer Mischung aus Verzweiflung und purer Lust an. Seine Hose hing inzwischen in den Kniekehlen, und er konnte seine Erregung nicht verbergen. Dennoch versuchte er, tief durchzuatmen. »Sollten wir uns nicht lieber unterhalten?«, fragte er und deutete auf das Chaos in der Backstube. »Über das hier?«

Aber Liesi schüttelte den Kopf und schloss die Augen. »Das hier«, begann sie und deutete ebenfalls auf das Mehl, die rohen Backwaren und die vielen Schüsseln, »bedarf keiner Worte, Jakob. Du weißt, genau wie ich, was das bedeutet.« Sie sah ihm in die Augen, und Jakob erkannte Verzweiflung und Trauer darin. »Zeig mir bitte, dass ich noch lebe. Bitte, Jakob!« Der Blick ihrer Augen war drängend und flehend, dennoch wartete sie nicht auf Jakobs Reaktion und knöpfte stattdessen ihr mit Mehl bestäubtes Mieder auf. Jakob schluckte. Sämtliche Widerworte verblassten, als Liesi aus ihrem Bäckergewand stieg und schließlich nackt vor ihm stand. Inmitten von Schüsseln voller Mehl, Körnern und Teiglingen stand sie da und streckte die Arme flehend nach ihm aus.

»Bitte«, wiederholte sie erneut, nachdem Jakob noch immer regungslos vor ihr stand, nicht wissend, wie er reagieren sollte. Er konnte nicht leugnen, wie sehr ihn allein dieser Anblick erregte, dennoch sah er auch ihre Verzweiflung, ihre Angst, zu versagen, und Jakob wollte Liesis Zustand niemals ausnutzen. Nein, er wollte ihr vielmehr beistehen und sie unterstützen. Er sollte seinem Sehnen widerstehen und stattdessen die Backstube aufräumen, die Schüsseln säubern und das Mehl zurück in die Backmulde füllen. Dies war die Hilfe, die Liesi benötigte. Liesi hatte den Abstand zwischen ihnen verringert, sodass sie direkt vor ihm stand, und Jakobs eiserner Wille wankte beträchtlich.

»Bitte, Jakob.«

Liesi presste ihren nackten Körper an ihn, und als ihre Hand seine Härte umschloss, gab er jeglichen Widerstand auf.

»Liesi!«, keuchte er und schlang die Arme um ihren zarten, gebrechlichen Körper. Ohne weiter auf die Unordnung zu achten, breitete er ihre Kleider auf dem Boden aus, legte sie behutsam darauf und küsste sie. Er schloss die Augen und legte all seine Liebe, all die tiefen Gefühle, die er für sie empfand, in diesen Kuss hinein und genoss den Schauer, der dabei über seinen Körper wanderte. Liesis Finger krallten sich, begleitet von einem gedehnten Stöhnen, in seinen Hintern, und sie biss zeitgleich in Jakobs Unterlippe.

»Bitte«, keuchte sie in seinen Mundraum. »Bitte, Jakob.«

Sie hatte die nackten Beine um ihn geschlungen, als könnte sie es nicht erwarten, sich mit ihm zu vereinen. Jakob hielt den Atem an und betrachtete Liesi stumm. Er sah das gierige Glänzen in ihren Augen, die leicht geröteten Wangen, die er schon lange nicht mehr gesehen hatte. Er betrachtete die Schlüsselbeine und die Rippenbögen, die unterhalb ihrer zarten Brüste markant hervortraten. Ganz sanft berührte er sie und fuhr anschließend mit seinen Lippen darüber, ohne sich von ihrer Umklammerung zu lösen. Liesi stöhnte genüsslich und fuhr mit den Händen durch seinen Haaransatz, ein Gefühl, das einen weiteren Schauer in ihm auslöste.

»Jakob, du weißt, worauf ich warte«, flüsterte sie schließlich und zog sein Gesicht zurück zu ihrem, um ihn erneut zu küssen. Anschließend sah sie ihn mit ernster Miene an und nickte. »Ich bin bereit«, erklärte sie.

Jakob schluckte und betrachtete Liesis wunderschönes Gesicht.

»Bist du dir sicher?«, fragte er und hörte selbst das Zittern in seiner Stimme.

Liesi nickte. »Mehr als das.«

Jakob schenkte ihr ein Lächeln. »Ich liebe dich, Elisabeth Gmeiner. Von ganzem Herzen«, sagte er, und Liesi antwortete mit einem Lächeln, das er schon lange nicht mehr gesehen hatte.

»Ich weiß.«

Und endlich gab er ihrer und seiner Sehnsucht nach und drang in sie ein. Behutsam und voller Liebe, und nichts war mehr von Bedeutung.

Weder Georgs Drohungen noch Liesis Gesundheitszustand. Jakob nahm nicht einmal mehr die chaotische Umgebung und die vielen Schüsseln voller Mehl und Körner wahr. Nur noch Liesi zählte. Sie und er vereint als Frau und Mann.

Für immer.

37

Liesi

Liesi kniff die Augen zusammen, um die schwarzen Punkte, die in ihr Sichtfeld traten, irgendwie zu vertreiben. Doch genau wie der Schwindel verschwanden sie nicht. Sie krallte ihre Finger um den Rand der Backmulde und atmete tief durch. Der Schwindel würde schon vergehen. Er war bis jetzt immer vergangen.

Nach wenigen Augenblicken richtete sie sich wieder auf und betrachtete die Backstube. Trübes Licht schien durch die von Mehlstaub verdreckten Fenster, dennoch fehlte Liesi jegliches Zeitgefühl. Kündete die Dämmerung den neuen Tag an oder den Abend? Sie wusste es nicht. Ja, sie konnte nicht mal den Wochentag, geschweige denn ein aktuelles Datum nennen. Aber das war nicht von Bedeutung.

Liesi betrachtete die Teiglinge in den Gärkörbchen und seufzte leise. Sie waren von Bedeutung. Fünfzig Brote hatte sie in den letzten Stunden gebacken, der Steinofen am Ende der Backstube war bereits seit Wochen nicht mehr kalt gewesen. Und dennoch waren es zu wenige. Zu wenige, um Georg Huber zu beweisen, dass sie in der Lage war, als Gesellin in seiner Bäckerei zu arbeiten.

Liesi schluckte und trat mit dem neuen Mehlsack an die Waage.

Sie würde es Georg beweisen. Sie würde es allen beweisen! Eine Frau war durchaus in der Lage, unter Druck zu arbeiten. Sie würde es schaffen.

Kaum hatte sie den schweren Sack Mehl auf die Arbeitsplatte gehievt, erschienen erneut die schwarzen Punkte vor ihrem Sichtfeld, und Liesi keuchte enttäuscht auf, nachdem sie beinahe gestrauchelt war. Die Backstube schwankte vor ihren Augen, und sie benötigte drei Anläufe, um die Gewichte der Balkenwaage richtig einzustellen, weil es ihr kaum gelang, ihre zitternden Hände zu kontrollieren.

Sie biss die Zähne zusammen und hielt den Atem an. Sie würde es schaffen! Das war sie sich selbst schuldig! Sich selbst und ihrem geliebten Vater.

»Ich glaub an dich«, hatte er gesagt, und Liesi wiederholte die Worte murmelnd.

Nachdem sie das Mehl abgewogen hatte, griff sie nach dem Wassertrog und verzog das Gesicht, als sie die Leere erkannte. Wäre Jakob hier, könnte sie ihn bitten, frisches Wasser zu holen. Liesis Vater hatte vor einigen Jahren eine Schwengelpumpe in ihrem Hinterhof eingebaut, sodass sie jederzeit und mit nur wenigen Handgriffen an frisches Wasser kamen. Sie erinnerte sich daran, wie sie damals voller Freude um die Pumpe herumgetanzt waren. Doch nun bereitete ihr bereits der Gedanke daran, hinaus in den Hinterhof zu laufen, um Wasser zu pumpen, Bauchschmerzen, und sie seufzte verzweifelt auf. Wieso musste Jakob ausgerechnet jetzt unterwegs sein? Hatte er ihr nicht versprochen, für sie da zu sein? Sie erinnerte sich an seinen letzten Kuss, an den Blick voller Liebe, bevor er ihr erklärte, dass er nach seiner Schwester und auch nach Georg sehen müsse. Eifersucht nagte an Liesis Herzen. Er hatte versprochen, für sie da zu sein, und jetzt? Jetzt, wo sie seine Hilfe unbedingt benötigt hätte, besuchte er seine Familie. Als hätte ihm der Akt ihrer Liebe nichts bedeutet!

Liesi betrachtete den Boden links hinter der Backmulde und schloss die Augen, als sie erneut das Kribbeln in ihrem Körper spürte, das sie erfüllt hatte, als sie dort gelegen hatte. Nackt, inmitten von Schüsseln voller Mehl, vereint mit Jakob. Sie lächelte matt. Nein, Jakob liebte sie, und Liesi hatte kein Recht, das Gefühl der Eifersucht zuzulassen. Völlig egal, wie erschöpft sie sich fühlte. Er musste seiner Verantwortung als Bruder und auch als Angestellter von Georg Huber nachkommen. Und sie würde es auch ohne seine Hilfe bewältigen. Daher ergriff sie den leeren Wassertrog, blinzelte noch ein paarmal, um den Schwindel zu vertreiben, und eilte in den Hinterhof.

Liesi keuchte und stöhnte mit jedem Hebelgriff, und der Trog war noch nicht mal zur Hälfte gefüllt, als sie innehielt und sich den Schweiß von der Stirn wischte. Ihre Oberarme brannten, sie spürte das Zittern ihrer Beine und stützte sich an der Pumpe ab, nur um durchzuatmen. Seit wann war die Pumpe denn so schwer zu betätigen? Liesi kniff erneut die Augen zusammen und wartete darauf, dass sich ihr Atem beruhigte.

Die Stimme ihrer Schwester drang in ihr Ohr, und sie hätte beinahe vor Freude geweint. Endlich kam Hilfe!

»Liesi? Ach, hier bist du. Gustav ist ...« Anna trat in den Hinterhof, und ihre Miene verdunkelte sich schlagartig, als sie Liesi sah. »Wie lange stehst du schon hier?«

Liesi zuckte mit den Schultern und erlaubte sich, für wenige Augenblicke auf den Boden zu sinken. »Ich glaube, die Pumpe ist kaputt. Ich schaffe es kaum, den Hebel zu betätigen«, sagte sie mit schwacher Stimme.

Anna trat an sie heran und betrachtete die Schwengelpumpe mit skeptischer Miene. Dann betätigte sie den Hebel, und kurze Zeit später plätscherte das Wasser aus dem Hahn.

»Gerade eben ging sie nicht«, erklärte Liesi.

»Wann hast du das letzte Mal geschlafen?«, fragte Anna. Liesi spürte die feingliedrigen Finger ihrer Schwester an der Schulter und stöhnte genüsslich auf, als diese ihre verspannten Muskeln massierten.

»Ich weiß es nicht genau. Ich ... Welcher Tag ist heute?«

»Dienstag«, antwortete Anna, ohne die Massage zu unterbrechen, und es dauerte einige Augenblicke, bis Liesi den Sinn dieses Wortes begriffen hatte. Plötzlich fuhr sie auf.

»Dienstag schon? Herrje! Ich muss zurück in die Backstube!« Liesi griff nach dem halb vollen Wassertrog und stemmte ihn auf die Oberschenkel, doch dann blieb sie erneut stehen und dachte an Annas erste Worte von vorhin. »Gustav ist hier?« Sie riss die Augen auf und ließ vor lauter Schreck den Wassertrog wieder fallen. »Das Armenhaus! Um Himmels willen! Das habe ich völlig vergessen! Ich habe ja nicht einmal alte Brote übrig.« Liesi rannte zurück in die Backstube, ignorierte Annas warnende Rufe und betrachtete die frisch gebackenen Brote, die eigentlich für den Laimer Markt gedacht waren. Liesis Gedanken überschlugen sich, sie ignorierte den erneut auftretenden Schwindel.

»Wenn ich jetzt sofort den Ofen anschüre, kann ich gleich die nächsten Brote backen. Das würde über eine Stunde dauern. In der Zeit müsste ich den neuen Teig ansetzen, und … Nein, ich weiß gar nicht, ob der Vorteig ausreicht! Und der Sauerteig! Du meine Güte! Haben wir noch ausreichend Hefe hier? Ich muss dringend mit der Brauerei sprechen! Außerdem …«

»Liesi!«, unterbrach Anna das Gestammel ihrer Schwester. »Hör auf!« Sie hielt Liesi mit beiden Händen fest und sah ihr eindringlich in die Augen. »Du schaffst nicht alles gleichzeitig.«

»Aber ich …«

»Nein!«, entgegnete Anna, ehe Liesi auch nur ein Wort herausbekam. Sie drückte Liesi in einen Stuhl, der in der hintersten Ecke der Backstube stand, und fuhr sich mit nachdenklicher Miene über das Gesicht. »Ich werde Gustav fortschicken«, sagte sie. »Und im Anschluss werden wir beide diese Unordnung hier beseitigen. Das Letzte, was wir jetzt noch brauchen können, sind Ratten und Mäuse, und hiermit lockst du sie ja förmlich in unser Haus!« Anna fuhr mit dem Zeigefinger über eine der Arbeitsplatten und schüttelte den Kopf, als das Mehl herunterrieselte. »Außerdem wurde für heute Nachmittag eine Feuerschau angekündigt.« Sie deutete auf den brennenden Ofen und die noch nicht ausgekühlte Asche, die Liesi der Einfachheit halber und verbotenerweise in einen Eimer geleert hatte, und verzog das Gesicht. »Du weißt, was das bedeutet.«

Liesi schluchzte verzweifelt auf. Wie sollte sie das alles schaffen? Es war nicht ungewöhnlich, dass überprüft wurde, ob der Ofen den Auflagen getreu genutzt und alle Feuerschutzmaßnahmen eingehalten wurden. Schließlich befanden sie sich mitten in der Stadt, und ein Feuer könnte gravierende Schäden anrichten, und zwar für alle anliegenden Gebäude. Und dennoch schluckte ein Besuch des Schornsteinfegers Zeit. Zeit, die sie nicht übrig hatte.

In Liesis Kopf überschlugen sich die Gedanken. All die Forderungen und Aufgaben, die sie noch zu tun hatte, hallten in ihr nach und hinterließen nichts als einen stechenden Schmerz direkt hinter der Stirn. Die Brote, auf die Huber wartete, der Ofen, den sie säubern und auskühlen lassen müsste, die Backstube, die unbedingt geputzt werden musste, das Brotrezept, das sie für das königliche Hochzeitspaar kreieren sollte, Gustav, der vermutlich immer noch vor der Tür stand und auf sie wartete.

Liesi keuchte auf und bedeckte ihr Gesicht mit den Händen. Sobald sie nur die Augen öffnete, drehte sich alles um sie herum. Dennoch erlaubte sie sich keine Schwäche, denn dafür war keine Zeit!

Schließlich erhob sie sich, drückte Annas fürsorgliche Hände von sich und atmete tief durch. »Ich gehe jetzt zu Gustav«, entschied sie und ignorierte Annas irritierte Miene. »Wir haben mit unserem Beruf einen Eid geschworen, Anna. Nächstenliebe soll immer an erster Stelle stehen, hast du das vergessen?«, erklärte sie und richtete einen Korb her, in den sie das frisch gebackene Brot legte, das eigentlich für den Markt bestimmt gewesen wäre.

»Aber doch nicht, wenn du selbst diejenige bist, die Hilfe benötigt!« Anna versuchte, den Korb aus Liesis Händen zu reißen, und schrie verzweifelt auf. »Liesi! Wenn du so weitermachst, darf ich dich bald am Grab unserer Eltern besuchen! Und das lasse ich nicht zu! Hörst du, Liesi? Ich lasse das nicht zu!«, wiederholte sie schreiend, da Liesi den Korb an sich gerissen und die Backstube verlassen hatte, ohne auf eines der Worte ihrer Schwester zu reagieren. Sie hatte keine Zeit, sich über Annas Sorgen Gedanken zu machen. Sie hatte einen Auftrag, und sie würde allen beweisen, dass sie es bewerkstelligen konnte!

38

Jakob

»Sie müssen sie aufhalten!«

Annas Worte klangen flehend und völlig verzweifelt, und als sie sogar ein »Bitte!« hinzufügte, wusste Jakob sofort, wie schlimm es um Liesi stand. Er hatte noch nicht mal die Eingangstür hinter sich geschlossen, doch Annas Worte und ihre Mimik genügten, damit er seine Reisetasche fallen ließ und sofort in die Backstube eilte.

Doch die war verwahrlost und leer.

»Herr im Himmel!«, stieß Jakob aus und betrachtete die Unordnung. »Das wird ja immer schlimmer.« Er drehte sich zu Anna, die ihm gefolgt war und nun mit derselben Sorge im Gesicht die Backstube besah.

»Wo ist sie?«, fragte er Anna.

»Im Armenhaus Sankt Marien. Sie wollte nicht auf mich hören«, fügte sie hinzu.

Jakob wusste nicht, ob er lachen oder weinen sollte. Ausgerechnet Liesi, die selbst nur noch Haut und Knochen war und sich jegliche Mahlzeit verbot, nahm sich Zeit, die sie nicht hatte, um Notleidende mit Brot zu versorgen. Mit Brot, das Liesi eigentlich selbst benötigte.

Jakob nahm den Zylinder vom Kopf und fuhr sich seufzend durch die Haare.

»Herr Hofbauer, bitte.«

»Nennen Sie mich doch Jakob«, unterbrach er Anna, die daraufhin kurz lächelte.

»Jakob«, verbesserte sie sich. »Bitte reden Sie mit Liesi. Sie muss den Auftrag ablehnen. Wenn sie so weitermacht …«, sagte Anna und hielt mitten im Satz inne. Jakob sah, dass sie mit den Tränen kämpfte, und schluckte ergriffen. Er hatte Liesis ältere Schwester noch nie so verzweifelt gesehen, noch nicht einmal auf der Beerdigung ihres Vaters.

»Ich kann sie nicht auch noch verlieren.« Ihre Stimme klang erstickt. Sie wischte sich ruppig einzelne Tränen aus den Augenwinkeln und drehte sich weg von ihm. Jakob streckte den Arm aus und berührte sacht ihre Schulter.

»Ich kümmere mich darum, das verspreche ich Ihnen, Fräulein Anna«, antwortete er, obgleich er bezweifelte, dass Liesi auf ihn hören würde. Sie war stur und kämpfte wie eine Löwin darum, ihr Ziel zu erreichen, das hatte er längst verstanden. Sie würde niemals aufgeben.

Jakob betrachtete erneut die unordentliche Backstube und rieb sich über die Augen. Dann schenkte er Anna ein zuversichtliches Lächeln.

»Fein. Ich denke, ich sollte hier erst mal wieder Ordnung machen. Im Anschluss werde ich mich um die Teiglinge kümmern. Wollen Sie mir Gesellschaft leisten, oder haben Sie andere Pläne?«, fragte er Liesis Schwester, die die Augen weit aufriss und ihn dabei beobachtete, wie er die ersten Schüsseln vom Boden aufhob und ineinanderstapelte.

»Sie wissen, wie man bäckt?«, fragte Anna, und Jakob grinste, als er ihre skeptische Miene sah.

»Nun, ich stehe seit einigen Monaten in den frühesten Morgenstunden hier unten und begleite sämtliche Arbeiten Ihrer Schwester. Also ja, ich denke, ich weiß in etwa, was zu tun ist.«

Annas Miene veränderte sich nicht. Im Gegenteil, sie verschränkte die Arme und presste die Lippen aufeinander. »Wieso?«, hörte er die beinahe flüsternde Frage.

Jakob hielt inne und wich Annas Blick aus. Stattdessen sah er starr zu Boden und kehrte mit den Innenseiten seiner Schuhe den Staub zusammen. Sollte er Anna die Wahrheit gestehen? Sollte er ihr beichten, was er alles getan hatte, um Georgs Aufträge zu erfüllen? Jakob spürte den wilden Herzschlag und die feuchte Hitze, die sich ganz plötzlich in seinen Handinnenflächen sammelte. Wie gern würde er sich all seine Sünden von der Seele sprechen, Buße tun, um neu anzufangen. Doch als er den Mund öffnete, kam kein Laut heraus. Er seufzte und strich sich die Haare aus der Stirn.

»Weil ich sie liebe«, antwortete er verzögert und hauchend. Jedes Wort schmerzte, denn sie entsprachen der Wahrheit und waren gleichzeitig gelogen. Dies war nicht der Grund, warum Jakob jeden Morgen in der Backstube gestanden hatte, nein, seine Liebe zu Liesi war der Grund, warum er nicht mehr damit aufhören konnte.

Plötzlich spürte er Annas Hand auf seiner eigenen. Im Gegensatz zu Liesis rauen Fingerkuppen waren Annas Finger geschmeidig und weich, doch ihr Händedruck fühlte sich fest und überzeugt an. Jakob sah verwirrt in Annas lächelndes Gesicht.

»Ich schulde Ihnen eine Entschuldigung, Herr Ho–, Jakob. Ich habe Sie vollkommen falsch eingeschätzt, und das tut mir sehr leid.«

Jakob schluckte und schenkte Anna ein halbherziges Lächeln. Nein, Anna hatte ihn von Anfang an genau richtig eingeschätzt, doch jetzt war nicht der geeignete Zeitpunkt dafür, sie zu berichtigen. Liesi zählte, und sie benötigte Jakobs Hilfe. Also nickte Jakob und löste sich schließlich von Annas festem Händedruck. »Ich denke, ich sollte nun mit der Arbeit beginnen«, sagte er mit brüchiger Stimme, räusperte sich und griff erneut nach den verdreckten Schüsseln.

»Geben Sie sie mir«, forderte Anna jedoch und nahm ihm, ohne auf Jakobs Reaktion zu warten, das Geschirr aus den Händen. »Ich kann zwar nicht backen, aber Geschirr spülen kann ich.« Sie grinste und verschwand kurze Zeit später aus der Backstube.

Jakob blieb zurück. Mit klopfendem Herzen und dem inzwischen allzu bekannten Gefühl, einen weiteren Menschen belogen zu haben. Sein Blick wanderte zu dem Kruzifix, das in der Ecke neben dem Eingang hing. »Herr, vergib mir«, murmelte er. »Wie soll ich diese Schuld jemals wieder bereinigen? Was soll ich nur tun?« Er presste die Lippen aufeinander und atmete tief durch. Dann betrachtete er erneut das Chaos in der Bäckerei.

Nein.

Im Moment war keine Zeit für Schuldgefühle. Er musste handeln. Und backen.

Liesi benötigte Hilfe, und er würde ihr alles geben, was er hatte. Daher holte er einen Besen und befreite die Backstube von all dem Staub, der sich in den letzten Tagen oder gar Wochen auf dem Boden angesammelt hatte. Anschließend entfernte er die Aschereste ordnungsgemäß und keuchte erschrocken auf, als er die noch glimmenden Kohlereste in dem Eimer entdeckte, der direkt neben den Holzscheiten gestanden hatte.

»O Liesi! Das sieht dir gar nicht ähnlich«, murmelte er betroffen.

Jakob wollte sich gar nicht erst vorstellen, was ein Brand inmitten von Sendling bedeuten könnte. Er schüttelte den Kopf und verscheuchte all die Sorgen aus seinen Gedanken. Dafür war ebenfalls keine Zeit.

Nach über einer Stunde strahlte die Backstube wieder im neuen Glanz, und Jakob holte den Mehlsack aus der Vorratskammer und betrachtete die Teiglinge, die noch in ihren Gärkörbchen lagen. Er prüfte die Konsistenz der Teige genau so, wie Liesi es ihm beigebracht hatte, und beschloss, sie noch einige Minuten ruhen zu lassen. Dennoch richtete er den Backschießer, das lange hölzerne Gerät, mit dem man die Brote in den heißen Ofen schoss, bereit. Er stellte den Rollwagen mit den noch ruhenden Teiglingen vor den Ofen und überprüfte zum gefühlt hundertsten Mal die Hitze darin.

Er hatte Liesi zwar beim Zubereiten der Teige geholfen, gebacken hatte sie allerdings immer selbstständig und ohne Jakobs Hilfe. Doch auch das würde er schaffen. Für Liesi.

Kaum hatte er nur an sie gedacht, hörte er das Ächzen

der Tür, und ebenjene Frau trat mit ungläubigem Blick in die Backstube.

»Jakob? Was …?« Sie schlug sich eine Hand vor den Mund, betrachtete ehrfürchtig den aufgeräumten Raum und blickte schließlich zu Jakob, der sowohl ihre Schürze als auch ihre Bäckerhaube trug. Jakob versuchte, sich nicht anmerken zu lassen, wie sehr ihm der Anblick Sorge bereitete. Liesis Gesicht wirkte eingefallen und beinahe grau, die Augen zeigten dunkle Schatten, und selbst die einzelnen Haarsträhnen, die ihr Gesicht einrahmten, wirkten strohig und farblos. Von dem warmen rotblonden Ton war rein gar nichts mehr zu sehen. Ganz zu schweigen von ihrer dunklen Alltagstracht, die wie ein übergroßer Sack an ihrem Körper zu hängen schien. Liesi sah krank aus, und Jakob ignorierte den stechenden Schmerz in seinem Herzen. Stattdessen schenkte er ihr ein verschmitztes Lächeln und tippte zur Begrüßung auf die weiße Mütze. »Fräulein Elisabeth«, murmelte er und sah bereits aus der Entfernung Liesis glänzende Augen.

»Mein Gott, Jakob«, flüsterte sie und kam schwankend auf ihn zu. »Ich liebe dich. Ich liebe dich so sehr.«

Doch kaum hatte sie Jakob erreicht, der sie schützend in seine Arme schloss, verdrehten sich ihre Augen, und Liesi sackte in sich zusammen.

39

»Kann ich Sie allein lassen?«, fragte Anna, ohne Liesis Hand loszulassen. Ihre Schwester lag seit etwa einer Stunde beinahe regungslos auf dem gepolsterten Kanapee, das in der Stube der Gmeiners neben dem Kachelofen stand. Nicht nur einmal war Jakob kurz davor gewesen, einen Arzt herbeizuholen, um Liesis Gesundheitszustand genau überprüfen zu lassen. Doch Anna hatte ihm immer wieder davon abgeraten und ihm nahegelegt, sie einfach schlafen zu lassen.

Immerhin war es Anna gelungen, den Schornsteinfeger zu vertrösten. Der war vor wenigen Minuten in seiner dunklen Tracht erschienen und verlangte die Bäckerin und den Ofen zu sehen. Jakob hatte aus dem Augenwinkel beobachtet, wie sich Annas sonst so derbes Gebaren in ein fast schon naives, kicherndes Auftreten verwandelt und der junge Schornsteinfeger daraufhin mit überschwänglichen Genesungswünschen und Handküssen die kleine Bäckerei verlassen hatte. Wäre Jakob nicht so sehr auf Liesis gleichmäßigen und tiefen Atem fixiert gewesen, hätte er gewiss einen amüsierten Kommentar ausgesprochen, als Anna danach mit hochrotem Kopf zurückgekehrt war. Doch stattdessen hatte er nur kurz geschmunzelt.

Jakob strich Liesi behutsam einzelne Haarsträhnen aus der Stirn und spürte dabei das Zittern seiner eigenen Gliedmaßen. Wann hatte er zuletzt so große Angst empfunden? Liesis Anblick trieb ihm Tränen in die Augen, dennoch verbot er sich, auch nur einen Moment woanders hinzusehen. Er würde sie pflegen. Er würde über sie wachen. Und er würde dafür Sorge tragen, dass sie wieder gesund würde.

»Jakob?«, fragte Anna erneut, und als er doch endlich den Blick von Liesi löste, betrachtete er Annas unsichere Miene. Sie schenkte ihm ein halbherziges Lächeln. »Mein Onkel hat mich für den heutigen Abend zum Essen eingeladen«, fuhr sie fort und zuckte mit den Schultern. »Das sollte ich mir nicht entgehen lassen. Wer weiß, vielleicht bekomme ich eine zweite Chance.«

Sie beugte sich über Liesi und küsste sanft ihre Stirn, bevor sie sich zurück an Jakob wandte. »Kann ich Sie ein paar Stunden allein lassen?«, wiederholte sie die Frage, die sie zuerst gestellt und die Jakob kaum wahrgenommen hatte.

»Natürlich«, antwortete er und erschrak selbst über den schwachen und zittrigen Klang seiner Stimme. Noch bevor er sich räuspern konnte, um den Kloß im Hals irgendwie zu verdrängen, spürte er Annas feingliedrige Hand auf seiner. Sie schenkte ihm ein ehrliches und liebevolles Lächeln.

»Sie schafft das, Jakob. Haben Sie keine Angst.«

Jakob nickte und wandte den Blick ab, um die Tränen zu verbergen, die still und leise über seine Wangen flossen. Er wollte nicht mit Anna über seine Ängste sprechen. Sie sollte nicht sehen, wie sehr er darunter litt, war doch er derjenige, der Anna aufbauen sollte. Schließlich war Liesi Annas Schwester und ihr einziges noch lebendes Familienmitglied – abgesehen von diesem Onkel, den sie nicht leiden konnte. Sie hatte ein Recht darauf, völlig verzweifelt am Bett ihrer Schwester zu knien – Jakob nicht. Es stand ihm nicht zu, zu weinen. Und doch spürte er ein weiteres Mal Annas kräftigen und Trost spendenden Händedruck, ehe sie die Stube verließ.

Jakob presste kurz darauf die Handballen in die Augen und schluchzte leise. Dann rückte er den Stuhl, auf dem er saß, näher an Liesi heran und ergriff ihre Hand, die er nun sacht küsste.

»Meine liebste Elisabeth«, flüsterte er. »Bitte werde wieder gesund.« Er küsste jede raue Fingerkuppe – immer und immer wieder.

Jakob wusste nicht, wie lange er inzwischen an Liesis Seite verharrt hatte, als ein gedehntes Seufzen ihre Lippen verließ. Er umschloss weiter ihre Hand und beobachtete Liesis ausgemergelten Körper und all ihre Reaktionen. Liesis Brustkorb hob und senkte sich leicht, während ihre Augenlider leicht flatterten, bevor sie sie öffnete und offensichtlich verwirrt um sich blickte. Plötzlich stieß sie keuchend den Atem aus und richtete sich auf.

»Die Brote!«, schrie sie und wollte bereits ihr Lager verlassen, als sie auf Jakob beziehungsweise auf seine Hand sah, die ihre immer noch umklammerte. »Was ... was ist passiert? Wieso liege ich hier?«

Jakob schenkte ihr ein mitfühlendes Lächeln und atmete

zittrig aus. Dann streckte er die Hand aus und strich liebevoll über Liesis Stirn. »Du hast das Bewusstsein verloren, meine Liebe.«

Liesi stützte sich mit den Ellenbogen auf den Knien ab, und Jakob beobachtete, wie sie immer wieder den Kopf schüttelte. »Und was ist mit den Broten?«, fragte sie.

Jakob lächelte traurig. Das war seine Liesi. Selbst wenn sie zusammenbrach, galten ihre ersten Gedanken danach dem Bäckerhandwerk. Als käme sie selbst an letzter Stelle in ihrem Leben. Er seufzte leise. »Bitte vergiss für einen Moment die Brote, liebste Liesi. Zuerst müssen wir uns darum kümmern, dass du wieder zu Kräften kommst. Du hast uns einen großen Schreck eingejagt.«

Liesi schüttelte erneut den Kopf und stieß Jakobs Hände von sich.

»Du verstehst das nicht. Ich muss diese Brote backen! Ich muss den frischen Vorteig für morgen ansetzen, sonst bleibt ihm zu wenig Zeit für die Teigruhe. Außerdem wartet Herr Huber noch auf seine angeforderte Bestellung für den Markt, weil ich doch in Haidhausen war! Ich muss ...«

»Nein, das musst du nicht«, unterbrach Jakob sie und drückte sie mit beiden Händen zurück auf das Sofa. »Liesi, bitte. Du musst einsehen und akzeptieren, dass du Georgs Auftrag nicht erfüllen kannst. Niemand kann das.«

»Aber ich ...«

»Du bist zusammengebrochen, inmitten der Backstube. Liesi, du benötigst eine Pause. Bitte glaube mir«, fügte er hinzu, da sie immer noch den Kopf schüttelte. Jakob sah, wie sich Tränen in ihren Augen sammelten, die sie jedoch ignorierte. Stattdessen versuchte sie, sich aus Jakobs Griffen zu befreien, und es schmerzte ihn zutiefst, dabei zu spüren, wie kraftlos sie tatsächlich war. Ihre Gliedmaßen zitterten, und dennoch gab sie nicht auf.

»Bitte, Jakob! Ich muss ihm beweisen, dass ich es wert bin, angestellt zu werden. Das ist meine einzige Möglichkeit.«

Jakob verzog das Gesicht zu einer schmerzhaften Grimasse. »Er gab dir nie eine reelle Chance, liebste Liesi. Er wollte dich von Anfang an scheitern sehen.« Jedes Wort, jeder Buchstabe, den er aussprach, schmerzte. Dennoch war dies die einzige Möglichkeit, Liesi davon zu überzeugen, aufzugeben. Jakob musste ihr die Wahrheit sagen. Damit sie Georgs Auftrag ablehnte und wieder vollkommen gesund würde.

Mit einem Mal herrschte eine unangenehme Stille zwischen ihnen. Liesi musterte Jakob mit geweiteten und rot umrandeten Augen. Schließlich wischte sie sich das verweinte Gesicht trocken und deutete auf ihn. »Wusstest du das?«, fragte sie.

Jakob schluckte und nickte schwach. »Ich wusste es.« Seine Antwort glich einem Hauchen, da ihn augenblicklich sämtliche Kräfte verließen. Den Schmerz in den Augen seiner Liebsten zu erkennen fühlte sich schlimmer an als ein Dolch inmitten seiner Brust.

Liesi presste die Lippen aufeinander und nickte. »Also war das alles nur ein schlechter Scherz? Um zu beweisen, wie ungeeignet eine Frau in einer Backstube ist?« Sie riss sich nun doch von Jakob los und stand auf. Er sah deutlich, wie sie schwankte, dennoch zwang er sich, sitzen zu bleiben, und beobachtete stattdessen ihr fast schon hysterisches Lachen. »Und natürlich bin ich so dumm, um darauf hereinzufallen.« Sie prustete erneut auf und verzog das Gesicht. »Vermutlich stammt das königliche Schreiben in Wahrheit auch nicht vom königlichen Hofbäcker, sondern von Herrn Huber, oder? Nur, um mich ein weiteres Mal zu demütigen. Damit ich weitere Zeit vergeude, die ich niemals hatte.«

Jakob presste die Lippen zusammen. Diese Art von Schmach hätte tatsächlich zu Georg gepasst, allerdings wusste er es in diesem Fall besser. »Dies existiert tatsächlich. Anlässlich der Hochzeit unseres Kronprinzen Ludwig des Ersten und Prinzessin Therese aus Sachsen.« Jakob dachte an all die Zeitungsblätter, Dichter und Poeten, die bereits jetzt Loblieder und Hymnen für das Königspaar schrieben, an diverse Pläne für den Festakt und anschließende Feierlichkeiten, von denen die Zeitungen berichteten, und zuckte mit den Schultern. Er bezweifelte, dass das Jubelpaar tatsächlich großes Interesse daran hatte, welches Brot am Tage ihrer Hochzeit verköstigt werden würde, doch als er das Glänzen in Liesis Augen sah, schwieg er lieber.

»Das Preisbacken findet statt?«, wiederholte sie, und Jakob nickte.

Liesi stand einige Augenblicke regungslos vor Jakob. Plötzlich lachte sie laut auf. Ein Geräusch, das einen angenehmen Schauer in ihm auslöste, nur, um sich gleich darauf in schmerzende Übelkeit zu verwandeln.

»Dann werde ich dafür meinen urtypischen Bauernlaib

backen und ihn zu einem Hochzeitskranz formen. Dieses Brot werden sie lieben, ganz gewiss. Dann gewinne ich die Preissumme und kann mit dem Geld dafür kämpfen, einen festen Platz in der Zunft zu bekommen!«

Mit einem Schlag fühlten sich Jakobs Wangen blutleer an, und er schloss für einen Moment die Augen. »Das wird nicht möglich sein«, sagte er leise und zwang sich dazu, ihr in die Augen zu sehen.

Liesi, die innerhalb kürzester Zeit die Wohnstube durchquert hatte und bereits die Türklinke in den Händen hielt, blieb alarmiert stehen und sah ihn abwartend an. Selbst aus der Entfernung sah er das Zittern ihres Körpers.

Jakob schluckte. Es war an der Zeit, die ganze Wahrheit auszusprechen, sosehr sie ihn auch schmerzte. Liesi hatte es verdient. »Ich habe Georg dein Rezept verraten. Und er wird deinen Bauernlaib für das Preisausschreiben backen.«

Die Stille, die nun in der Wohnstube herrschte, hatte nichts mehr mit den ruhigen Stunden zuvor zu tun. Sie schmerzte.

Bevor er irgendeine Reaktion von Liesi beobachten konnte, wurde die Tür der Stube von außen ruckartig aufgerissen, und Anna trat mit wehenden Kleidern und einer zornigen Miene auf Jakob zu.

»Du!«, rief sie und lachte falsch. »Du hast es getan!«

Jakob, der davon ausging, dass Anna vor der Tür gelauscht hatte, suchte nach den richtigen Worten, um sich zu erklären, doch er kam nicht weit, denn sie stieß ihn mit einer kräftigen Bewegung nach hinten. Er stolperte erschrocken zurück und hielt sich an der Stuhllehne fest, um nicht umzufallen.

»Du hast all die Lügen über mich verbreitet!«, schrie Anna weiter.

Jakob hielt den Atem an. *Nein!*, dachte er verzweifelt. Wieso musste sie es ausgerechnet jetzt erfahren? Jetzt, da sie ihm endlich vertraut hatte? Er warf einen Blick auf Liesi, die die Hand auf den Mund schlug und ihn mit angstgeweiteten Augen musterte.

»Ich wusste es! Ich wusste es von Anfang an! Du hinterhältiger Schuft!«, schrie Anna und spuckte ihn an.

Jakob nahm es hin. Er hatte es verdient, sogar viel mehr, als angespuckt zu werden. Dennoch suchte er Liesis Aufmerksamkeit, die inzwischen auf dem Boden kauerte und am ganzen Leib zitterte.

»Liesi, liebste Liesi, darf ich mich erklären?«, fragte er, beugte sich zu ihr hinunter und hörte zeitgleich Annas falsches Lachen.

»Es gibt nur eines, was du jetzt darfst, *Jakob Hofbauer*«, sprach Anna weiter und betonte seinen Namen spöttisch. Sie trat zwischen Liesi und ihn. Der Blick, mit dem sie ihn bedachte, troff vor Abscheu. »Geh«, sagte sie und deutete zur Tür. »Verschwinde aus unserem Haus und komm nie wieder zurück!«

»Aber«, begann er und strich sich die Haare aus dem Gesicht, nur um das Zittern seiner Hände zu verbergen. »Bitte, Fräulein Anna, geben Sie mir die Möglichkeit, Ihnen alles zu erklären. Liesi, ich habe ...«

»Ich sagte *Nein!*«, schrie Anna.

Jakob hielt einen Moment inne und erhob sich schließlich. »In Ordnung«, antwortete er, obwohl rein gar nichts in Ordnung war. Tränen verschleierten ihm die Sicht, und als er die Türklinke ergriff, drehte er sich noch einmal zu Liesi und Anna um.

»Es tut mir so leid. Alles«, flüsterte er und verließ das kleine Haus mitten in Sendling.

Er verließ Liesi und spürte bereits jetzt, dass er sein Herz dort gelassen hatte – für immer gebrochen.

Und er trug die Schuld dafür.

40

Liesi

Wie viele Enttäuschungen und Niederschläge konnte ein Mensch empfangen, bevor er daran zerbrach? Wie oft konnte man fallen, bis man irgendwann liegen blieb?

Liesi kauerte nun gewiss schon Stunden direkt neben der Tür in der Stube auf dem Boden und starrte ins Nichts. Sie ignorierte Annas Worte, die zunächst liebevoll und mitfühlend begonnen hatten und zuletzt in einer wütenden Schimpftirade endeten. Doch jedes Wort prallte an Liesi ab. Sie nahm weder die Worte noch den Sinn dahinter wahr.

Stattdessen hing sie in ihren eigenen Gedanken fest, auf der Suche nach irgendeinem Gefühl, das nicht schmerzte. Doch sie fand keines.

Liesi fühlte sich leer. Körperlich und seelisch am Ende.

Sie schloss die Augen und sah doch nur Jakob vor sich. Jakob! Den Mann, dem sie bereitwillig ihr Herz geschenkt hatte, dem sie sich hingegeben hatte. Sie hatte ihm all ihre Ängste, ihr innerstes Seelenleben offenbart, und er hatte sie hintergangen. All das Leid, das sie seit dem Tod ihres Vaters ertragen musste, geschah mit und durch sein Wissen!

Sie wollte schreien und weinen, ja, sie sollte all ihren

Schmerz herausbrüllen, doch es kam nichts. Kein Laut hatte in den letzten Stunden ihren Mund verlassen. Als wäre selbst ihre Stimme zu schwach, um auf die Seelenschmerzen zu reagieren.

»Mund auf!«, unterbrach Annas ruppige Stimme Liesis Gedanken. Es dauerte einige Augenblicke, bis sie erkannte, dass Anna vor ihr auf dem Boden kauerte, eine dampfende Schüssel Suppe vor sich, und einen Löffel vor Liesis Mund hielt.

»Ich habe keinen H-«, begann sie tonlos, was Anna jedoch ignorierte und ihr kurzerhand den Löffel in den Mund schob. Liesi hustete und ergab sich schließlich dem Schicksal, von ihrer eigenen Schwester gefüttert zu werden.

Sie lehnte sich weiter gegen die Wand, schloss die Augen und schluckte. Sie schmeckte nichts, nahm nicht einmal die wärmende Flüssigkeit wahr. Alles fühlte sich taub an, dumpf und leer.

Sie hatte versagt.

Sie hatte verloren.

Einfach alles, wofür sie lebte.

Und wofür? Um nun hier zu sitzen, um gefüttert zu werden?

Hätte sie noch ausreichend Kraft, würde sie Anna den Löffel aus der Hand schlagen, würde sie anbrüllen, sie einfach in Ruhe zu lassen. Nichts davon gelang ihr.

Stattdessen lag sie kurze Zeit später im einstigen Bett ihres Vaters, dem größten, das sie besaßen, und ließ sich von Anna zudecken. Die starke Anna, die sie zuvor allein das gesamte Stockwerk hinaufgetragen hatte.

Nun lag sie hier, zog die Bettdecke bis unter die Nase und schluchzte. Es roch nach Jakob!

Alles hier roch nach ihm! Der herbe, männliche Duft umschmeichelte ihren kraftlosen Körper, und doch schaffte sie es nicht einmal, Anna um Hilfe zu bitten, um zumindest eine andere Decke zu bekommen.

Sie weinte stumme Tränen, während sämtliche Erinnerungen, die sie mit Jakob geteilt hatte, schmerzhaft durch ihren kraftlosen Geist wanderten.

Sie spürte seine Küsse, fühlte das weiche, wellige Haar zwischen den Fingern, sie hörte sein Seufzen, sein Stöhnen, sein entspanntes Lachen. Sie sah das Glänzen und die Liebe im Blick seiner Augen, fuhr erneut die Kerbe auf seinem Kinn nach. Sie schmeckte das salzige Aroma seiner Erregung, spürte seine festen Arme, die sie umschlangen. Ja, sie hörte sogar sein leises Schnarchen, damals, als sie am Ufer der Isar auf der Decke lagen und sie mit dem Kopf auf seiner nackten Brust die friedliche Stille genoss.

Jedes Bild in ihrem Geist schmerzte. Jede Erinnerung ihrer gemeinsamen Zeit entpuppte sich nun als Schwert, das sich immer tiefer in ihr Herz bohrte.

Warum? Warum nur hatte er das getan? Warum hatte er es zugelassen, dass sie ihm ihr Herz schenkte? Und warum tat das so unglaublich weh?

Jakob hatte sie bestohlen. Er hatte ihr das geraubt, was sie ausmachte. Wo er doch genau wusste, wie wichtig ihr das Backen war. Wer oder was blieb denn noch übrig, wenn sie – Liesi – nicht mehr als Bäckerin arbeiten konnte?

Niemand.

Backen war ihr Leben, ihre Leidenschaft, es bedeutete alles. Und nun?

Nun hatte der Mann, den sie liebte, ihr liebstes Rezept an Georg Huber weitergegeben. Huber brauchte sie nun nicht mehr. Er hatte alles, was er schon immer haben wollte – die Bäckerei in Sendling, den festen Platz in der Münchner Zunft und das beliebte Brotrezept. Alles, was eigentlich Liesi zugestanden hätte.

Nicht zum ersten Mal fragte sie sich, ob ihr Leben anders gelaufen wäre, wenn sie damals die Zunft gebeten hätte, sie zumindest als Gesellin anzuerkennen. Trotz des Wissens, wie alteingesessen die Meinungen der meisten Mitglieder waren.

Sie drehte sich zur Seite, und ein neuer Hauch von Jakobs Duft strömte in ihre Nase. Liesi kniff die Augen zu und biss sich so fest auf die Unterlippe, bis sie Blut schmeckte. Es führte zu nichts, weiter darüber nachzudenken, wie ihr Leben anders verlaufen wäre. Denn urplötzlich dachte sie an ihren Vater und schluckte erneut den bitteren Schmerz hinunter. Was wäre gewesen, wenn die Pferde nicht durchgegangen wären? Wenn der junge Karl Geiger sie wieder unter Kontrolle gebracht hätte? Dann wäre Vater noch am Leben, er läge nun hier in seinem Bett, um in den frühen Morgenstunden gemeinsam mit Liesi die frischen Brote zu backen. Das Leben wäre wundervoll, sie hätte mit Anna den traumhaften Sommer genießen können, ja, womöglich sogar die eine oder andere Soiree besucht. Sie hätte Anna dabei beobachtet, wie sie mit ihrem koketten Lächeln, den roten Wangen und den kirschroten Lippen reihum den Männern den Kopf verdrehte.

Doch nichts davon war geschehen.

Liesis Vater hatte sie verlassen, Anna hatte ihr Heimathaus an den schlimmsten Menschen auf Erden verkauft, und Liesi hatte ihr Herz verschenkt und verloren.

Sie schluchzte verzweifelt auf, weil sie einfach nicht aufhören konnte, an Jakob zu denken. An sein Lächeln, seine Ausstrahlung, sein schüchternes Stottern. Wieso hatte er sie so betrogen? Warum nur?

Ein Klopfen beendete für einen kurzen Moment ihre dunklen Gedanken, und als sie sich auf die andere Seite drehte, erkannte sie Anna, die in der Tür stand. Wie lange lag sie bereits hier im Bett? Allein an der frischen Kleidung ihrer Schwester erkannte Liesi, dass sie mindestens einen Tag im Bett verbracht hatte, womöglich sogar mehrere.

Anna hielt einen weißen Briefumschlag in den Händen und wedelte damit vor ihrem Gesicht herum.

»Du hast Post bekommen«, sagte sie und las den Absender laut vor.

Amalie!

Liesi schluckte. Sie konnte sich gar nicht mehr daran erinnern, wann sie zuletzt an ihre liebe Freundin gedacht hatte. Ganz im Gegensatz zu ihrem letzten Brief, den sie ihr geschrieben hatte. Sie erinnerte sich an jede Zeile, in der sie Amalie mehr als deutlich von ihren Gefühlen für Jakob berichtet hatte.

»Ich weiß nicht, ob ich …«, begann sie daher, da sie sich

nicht in der Lage fühlte, Amalies Gedanken über Jakob zu lesen.

»Ich kann ihn vorlesen, wenn du das möchtest«, antwortete Anna und öffnete den Brief, noch ehe Liesi ablehnen konnte.

»Meine herzallerliebste Elisabeth, du glaubst gar nicht, wie sehr mich dein Schreiben mit Herzklopfen und Freude erfüllt. Dass du …« Anna hielt inne und verzog das Gesicht. Liesi beobachtete, wie ihre Schwester die Lippen aufeinanderpresste und schließlich den Kopf schüttelte.

»Nein, ich denke, das lese ich nicht vor. Und du solltest das auch nicht lesen«, sagte sie weiter und richtete den Blick auf die elegant geschwungenen Buchstaben ihrer Freundin. Kurze Zeit später riss sie die Augen auf und grinste breit. »Sie kommt schon bald nach München. Wusstest du, dass sie hier heiraten wird?«

Liesi fuhr erschrocken auf, kniff die Augen zusammen, um den Schwindel zu vertreiben, und atmete tief durch. Dann riss sie den Brief aus Annas Händen. Doch so schnell, wie sie ihn an sich genommen hatte, so schnell warf sie ihn auch wieder von sich. Nein, sie konnte nicht darüber lesen, wie sehr sich ihre beste Freundin darüber freute, dass Liesi sich verliebt hatte, ja womöglich sogar über eine baldige Hochzeit nachdachte. Nichts davon entsprach nun mehr der Wahrheit.

Sie ignorierte die Tränen, die sich erneut in ihren Augenwinkeln sammelten, und schniefte leise. »Wann will sie anreisen?«, fragte sie daher ihre Schwester, die sich schwungvoll neben Liesi auf die Matratze fallen ließ und den Arm um ihre Schultern legte.

»Wenn ich das richtig verstanden habe, ist sie bereits auf dem Weg«, antwortete Anna. »Weißt du, wen sie heiraten wird? Das muss bestimmt ein Mann aus den Adelsreihen sein, oder? Wer würde sonst freiwillig eine so weite Reise antreten?«

Liesi zuckte mit den Schultern und vergrub das Gesicht in Annas Halsbeuge. »Sie erzählte mir, wie sehr sie sich lieben. Für wahre Liebe ist kein Weg zu weit, schätze ich.« Erst als sie die Worte ausgesprochen hatte, schloss sie erneut die Augen. Liesi hatte geglaubt, Amalies Gefühle zu kennen, sie sogar zu teilen. Doch das stimmte nicht. Amalie hatte ihr nie erzählt, wie sehr die Liebe schmerzen konnte.

»Weißt du, was?«, begann Anna. »Du sorgst in den nächsten Tagen dafür, dass du wieder gesund wirst, und wer weiß – vielleicht kannst du dann sogar mit deiner Freundin die Hochzeit des Königspaares besuchen? Das wäre doch ein wunderbares Ziel, nicht wahr?«

Liesi hielt inne. Die Hochzeit, das Preisausschreiben!

Plötzlich riss sie sich von Anna los. Den erneuten Schwindel ignorierte sie, stattdessen konzentrierte sie sich auf ein anderes Gefühl, das sich kraftvoll und lodernd ausbreitete – Wut. »Nein«, rief sie. »Ich werde dem Pfister beweisen, was er an mir verloren hat. Ich werde all seine Brote backen und zudem das königliche Ausschreiben gewinnen! Ich werde unsere Bäckerei zurückfordern! Und im Anschluss werde ich mit dir und Amalie die Hochzeit unseres Prinzen besuchen!«

Anna seufzte leise. »Das ist dir ernst, oder?«

Liesi nickte. »Das hier ist mein Leben, Anna. Was bin ich schon ohne die Bäckerei? Sieh mich doch an!« Sie deutete auf ihre schmächtige Gestalt, spürte selbst die Rippen und sämtliche andere Knochen. Die Haare klebten ungewaschen und strähnig an ihrem Gesicht. Sie benötigte keinen Spiegel, um zu erkennen, wie schrecklich sie aussah.

Anna schenkte ihr ein schwaches Lächeln. »Für mich bist du der schönste und wichtigste Mensch auf Erden«, antwortete sie, als hätte sie Liesis Gedanken gelesen, und seufzte erneut. »Aber ich verstehe dich. Und ich werde dich unterstützen, wenn es das ist, was du wirklich willst.«

Liesi benötigte einige Augenblicke, um den Sinn hinter Annas Worten zu verstehen. Ein Gefühl von Wärme drang in ihr Bewusstsein, und sie ignorierte die Tränen, die erneut über die Wangen flossen.

»Meinst du das ehrlich?«, fragte sie mit brüchiger Stimme.

Anna drückte erneut Liesis Hand und nickte. »Ich will, dass du glücklich wirst, Schwesterherz. Nichts anderes hast du verdient.«

Liesi schluckte und schenkte ihrer Schwester ein schwaches, wackeliges, aber vollkommen ehrliches Lächeln. »Danke.«

41

»Noch ein bisschen mehr«, sagte Liesi und beobachtete, wie Anna immer mehr Mehl in die Backmulde schüttete. »Das genügt.«

Anna stellte keuchend den Sack Mehl zur Seite, und Liesi erhob sich von ihrem Stuhl. Seit ihrem trotzigen Entschluss, weiter zu backen, widersetzte sie sich gegen die Schwäche ihres Körpers. Sie zwang sich jeden Morgen dazu, einige Bissen Haferbrei zu sich zu nehmen, trank regelmäßig Wasser, und dennoch zitterten ihre Gliedmaßen inzwischen beinahe ununterbrochen. Sobald Anna ein paar ihrer Arbeitsschritte übernahm, musste sich Liesi setzen. Kaum erhob sie sich, kämpfte sie gegen den Schwindel an, der ihr ein ständiger Begleiter geworden war.

Auch nun krallte sie die Finger um den Rand der Backmulde und schloss die Augen, um die schwarzen Punkte zu vertreiben.

»Ich kann auch das Wasser hinzufügen«, sagte Anna leise. Liesi spürte, wie ihre Schwester versuchte, sie zurück auf den Stuhl zu befördern, doch sie schüttelte den Kopf.

»Nein. Onkel Max wartet gewiss schon auf dich. Du solltest gehen. Ich schaffe das schon.«

Tatsächlich hatte ihr Onkel Nachsicht mit Anna gehabt und sie wieder eingestellt, nachdem er erkannt hatte, dass sie rein gar nichts mit dem Verschwinden der Dokumente zu tun hatte. Woher der plötzliche Sinneswandel ihres Onkels kam, konnte Liesi nicht beurteilen. Doch ihr fehlten schlichtweg die Zeit und die Muße, weiter darüber nachzusinnen, und sie freute sich einfach für ihre Schwester, wieder eine Anstellung als Buchhalterin zu haben.

Es dauerte ein paar Augenblicke, bis sich der Blick ihrer Augen schärfte und sie Annas besorgtes Gesicht direkt neben sich erkannte. Sie verzog ihre vollen Lippen zu einer Grimasse und seufzte tief.

»Weißt du«, begann Anna und strich sich das Mehl von den Händen. »Eigentlich habe ich für heute andere Pläne.«

Sie verschwand aus Liesis Sichtfeld, das immer dunkler wurde, und letztendlich musste Liesi sich doch wieder setzen und darauf warten, dass der Schwindel nachließ.

Doch anstelle auf die Signale ihres Körpers zu hören und sich auszuruhen, forderte sie ihre Schwester mit einer Geste dazu auf, weiterzusprechen.

Anna seufzte ein zweites Mal, bevor sie fortfuhr. »Ich fahre nach Pasing und besuche eine der Bäckereien von Huber.«

Liesi kniff die Augen zusammen und musterte ihre Schwester skeptisch. »Was hast du vor?«

Erst jetzt fiel ihr die Kleidung auf, die Anna unter der Bäckerschürze trug, die sie im selben Moment auszog. Es handelte sich um ihr neuestes Kleid, himmelblaue Seide, das direkt unter der Brust zusammengerafft war und auf diese Weise ihr weit ausgeschnittenes Dekolleté wunderschön zur Geltung brachte. Der Rest des Kleides fiel wie ein Wasserfall bis zum Boden, und nicht zum ersten Mal beneidete sie Anna um ihre traumhaft schönen Kurven. Es handelte sich definitiv nicht um ein Arbeitsgewand, und viel zu spät nahm Liesi Annas seltsames Verhalten wahr.

»Ich werde Georg Huber mit seinen eigenen Waffen schlagen.«

Anna deutete zuerst auf Liesis, dann auf ihren Körper und zuckte lächelnd mit den Schultern. »Gott gab dir das Talent, zu backen. Mir gab er das Talent, den Männern den Kopf zu verdrehen. Und das werde ich nutzen, um an sämtliche Informationen zu gelangen, die ich benötige. Ich will wissen, wie viele Brote die Bäckermeister in Hubers Bäckereien am Tag zu backen haben, wie viel Mehl sie dafür zu Verfügung bekommen, wie viele Personen in seinen Backstuben stehen. Und dann verlange ich von ihm eine Anpassung seiner Forderungen an dich.«

Liesi schluckte, doch der immer größer werdende Kloß in ihrem Hals wollte nicht verschwinden. Anna stand vor ihr und schenkte ihr ein sanftes Lächeln.

»Wir Schwestern halten zusammen. Auf ewig.«

Liesi nickte schluchzend, erhob sich zittrig vom Stuhl und umarmte Anna innig.

»Vater wäre so stolz auf dich, Anna.«

Anna zog Liesi noch fester an sich und küsste sie. »Er wäre stolz auf uns beide, liebste Liesi. Weil wir niemals aufgeben.« Annas Stimme zitterte leicht, und als sie die Umarmung lösten, erkannte sie das Glitzern in den Augen ihrer Schwester. Sie schniefte und zwinkerte ein paarmal, ehe sie den Kopf schüttelte.

»Wir sollten uns an die Arbeit machen. Ich kann es mir nicht leisten, zu weinen. All das Rouge wäre zerstört.« Sie schenkte Liesi ein freches Grinsen und küsste sie ein weiteres Mal. »Pass auf dich auf, ja? Ich bin bald wieder zurück.« Sie winkte und tänzelte aus der Backstube.

Liesi sah ihr eine lange Zeit hinterher. Selbst als die Eingangstür des Hauses lautstark ins Schloss fiel, starrte sie immer noch auf die dunkle Tür der Backstube und lächelte.

Anna. Ihre Schwester.

Ob ihr bewusst war, was für ein wundervoller Mensch sie war?

Erneut spürte sie eine Woge von Wärme durch sich hindurchfließen. Jakob mochte sie ausgenutzt und betrogen haben. Möglicherweise war selbst das Gefühl von Liebe, das er ausgestrahlt hatte, gelogen. Und ja, allein der Gedanke an ihn füllte ihre Augen schon wieder mit Tränen. Ganz zu schweigen von dem Gefühl des Dolches, das immer noch in ihrem Herzen zu stecken schien. Dennoch war Liesi nicht allein. Sie hatte Anna.

Wie oft hatte Anna sie bereits aus unmöglichen Situationen gerettet? Liesi erinnerte sich an eine Begebenheit aus der Kindheit. Vater hatte sie beide zu Fuß zu Bauer Ferdl geschickt, um zwei Kannen mit Milch auffüllen zu lassen. Liesi hatte auf dem gesamten Weg nur Unfug im Kopf gehabt und die Milchkannen kreisend über den Kopf hinweg fliegen lassen. Sie war durch die Gassen Sendlings gesprungen und hatte Annas warnende Worte ignoriert. Natürlich hatte sie irgendwann das ihr damals noch unbekannte Gesetz der Fliehkraft missachtet und beide Kannen Milch ausgeschüttet. Dennoch hatte Anna zu Hause alle Schuld auf sich genommen, als sie mit leeren Kannen zurückgekehrt waren – obwohl Liesi in triefend nasser Kleidung neben ihr gestanden hatte.

Liesi lächelte bei dieser Erinnerung. Anna hatte damals ohne Abendbrot zu Bett gehen müssen – allerdings nicht, weil sie die Milch verschüttet, sondern weil sie Vater angelogen hatte. Und doch hatten sie die halbe Nacht zusammen im Bett gelegen und gekichert und gemeinsam unter der Decke Hefezopf gegessen, den Liesi mit ins Zimmer geschmuggelt hatte.

Liesi lachte leise.

Anna hatte ihr immer geholfen. Ohne Rücksicht auf sich selbst. Weil sie Schwestern waren. Weil sie sich liebten.

Und das würde sich niemals ändern.

Sie warf einen Blick auf das Kruzifix in der Ecke der Backstube und bekreuzigte sich mit zittrigen Händen.

»Herr, steh Anna bei. Hilf auch ihr, dass sie glücklich wird«, flüsterte sie und erhob sich im Anschluss ächzend, ohne auf den Schwindel und ihr Zittern zu achten.

Es war Zeit, sich um die Brote zu kümmern.

42

Jakob

»Jakob, ich bitte dich. Hör auf, Trübsal zu blasen!«

Ziska stand breitbeinig vor seinem Bett, die Hände in die Hüften gestemmt, und sah ihn zornig an. Allerdings erfolglos. Jakob ignorierte seine Schwester seit geraumer Zeit und blickte stattdessen starr zur Zimmerdecke hinauf. Inzwischen hatte er jedes Astloch der hölzernen Dielen über sich gezählt – es waren vierhundertachtundsechzig – und auch die Nägel, die geraden und die krummen, er hatte den Durchschnitt der Löcher pro Diele ausgerechnet und sämtliche anderen Rechnungen durchgeführt, die möglich waren. Alles nur, um nicht zu denken.

Daran, was er getan hatte.

Daran, dass er Liesi – krank und am Ende ihrer Kräfte – einfach so zurückgelassen hatte. Dass er nicht um sie gekämpft hatte, sondern wie ein räudiger Hund den Schwanz eingezogen hatte und gegangen war.

Und doch kehrten die Gedanken immer wieder zurück zu ihr. Völlig egal, wie kompliziert seine Berechnungen wurden, er sah immer wieder das Bild von Liesi vor sich. Wie sie ihn ungläubig und letztendlich voller Enttäuschung anblickte.

Er hatte sie verraten. Obwohl er genau gewusst hatte, was er ihr damit antun würde.

»Denkst du wirklich, deine Sünden – Gott möge dir gnädig sein! – rechtfertigen dein aktuelles Verhalten?«, unterbrach Ziska die Stille im Zimmer, die sich dennoch unangenehm laut anfühlte. Jakob antwortete nicht, stattdessen rechnete und zählte er weiter. »Liesi wird dir nicht verzeihen, wenn du weiterhin regungslos in deinem Bett liegen bleibst. Einmal ganz abgesehen davon, dass du zusätzlich deine Arbeitsstelle verlieren wirst, wenn du nicht bald damit aufhörst! Dann hätten sich all die Lügen nicht mal gelohnt.«

Jakob schloss die Augen. Seine Schwester hatte ja recht. Georg würde vielleicht ein oder zwei Tage lang akzeptieren, dass sich Jakob von der Sommergrippe erholen müsste, die er sich bei der Pflege seiner Schwester eingefangen hatte – denn so lautete Jakobs Lüge, warum er aktuell nicht arbeitete. Allerdings hatte Jakob zuvor noch nie aufgrund einer Krankheit mit der Arbeit gesäumt, und über kurz oder lang würde Georg skeptisch werden. Er musste zur Pfisterei zurückkehren. Er musste weitermachen, völlig egal, wie sinnlos ihm mit einem Mal das Leben erschien. Das war er Ziska und auch Fritz schuldig.

Nachdem Anna ihn aus dem Hause Gmeiner hinausgeworfen hatte und er spätabends mit verweinten Augen vor Ziska erschienen war, hatte er ihr alles erzählt. All die Lügen, all die Aufträge, die er in Georgs Namen hatte durchführen müssen. Er hatte ihr von Liesi erzählt, von seiner

Liebe zu ihr und davon, was er ihr angetan hatte. Ziska hatte ihn daraufhin eine lange Zeit schweigend angestarrt, ohne jede Regung im Gesicht. Anschließend war sie aufgestanden und hatte ihm ein Schnapsglas voll Kirschgeist eingeschenkt, hatte geseufzt und ihn letztendlich allein gelassen – ohne ein Wort der Anklage oder ein Wort des Mitgefühls. Bis vor wenigen Minuten hatte Jakob nicht einmal gewusst, was sie über ihn und sein Verhalten dachte.

Liesi wird dir nicht verzeihen, wenn du weiterhin im Bett liegen bleibst, wiederholte er Ziskas Worte in Gedanken und prustete aus. Als wären seine Sünden verzeihlich! Nein, Liesi würde ihm niemals verzeihen, und das zu Recht!

»Jakob! Nun komm schon!«, schrie Ziska diesmal und zerrte ihm die Decke vom Körper.

»Was?«, schrie er zurück und ignorierte die Tatsache, dass er sich in die Kindheit zurückversetzt fühlte, als er regelmäßig mit Ziska über Kleinigkeiten gestritten hatte. Er setzte sich auf und funkelte seine Schwester wütend an. »Du findest mein Betragen lächerlich? Gut, dann lache über mich. Du weißt nicht, wie ich mich fühle. Du weißt nicht, was ich verloren habe.« Seine Stimme brach im letzten Satz, und er wandte den Blick ab.

Dennoch hörte er das leise Seufzen aus dem Mund seiner Schwester. »Denkst du wirklich, ich wüsste nicht, wie sich Verlust anfühlt?«

Plötzlich spürte er einen unangenehmen Kloß im Hals und presste die Lippen aufeinander. Vor seinem geistigen Auge sah er Ziska, die schreiend auf die Knie fiel, während ein fremder Soldat an der Tür stand und die Nachricht vom

Tod ihres Mannes überbrachte. Er hörte ihr ersticktes Weinen, Nacht für Nacht, wenn der kleine Fritz im Bett lag und schlief, er sah die dunklen Ränder unter den Augen, selbst Monate nach der Hiobsbotschaft. Ziska wusste genau, wie sich Verlust anfühlte.

»Der Unterschied, mein lieber Bruder, liegt darin, dass Liesi lebt. Noch. Und du kannst dafür sorgen, dass das so bleibt und sie zudem glücklich wird.«

Jakob verzog das Gesicht zu einer schmerzhaften Grimasse und schluchzte laut auf. »Wie soll ich das anstellen? Es gibt nichts, was ich tun kann!«

Schon wieder lachte Ziska leise, und würde sich Jakob im Moment nicht so verzweifelt fühlen, hätte er seiner Schwester deutlich seine Meinung vorgetragen.

»Oh Bruderherz. Elisabeth leidet unter den Forderungen, die Georg gestellt hat. Und er ist dein bester Freund. Natürlich kannst du etwas dagegen unternehmen.«

Jakob betrachtete seine Schwester nachdenklich. Dann schüttelte er den Kopf. »Georg würde niemals auf mich hören, wenn es seinem Betrieb schaden würde. Ich stehe längst nicht mehr an erster Stelle, und meine Ratschläge haben schon lange nicht mehr so viel Gewicht wie noch vor ein paar Jahren.«

»Dann stell Forderungen, die seinen Betrieb voranbringen würden. Liesi ist doch eine begnadete Bäckerin, oder nicht? Herrgott noch mal, benutze dein Gehirn, Jakob! Gott gab dir so viel Intelligenz, also nutze sie zum Kuckuck auch!«

Ziska lief zur Tür, blieb dort noch einmal stehen und

deutete mit eiserner Miene auf ihn. »Ich will dich hier frühestens heute Abend wiedersehen, hast du mich verstanden?« Mit diesen Worten verließ sie ihn. Jakob atmete tief durch.

Stell Forderungen, die den Betrieb voranbringen würden. Jakob lachte leise. Liesis Talent würde die Pfisterei definitiv voranbringen, doch Jakob war schon einmal daran gescheitert, Georg diese Tatsache vorzubringen.

Aber was wäre, wenn Liesis Verkaufszahlen – rein hypothetisch – bedeutend größer wären als Georgs? Was wäre, wenn Jakob die Einnahmen aus Sendling und aus Laim der letzten Monate zu Liesis Gunsten etwas anpassen würde? Würde Georg sie immer noch loswerden wollen, oder gäbe er ihr dann eine Chance? Zwar müsste er dazu erneut lügen, doch diesmal wäre diese kleine Unwahrheit gerechtfertigt, oder? Er musste die Einnahmen nur so abändern, dass Georg die falschen Zahlen nicht sofort bemerkte. Gerade hoch genug, um Georgs Interesse zu wecken. Möglicherweise könnte er sogar dafür sorgen, dass Anna eine Anstellung bekäme. Würde Georg auf ihn hören?

Hatte Ziska etwa recht?

Konnte es so leicht sein, Liesi zu helfen?

Jakob lachte erneut und schüttelte den Kopf. Die Idee war so einfach wie verrückt. Und dennoch ... Er sollte es versuchen. Liesi zuliebe.

Er sollte Georg aufsuchen und ihn um eine Unterredung bitten.

Für Liesi.

Für seine Liebe zu ihr.

Und für die kleine Bäckerei Gmeiner, die ihm längst zu einer Heimat geworden war.

Er ballte die Hände zu Fäusten und stand entschlossen auf.

Es war Zeit, zu kämpfen. Und diesmal für das Richtige.

43

Jakob wischte zum gefühlt hundertsten Mal die schweißnassen Hände an den Hosenbeinen ab und starrte ungeduldig zur Tür. Laut Taschenuhr wartete er bereits über zwanzig Minuten auf Georg – eine Tatsache, die ihn allein schon stutzig machte. Wann hatte Jakob zuletzt auf Georg warten müssen? Möglicherweise wusste Georg bereits von Jakobs geplanten Lügen. Doch das wäre unmöglich, oder?

Er trommelte unruhig mit den Fingern auf die Oberschenkel, strich sich die Haare aus der Stirn und holte erneut die Taschenuhr aus seiner Weste hervor, nur um sie dann ungeöffnet zurück in die Tasche gleiten zu lassen. Georg würde auch nicht schneller kommen, je öfter er auf die Uhr blickte, schalt er sich selbst und atmete tief durch.

Die gefälschten Dokumente wogen schwer in seiner Innentasche, und Jakob schloss für einen Moment die Augen. Er tat das Richtige. Wie oft hatte Georg gelogen, um Vorteile für sich und den Betrieb zu schaffen? Es war also nur an der Zeit, dass er auch angelogen wurde. Schließlich würde diese Lüge zum Wohl der Pfisterei führen. Zum Wohle aller!

Jakob erhob sich, legte seinen Zylinder auf Georgs Sekretär und lief ungeduldig in der großräumigen Schreibstube umher. Ein Blick aus dem Fenster verriet ihm, dass es angefangen hatte, zu regnen. Der Herbst war mit einer überraschenden Dominanz übers Land gezogen, und Jakob fröstelte bereits beim Anblick des Windes und der Blätter, die durch die Straßen fegten.

Das Ächzen der Tür riss ihn aus seinen Gedanken, und er drehte sich hektisch um.

»Hast du etwa Angst vor mir, mein Freund?« Georg lachte amüsiert und deutete auf Jakob, der kerzengerade am Fenster stand und damit beschäftigt war, seinen Herzschlag und seinen wilden Atem wieder zu beruhigen. Vermutlich hatte ihn Georg bereits jetzt durchschaut, noch ehe er ein Wort gesprochen hatte.

Georg schloss die Tür hinter sich, legte eine Mappe diverser Unterlagen auf den Schreibtisch und musterte Jakob mit ernster Miene.

»Du wirkst wahrlich nicht sonderlich gesund, Jakob«, sagte er und rückte seinen Stuhl deutlich fort von ihm, bevor er sich setzte. »Nichts für ungut«, lachte er und zeigte auf Jakob. »Ich möchte mir nur ungern denselben Katarrh einfangen.«

Jakob nickte und lachte falsch. Er griff nach der Stuhllehne des zweiten Stuhls und setzte sich ebenfalls mit überdeutlichem Abstand zu Georg. »Natürlich. Das kann ich verstehen.«

»Also, worüber möchtest du mit mir sprechen? Benötigst du noch weitere Krankheitstage? Wenn ja, müsste ich dir finanziell einen gewissen Prozentsatz deines Gehaltes abziehen. Du weißt ja, wie das ist, das Geld wächst leider nicht auf Bäumen.«

Jakob lächelte verkrampft. Er kannte Georg zu gut, als dass ihn diese Aussage verwundert hätte. Der Betrieb stand an erster Stelle, und natürlich würde jeder, der krankheitsbedingt länger ausfiel, auf sein Gehalt verzichten müssen, völlig egal, was die Zunft und deren Regeln dazu sagten.

Allerdings hatte Jakob nicht vor, der Arbeit weiter fernzubleiben, daher nickte er ein weiteres Mal und griff anschließend in die Innentasche seiner Weste.

»Nein, ich habe mich inzwischen ausreichend erholt. Aber ich … ich bin aus anderen Gründen gekommen«, sagte er und verfluchte sein Stammeln und Stottern, das er einfach nicht abstellen konnte, sobald die Nervosität überhandnahm. Er durfte das hier nicht in den Sand setzen, dies war die einzige Möglichkeit, Liesi zu helfen! »Tatsächlich habe ich eine interessante Beobachtung gemacht und ersuche ein Gespräch mit dir, um dir noch einmal ins Gewissen zu reden, was deine Einstellung zu Fräulein Elisabeth als Bäckergesellin beträfe.« Er griff in die Innentasche seiner Weste und holte das gefälschte Dokument hervor, erkannte allerdings aus dem Augenwinkel Georgs abwehrende Haltung. Er hatte die Arme ineinander verschränkt und musterte Jakob mit ernster Miene.

»Kann es sein, dass dir dieses Weib zu Kopf gestiegen ist, mein Freund?«, fragte Georg unverblümt.

»Wie bitte?«, fragte Jakob hustend und versuchte, das Gefühl, ertappt worden zu sein, zu verbergen.

Georg atmete gedehnt aus und kratzte sich am Backenbart. »Frauen können teuflisch sein, wenn sie etwas erreichen wollen, liebster Jakob. Bevor du also mit deinem Anliegen fortfährst, solltest du dir darüber im Klaren sein.«

Jakob schloss für einen kurzen Moment die Augen. Er hatte von Anfang an gewusst, dass es nicht einfach werden würde, doch Liesi war es wert, dafür zu kämpfen. Die kleine Bäckerei war es wert. Doch Georg benötigte andere Worte, das verstand Jakob nun. Er atmete tief durch und richtete sich in seinem Stuhl auf, bevor er sprach. »Ob du es glaubst oder nicht, ich bin aus eigenem Antrieb hier, und mein Anliegen betrifft das Wohl unserer Pfisterei und deren Zukunft. Wenn dir daran etwas liegt, darfst du mir gern Gehör schenken. Wenn du mir allerdings weiterhin unterstellen willst, dass dein Freund und Buchhalter nicht mehr in der Lage dazu ist, selbst zu denken, sollten wir unser Gespräch hier und jetzt beenden.«

Georg grinste breit und nickte. »Endlich sprichst du wie ein Mann. Fahre fort«, forderte er ihn auf, und Jakob verkniff sich ein Schnauben und deutete stattdessen auf seine mitgebrachten Unterlagen.

»Ich habe die Verkaufszahlen von den Pasinger Bäckereien mit der Bäckerei Gmeiner von Sendling und den Verkäufen in Laim in den letzten Monaten verglichen. Sieh dir die Untersch –«

Der Rest seiner Ansprache wurde von einem Klopfen und dem anschließenden ungefragten Eintreten in Georgs Kontor unterbrochen.

Als Jakob sich umdrehte, um den Störenfried anzusehen, entgleisten ihm die Gesichtszüge.

»Sie?«, fragten beide gleichzeitig, während Georg mit verärgertem Prusten hinzufügte: »Geduld und Anstand waren noch nie Ihre Stärken, oder?«, woraufhin er das Gesicht verzog und ein verächtlich klingendes »Frauen!« hinterherschickte.

Jakob betrachtete Fräulein Anna, deren Gesichtsfarbe aschfahl wurde, nur um kurz darauf in ein dunkles Rot überzugehen.

»Sie!«, wiederholte sie, doch diesmal energisch und wütend, während sie auf Jakob deutete. »Das hätte ich mir ja denken können!«

Jakob faltete die Unterlagen zusammen und schob sie möglichst unauffällig zurück in die Innentasche seiner Weste. Unschlüssig sah er von Anna zurück zu Georg, während unzählige Fragen durch seinen Geist wanderten. Warum war sie hier? Was hatte sie vor? Ging es Liesi schlechter? Benötigten sie etwa Hilfe? Himmel! Wieso betrat sie ausgerechnet jetzt das Zimmer?

»Mein liebes Fräulein, wenn Sie nicht sofort erklären, wieso Sie unaufgefordert meine Räumlichkeiten betreten haben, wird das Konsequenzen nach sich ziehen.« Georgs Stimme donnerte durch den Raum, doch offenbar prallten sämtliche Worte an Anna ab, da sie immer noch auf Jakob zulief, als hätte sie Georgs Drohung nicht einmal wahrgenommen.

»So viel zu Ihrem jämmerlichen Gestammel über die Liebe! Wenn Liesi nur wüsste, was …«

»Ich bitte Sie, Anna!«, unterbrach Jakob Annas Wuttirade und wagte einen kurzen Blick zu Georg, den er jedoch sogleich bitter bereute. Sein einstiger Freund stützte sich mit den Ellenbogen auf den Knien ab und verfolgte Annas Auftritt mit einem wissenden Lächeln im Gesicht.

»Schweigen Sie still!«, schrie Jakob, als Anna erneut ansetzte.

»Nein, nein, nur zu, Fräulein Anna. Fahren Sie fort, das ist ein Thema, das mich selbst brennend interessiert. Hatten wir schließlich vor wenigen Minuten über dasselbe debattiert, nicht wahr, Jakob?«

Das Gefühl von Verzweiflung lähmte Jakobs Innerstes. Wie durch einen Schleier beobachtete er Annas wildes Gebaren, lauschte ihrer zornigen Unterstellung, er habe all die Liebe nur vorgetäuscht, um nun erneut einen Nutzen daraus zu ziehen. Mit jedem weiteren Wort aus Annas Mund spürte er die Gewissheit, dass seine Pläne, Liesi aus ihrer Lage zu helfen, gescheitert waren, noch bevor er überhaupt zu Wort gekommen war.

»Ich danke Ihnen für Ihre grandiose Vorstellung, Fräulein Anna«, unterbrach Georg sie nach einiger Zeit. »Sie haben mir wahrlich die Augen geöffnet, dafür bin ich Ihnen von Herzen dankbar.« Während der letzten Worte unterbrach er den Blickkontakt zu Anna und betrachtete Jakob.

Jakob erkannte Enttäuschung und Ärger im Blick seines Vorgesetzten.

»Georg, du weißt, dass nichts davon der Wahrheit entspricht. Bitte gib mir die Möglichkeit, mich zu erklären.«

Georg schnaubte und lehnte sich zurück in den Stuhl. »Ach, Jakob, wie lange kennen wir uns nun? Zehn Jahre? Fünfzehn? Ich kenne dich und dein viel zu weiches Herz.«

»Aber es sind nicht meine Gefühle für Elisabeth, weswegen ich heute vor dir stehe! Du glaubst, ich wäre ein blinder und verliebter Narr, dabei bist du es, der einzig und allein aus Sturheit Augen und Ohren verschließt! Hör mich an, Georg! Unsere Pfisterei würde nur profitieren. Du könntest …«

»Nein!«, unterbrach Georg mit donnernder Stimme Jakobs flehende Worte. Dass Anna mit weit geöffneten Augen immer noch mitten im Raum stand, schien weder er noch Jakob wahrzunehmen. Stattdessen stand Georg auf und trat mit geballten Fäusten ans Fenster. Jakob erkannte den wilden Atem seines einstigen Freundes und fühlte sich ähnlich aufgewühlt.

»Ich bitte dich, mein Freund«, wiederholte Jakob und stand ebenfalls auf. »Hör mich an.«

Georg schwieg, und das einzige Geräusch, das Jakob wahrnahm, war das leise Prasseln der Regentropfen gegen die Scheibe und das wilde Klopfen seines eigenen Herzens. Er durfte nicht aufgeben. Das war er Liesi schuldig!

»Erinnerst du dich an die Zeit, in der wir beide am Ufer der Isar standen und Steine warfen, sodass sie übers Wasser hüpften?«, unterbrach Georg schließlich die Stille.

Jakob lachte leise und nickte. Damals waren sie in etwa im selben Alter gewesen wie sein kleiner Neffe Fritz.

»Deine Steine hüpften immer öfter über die Wasseroberfläche, und dennoch ließest du mich letzten Endes gewinnen«, fuhr Georg fort und wandte sich vom Fenster ab. Stattdessen schenkte er Jakob ein trauriges Lächeln. »Damals dachte ich, nichts und niemand kann unsere Freundschaft zerstören.« Er zuckte mit den Schultern. »Da kannte ich die Frauen noch nicht«, fügte er hinzu.

Jakob schluckte. »Glaubst du wahrhaft, unsere Freundschaft sei wegen Elisabeth Gmeiner zerbrochen?«

Georg musste gar nicht antworten, die Gewissheit stand ihm klar und deutlich ins Gesicht geschrieben. Für ihn trug Jakob die Schuld am Ende ihrer Freundschaft. Dass sein eigenes Verhalten, seine Ignoranz und seine Intrigen dafür verantwortlich sein könnten, würde Georg niemals in den Sinn kommen.

»Ich denke, es wäre besser für alle Beteiligten, wenn du in den nächsten Wochen München den Rücken zuwendest«, erklärte Georg nach einer langen, unangenehmen Zeit des Schweigens.

Plötzlich hielt Jakob den Atem an. Was hatte Georg da gerade gesagt?

Er kehrte zurück an seinen Sekretär und holte einen Ordner hervor, den er kurz darauf aufschlug. »Erinnerst du dich an Bäckermeister Hieronymus Lochtaler aus Gilching? Ich habe ihm einst versprochen, einen Blick auf seine Finanzen zu werfen. Ursprünglich, um ein mögliches Ehearrangement zu vereinbaren, aber das ist nicht mehr der Rede wert.« Er holte ein Dokument hervor und reichte es Jakob. »Du solltest dir eine Kutsche organisieren, sodass du gleich morgen mit deiner Arbeit dort beginnen kannst.«

»Du schickst mich fort? Nach Gilching?«, fragte Jakob, obwohl es unnötig war, nachzuhaken.

»Ich könnte auch unser Arbeitsverhältnis mit dem heutigen Tage beenden. Allerdings stehe ich dazu, meine

Freunde zu unterstützen, selbst wenn sie schwerwiegende Fehler machen.«

Jakob presste die Lippen aufeinander, um all die wütenden Worte der Widerrede im Keim zu ersticken, die in ihm brodelten. Stattdessen zwang er sich zu einem Lächeln und nahm das Dokument sowie seinen Zylinder entgegen.

»Selbstverständlich. Ich danke dir, Georg.«

Georg nickte stumm und deutete kurz darauf auf die Tür. »Du kannst nun gehen«, sagte er. »Und nimm das Frauenzimmer mit«, fügte er hinzu, und erst jetzt fiel Jakob Anna auf, die dicht hinter ihm stand und ihn mit Tränen in den Augen musterte. Als sie verstand, dass Georg von ihr sprach, riss sie die Augen auf und schüttelte den Kopf.

»Nein, Herr Huber. Wir beide führen jetzt ein Gespräch!«, verlangte sie lautstark, doch Georg tippte mit den Zeigefingern auf seine Schläfen und schloss die Augen.

»Ich bekomme Kopfschmerzen, wenn ich solch hohen Tonlagen lauschen muss. Nichts für ungut, Fräulein Anna, vereinbaren Sie an der Pforte einen Termin und kommen Sie wieder. Ich habe jetzt Wichtigeres zu erledigen.«

Anna klappte der Mund auf, und Jakob sah nur zu deutlich, wie die Wut in ihrem Innersten kochte. Doch bevor sie noch irgendein weiteres Wort aussprechen konnte, hatte er ihren Arm ergriffen und zog sie hinaus.

»Hören Sie auf! Jakob! Lassen Sie mich los!«, schrie sie im Gang, und Jakob seufzte, während er den Griff lockerte.

»Warum haben Sie das getan?«, fragte sie, und er schenkte ihr ein mattes Lächeln.

»Dasselbe sollte ich Sie fragen«, antwortete er beinahe

flüsternd. Eine tiefe Traurigkeit erfüllte sein Herz, und er blieb mitten im langen Gang stehen, schloss die Augen und lehnte sich gegen die kahle, kalte Wand. So viel also zu seinem Plan, Georg von Liesis Talent zu überzeugen und sowohl ihr als auch Anna eine feste Anstellung zu vermitteln.

Er war gescheitert. Schlimmer noch, er hatte zudem seinen Vorteil als Freund verspielt. Aus München verbannt zu werden war nichts weiter als eine stumme Drohung. Jede weitere Verfehlung würde in einer Kündigung enden, das hatte Jakob verstanden.

»Sie lieben Liesi wirklich, oder?«, hörte er Anna fragen, die ihn mit großen, ungläubigen Augen anblickte.

Jakob lachte freudlos auf und seufzte anschließend. »Ich will Ihnen nicht zu nahe treten, Fräulein Anna. Aber ich rate Ihnen, in Zukunft zuerst innezuhalten und nachzudenken, bevor Sie anderen Leuten willkürliche Anschuldigungen an den Kopf werfen und somit sämtliche Pläne zerstören.«

Er wartete erst gar keine Antwort von Liesis Schwester ab, sondern setzte den Zylinder auf. »Entschuldigen Sie mich nun bitte, ich muss mir eine Kutsche nach Gilching organisieren.«

Ohne einen weiteren Blick zurückzuwerfen, verließ Jakob das mehrstöckige Gebäude in Pasing und hieß den Regen, der ihm ins Gesicht peitschte, willkommen. Immerhin konnte auf diese Weise niemand die Tränen sehen, die ihm unentwegt über die Wangen liefen. Tränen des Versagens, Tränen der Liebe, Tränen des Verlusts. Tränen, die er verdient hatte.

44

Liesi

Liesi stellte den Stuhl vor das Fenster, setzte sich und betrachtete schweigend das Wetter. Dichter Nebel verhüllte die Häuser auf der gegenüberliegenden Straßenseite. Die kleine Laterne, die draußen vor ihrem Haus brannte, flackerte trüb und schien doch kein Licht zu spenden. Als wäre sie machtlos gegenüber der angsteinflößenden, trüben Masse, die alles verschlang, sobald man in deren Nähe kam.

Liesi seufzte. Im Moment fühlte sie sich, als wäre sie diese kleine flackernde Lampe. Kraftlos, hilflos und völlig nutzlos. Sosehr sie auch versuchte, Hubers Forderungen zu erfüllen, sie scheiterte. Immer und immer wieder. Egal, wie oft sie sich aufraffte, sich erneut anspornte und selbst Mut zusprach, ihre Ziele rückten von Tag zu Tag in weitere Ferne, während Liesis Kraft schwand. Sie hatte sich inzwischen eine Decke und mehrere Kissen in die Vorratskammer geholt, um dort zu übernachten. Anna hatte sie erklärt, sie würde so wertvolle Zeit gewinnen, in Wahrheit graute Liesi davor, die Stufen nach oben zu bewerkstelligen, da ihre Gliedmaßen ständig zitterten – ganz zu schweigen von dem

Schwindel, der längst nicht mehr verschwand, nicht mal für wenige Minuten.

Tief in ihrem Inneren wusste sie längst, dass sie verloren hatte. Selbst wenn es ihr gelänge, das königliche Brautpaar von ihrem Brot zu überzeugen, würde sie über kurz oder lang scheitern. Das Preisgeld würde ihr und Anna möglicherweise einen zeitlichen Aufschub gewähren. Dennoch müsste sie ein anerkanntes Zunftmitglied werden und zudem auf Hubers Entgegenkommen hoffen, um die Bäckerei wieder zurückzukaufen – beides Wünsche, an deren Erfüllung und Umsetzbarkeit sie kaum mehr glaubte. Zumal es ihr als unverheiratete Frau nicht einmal erlaubt wäre, allein eine Bäckerei zu führen, und sie auf die Gunst und Hilfe ihres Anwalts angewiesen wäre, der bereits zu Vaters Lebzeiten einige Ausnahmen für die Gmeiner-Schwestern bezüglich ihrer Arbeitsrechte herausgeschlagen hatte. Nein, Liesi würde sich stattdessen einen geeigneten Ehepartner suchen müssen. Sie würde ein trostloses Leben führen mit nichts als einer Handvoll Erinnerungen an die wunderschöne Zeit, die sie erleben durfte.

Liesi stützte ihren Kopf auf den Händen ab und seufzte, während das Laternenlicht weiter flackerte.

Nicht jedem Menschen war ein glückliches, langes und zufriedenes Leben bestimmt, dachte sie. Ja, sie sollte sich dankbar schätzen, dass sie solch eine wunderschöne Kindheit und ein so liebevolles Elternhaus erlebt hatte. Augenblicklich traten Bilder aus dem Haus Sankt Marien vor ihr geistiges Auge. Sie sah hungernde Waisenkinder, kranke und obdachlose Menschen, die nichts und niemanden in der Welt hatten. Menschen, die allein auf die Nächstenliebe anderer angewiesen waren. Sie dachte an den einbeinigen Bettler, der täglich am Uferrand der Isar gesessen hatte, mit Krückstock, ausgehungert und ziellos. Wer war Liesi, dass sie an ihren Träumen festhielt, während andere noch nicht einmal wussten, was es bedeutete, zu träumen?

Nein, sie hatte keinen Anspruch darauf, zu trauern. Nicht sie. Weder um die Bäckerei noch um Jakob.

Liesi presste die Fäuste auf die Augen, um die Tränen zu verdrängen. Allein der Gedanke an Jakob bereitete ihr Schmerzen. Als würde ihr Herz in Flammen stehen und erst aufhören zu brennen, wenn nichts als ein Häufchen Asche zurückblieb.

Doch selbst diesen Schmerz verbot sie sich. Immerhin durfte sie für einen kurzen Moment ein Gefühl von Liebe erleben. Wie vielen Menschen blieb selbst dies verwehrt? Nein, Liesi hatte kein Recht, sich zu bemitleiden! Es war an der Zeit, ihren Traum aufzugeben. Sie musste loslassen.

Die Bäckerei. Und auch Jakob. Völlig egal, wie schmerzhaft diese Erkenntnis war. Sie würde dennoch weiterleben, in dem Wissen, einst glücklich gewesen zu sein. Das würde genügen. Das musste genügen.

Ein beißender Geruch unterbrach Liesis trübe Gedanken, und es dauerte einige Augenblicke, bis sie begriff. »Himmel! Die Brote!«, schrie sie und sprang eilig auf.

Wie konnte sie die Brote vergessen? Immerhin hatte sie sich nur eine Pause gegönnt, weil die Laibe kurz zuvor noch nicht ganz fertig gebacken waren. Liesi kniff die Augen zusammen und hielt sich mit einer Hand an den Tischen fest, um dem Schwindel Herr zu werden, und kämpfte sich eilig zum Steinofen vor, aus dem bereits dunkler Rauch hervorquoll.

Doch der Schwindel krallte sich eisern in Liesis Geist. Er verschleierte ihr die Sicht, und je öfter sie die Augen zukniff, um die schwarzen Punkte zu vertreiben, desto dunkler wurden sie. Liesis Magen krampfte sich zusammen, und der Rauch brannte schmerzhaft in ihrer Lunge. Sie ergriff eines der feuchten Tücher, um die Ofentür zu öffnen, streckte den Arm aus und stolperte über ihre eigenen Füße.

Dunkelheit überrollte sie wie eine schwarze Wolke, und das Letzte, woran Liesi dachte, war die kleine Laterne, die schwach gegen die Nebelwand flackerte und irgendwann erlosch.

Das Nächste, was Liesi wahrnahm, war eiskaltes Wasser, das direkt auf ihr Gesicht traf. Sie schnappte gierig nach Luft, nur um kurz darauf zu husten und zu würgen.

»Herrgott, Liesi!«, hörte sie die laute und verzweifelte Stimme ihrer Schwester, die – wie sie nun begriff – einen Eimer Wasser in der Hand hielt und gleichzeitig Liesis schlaffen Körper rüttelte. »Bleib wach! Wehe, du verlierst noch einmal die Besinnung! Ich warne dich, hörst du?«, schrie Anna und schluchzte im Anschluss.

Liesis Augenlider flatterten, und es kostete sie die gesamte Kraft, die ihr geblieben war, nur die Augen zu öffnen.

Allmählich schärften sich die Bilder vor ihr, und sie merkte, dass sie noch immer direkt vor dem Ofen am Boden lag. Dichter Rauch hing in der gesamten Backstube, als wäre der Nebel von draußen auch in die Innenräume gedrungen. Liesi drehte hustend den Kopf zur Seite und blickte direkt auf die schwarz verkohlten Klumpen, die vor noch nicht allzu langer Zeit Brote gewesen waren. Allein dieser Anblick trieb ihr Tränen in die Augen. All die Arbeit, das wertvolle Mehl, die teuren Zutaten – verbrannt. Weil Liesi zu spät gekommen war. Weil sich ihr Körper geweigert hatte, auch nur einen Fuß vor den anderen zu setzen. Weil sie zu schwach war und versagt hatte. Sie zwinkerte ein paarmal, und schon wieder spürte sie, wie eine weitere Welle der Ohnmacht über sie hinwegschwappen wollte.

»Liesi! Bleib wach! Hörst du? Bleib bei mir! Jetzt ist nicht der richtige Zeitpunkt, um zu schlafen!«

Anna weinte und hustete gleichzeitig, und Liesi spürte die zittrige Hand ihrer Schwester im Gesicht, während sie einzelne Strähnen nach hinten strich. »Bleib hier, ja? Ich bitte dich, in Gottes Namen, bleib wach. Ich hole Hilfe, hörst du? Wir beide schaffen das. Du und ich.«

Liesi versuchte zu lächeln, sie wollte ihr erklären, dass sie sich keine Sorgen machen müsste. Sie wollte Anna von ihrem Entschluss erzählen, die Bäckerei aufzugeben. Anna musste erfahren, dass Liesi aufgegeben hatte, doch ihr Körper schien nicht zu reagieren. Stattdessen verdrehten sich ihre Augen, und Liesis Geist glitt erneut in eine friedliche Dunkelheit.

Fort von all dem Kummer und Leid. Fort von Jakob und Anna. Fort von all den Dingen, die ihr im Leben wichtig erschienen waren. Das Einzige, was blieb, war ein stiller und dunkler Nebel.

45

Jakob

Trotz der späten Stunde hörte Jakob sofort die Unruhen vor dem Haus der Bäckerei Lochtaler. Innerhalb kürzester Zeit hatte er sein hartes Bett, das aus einer unförmigen Strohmatratze bestand, verlassen und stand, in einen fremden Morgenmantel gehüllt, am Fenster, um neugierig hinauszublicken. Hieronymus Lochtaler, der alte und wohlbeleibte Bäckermeister, posierte mit verschränkten Armen vor der Eingangstür und beschwerte sich lautstark über die nächtliche Ruhestörung. Jakobs Blick glitt vom alten Bäcker zu dem unwillkommenen Gast, und er erstarrte augenblicklich. Ohne weiter darüber nachzudenken oder sich möglicherweise zuerst anzukleiden, öffnete er die Tür seiner Gaststube und rannte ebenfalls zum Eingang der Bäckerei.

»Und ich sage es noch einmal – wenn Sie nicht augenblicklich verschwinden, werde ich die Ordnungshüter informieren!«, donnerte Lochtalers Stimme durch die Nacht, doch Jakob ignorierte ihn und drängte ihn mit einem einzigen Handgriff zur Seite.

»Anna? Anna! Was ist geschehen? Was machen Sie

hier?«, fragte er stattdessen, und allein ihr Gesichtsausdruck genügte, dass sich ihm sämtliche Eingeweide verknoteten.

Sie trug einen schwarzen Umhang mit einer tief ins Gesicht gezogenen Kapuze, die ihre offenen Haare einigermaßen verbarg, ihre Wangen waren nass von Tränen, und Jakob sah, wie sie die Lippen schmerzhaft verzog.

»Jakob, bitte! Liesi«, schluchzte sie und streckte die Hand nach ihm aus. Jakob wollte sie gerade hineinbitten, da trat erneut Herr Lochtaler zwischen sie.

»Mein lieber Herr Hofbauer. Gewiss kennen Sie die Ordnung der Gilde und wissen, dass nächtlicher Damenbesuch bei einem unverheirateten Gesellen zu unterbinden ist.«

Jakob verdrehte die Augen und presste die Lippen aufeinander. Die Regeln der Zunft waren ihm im Moment so gleichgültig wie nie zuvor. »Na dann trifft es sich doch wunderbar, dass ich nicht Ihr Geselle bin, nicht wahr, Herr Lochtaler?«, antwortete er spöttisch, ergriff Annas Hand und zog sie kurzerhand hinein, ohne auf die weiteren unfreundlichen Worte des Bäckers zu achten.

»Was ist geschehen?«, fragte er schließlich, als er die Zimmertür hinter sich geschlossen und einen wild gestikulierenden und mit Geldstrafe drohenden Bäckermeister hinter sich gelassen hatte.

Anna setzte sich auf einen Stuhl und wischte sich mit einem Taschentuch über die Augen. »Liesi«, sagte sie mit zittriger Stimme, und allein dieses Wort führte dazu, dass Jakob erneut übel wurde. Er kniete sich vor sie und ergriff ihre Hände.

»Was ist geschehen?«, wiederholte er.

Anna schniefte undamenhaft und krallte ihre Fingernägel in Jakobs Handballen. »Sie ist zusammengebrochen. Schon wieder. Und ... ich ... ich weiß nicht, was ich tun soll«, stammelte sie. »Die Brote ... alle schwarz. Und dann dieser Rauch ... Ich hätte früher heimkehren sollen ... Oh, Jakob!« Anna weinte erneut bitterlich, und Jakob hatte große Mühe, den Sinn hinter ihren wirren Worten zu verstehen. Was er jedoch verstanden hatte, war, dass Anna seine Hilfe benötigte. Und Liesi ebenso.

Ohne weiter darüber nachzudenken, was dies für seinen beruflichen Werdegang bedeuten könnte, zog er sich an und packte seine wenigen Habseligkeiten zusammen. Dann ergriff er Annas Hand, ignorierte das erneute Krakeelen des Bäckermeisters und verließ kurz darauf gemeinsam mit Anna die Bäckerei in Gilching.

Eine Stunde später saßen Anna und er in einer Kutsche auf dem Weg zurück nach Sendling. Anna war es inzwischen gelungen, ihm klar und deutlich von den Geschehnissen der letzten Tage zu berichten, und nun war es Jakob, der unruhig und nervös mit den Fingern gegen die Scheibe trommelte, in der Hoffnung, auf diese Weise schneller bei Liesi anzukommen.

Sein Innerstes krampfte sich schmerzhaft zusammen, allein bei der Vorstellung, was alles hätte geschehen können, wäre Anna nur wenige Stunden später heimgekehrt. Die Bäckerei hätte in Flammen stehen können, und Liesi wäre ... Nein! Er verbot sich jeden weiteren Gedanken. Sie würde nicht sterben! Dafür würde er Sorge tragen! Und nicht nur er, sondern auch Anna und der Arzt, den Liesis Schwester noch in den späten Abendstunden zu sich beordert hatte und der nun über Liesi wachte, bis Anna zurückkehrte.

»Wie haben Sie mich eigentlich gefunden?«, fragte er stattdessen Anna. Nicht, weil es ihn wahrlich interessierte, sondern um seine Gedanken irgendwie zu beruhigen und abzulenken.

Anna lächelte schwach, doch auch ihr Lächeln wirkte falsch und fahl. »Haben Sie etwa vergessen, dass ich bei Ihrem Gespräch mit Herrn Huber anwesend war?«

Jakob schloss für einen Moment die Augen. »Das vergesse ich so schnell nicht«, antwortete er und dachte wehmütig an diesen Tag zurück. Wäre Anna doch nur eine Stunde später erschienen, hätte Jakob womöglich Georgs Zustimmung erhalten. Liesi hätte eine Anstellung bekommen können und müsste nun nicht um ihre Gesundheit bangen.

»Hören Sie, es tut mir so leid«, unterbrach Anna Jakobs Gedanken, als hätte sie seine gelesen. »Ich neige dazu, zu sprechen, ohne vorher nachzudenken. Und als ich Sie in Hubers Büro gesehen habe, da bin ich aus der Haut gefahren, ohne auch nur ein einziges Mal daran zu denken, dass Sie möglicherweise aus völlig anderen Gründen bei Huber saßen, als ich angenommen hatte. Das habe ich erst begriffen, nachdem Huber Sie aus München verbannt hat – meinetwegen. Es tut mir leid. Einfach alles.«

Jakob nickte. »Ich weiß.« Er atmete tief durch und schloss die Augen. »Mir auch.«

»Sie sind kein herzloser Mensch. Im Gegenteil! Ich dachte wirklich, Sie und Herr Huber wären enge Freunde. Hätte ich gewusst, dass Sie unter ähnlichem Druck stehen wie wir, dann hätte ich niemals ...«

»Ich weiß«, unterbrach Jakob Annas Entschuldigung, beugte sich nach vorn und ergriff erneut Annas behandschuhte Hand, die er fest drückte.

»Und ich danke Ihnen für diese Worte. Doch all das ist jetzt zweitrangig. Liesi zählt.«

Er kniff die Augen zusammen und schickte ein Stoßgebet gen Himmel. Gott musste Liesi bewahren! Sie musste wieder gesund werden. Alles andere war im Moment unwichtig.

»Sie haben recht«, antwortete Anna mit erstickter Stimme.

Eine Zeit lang hörten sie nur das Rattern der Kutschenräder, das Ächzen der Achsen und das Säuseln des Windes. Jakob schloss die Augen und betete erneut um Gottes Beistand. Den würden sie benötigen, dessen war er sich sicher. Spätestens, wenn Georg erfuhr, dass Jakob ohne die Zustimmung Herrn Lochtalers und ohne verrichtete Arbeit die Bäckerei in Gilching verlassen hatte.

»Das Preisbacken findet übrigens in wenigen Tagen statt«, sagte Anna nach einiger Zeit.

Jakob seufzte. Daran wollte er nicht denken. Denn es erinnerte ihn stets an seinen Verrat, seine Sünden, die er niemals wiedergutmachen konnte.

»Jakob, hören Sie mir zu«, hörte er Annas energische Stimme, und als er den Kopf anhob, sah er in das ernste und verzweifelt wirkende Gesicht von Liesis Schwester. Noch nie zuvor hatte er sie so natürlich und echt erlebt. Kein falsches Lächeln, keine künstlich geröteten Wangen, keine rot glänzenden Lippen, selbst ihre sonst immerzu aufrechte Haltung wirkte eingefallen, als würde sie sich zum ersten Mal nicht darum scheren, wie sie nach außen wirkte. Trotz der Situation stahl sich ein Lächeln auf Jakobs Gesicht, da er augenblicklich an Liesi dachte. Liesi, die sich nie verstellt hatte. Liesi, die selbst in größter Gesellschaft all ihre Gedanken und Gefühle offen zur Schau stellte. Liesi, die wie ein Buch für ihn zu lesen war, leidenschaftlich und voll von Liebe. Wie unterschiedlich diese beiden Schwestern doch waren, dachte er und zuckte erschrocken zusammen, als Anna ihn erneut ansprach, diesmal noch lauter und energischer.

»Jakob Hofbauer! Ihnen ist bewusst, dass Liesi das Preisbacken gewinnen muss, oder? Das ist mit hoher Wahrscheinlichkeit die letzte Gelegenheit, für ihren Traum zu kämpfen. Wenn sie scheitert, dann …« Anna hielt inne und kniff die Augen zusammen. Jakob erkannte eine einzelne Träne, die über ihre Wange lief und die Anna ruppig mit dem Handrücken fortwischte, bevor sie fortfuhr. »Ich habe ihr alles genommen, Jakob.« Ihre Stimme klang erstickt, und ihr Körper bebte.

Jakob streckte die Hand aus und ergriff Annas zitternde Hand. »Wir beide haben schwerwiegende und falsche Entscheidungen getroffen, Anna. Ich weiß, was Sie fühlen, da es in meinem Herzen genauso aussieht. Aber noch haben wir nicht verloren. Noch hat Liesi die Gelegenheit, sich zu beweisen. Glauben Sie mir, Anna, sie wird es allen beweisen, welch grandiose Bäckerin sie ist.«

»Ich hoffe so sehr, dass Sie recht behalten werden.« Anna verzog den Mund zu einem verkrampften Lächeln, bevor sie sich abwandte, und Jakob atmete tief durch.

Noch während er in die dunkle Nacht hinausblickte, zwang er sich, seinen eigenen Worten Glauben zu schenken. Das nagende Gefühl von Zweifel durfte er nicht zulassen. Nicht jetzt, nicht hier. Liesi würde gesund werden und das Preisgeld gewinnen. An diesem Gedanken musste er festhalten. Auch wenn er schon bald eines Besseren belehrt werden würde …

46

»Und was machen wir nun?«

Anna klang genauso schwach, wie Jakob zumute war. Nur wenige Minuten zuvor hatten sie den Arzt verabschiedet, der ihnen ausführlich erklärt hatte, wie es um Liesis Gesundheit stand. Die ernüchternde Wahrheit war schrecklicher als ein Fausthieb mitten ins Gesicht, und Jakob wusste nicht, ob er schreien oder weinen sollte.

Liesi würde Ruhe benötigen. Und zwar nicht nur ein paar Tage, sondern wenn möglich ein paar Wochen. Selbst dann wäre es ungewiss, ob sie jemals wieder komplett gesund werden würde. Dies hatte der Arzt mehrmals und eindringlich erklärt. Denn neben ihrem Schwächeanfall litt Liesis Lunge an dem Rauch, den sie aufgrund der verbrannten Brote eingeatmet hatte. Eine fortführende Arbeit mit Mehlstaub würde ihre bereits bestehende Atemnot nur bedrohlich verschlechtern.

So lautete die düstere Diagnose. Jakob stöhnte auf und lehnte den Kopf gegen die Wand. Er saß Anna gegenüber auf der Eckbank und musste sich zwingen, sitzen zu bleiben, statt die Stufen nach oben zu springen, um an Liesis Bett auszuharren und ihre Hand zu halten. Sie benötigte Ruhe, diese Worte wiederholte er immerzu im Geiste, er musste ihr diese Ruhe gewähren.

»Jakob, was sollen wir tun? Das Preisbacken ist schon bald und ...«

»Wen interessiert das königliche Backen?«, unterbrach Jakob Annas Rede und schüttelte den Kopf. Ohne es zu wollen, füllten sich seine Augen mit Tränen, die er ignorierte, während er fortfuhr. »Sie wäre beinahe erstickt! Gestorben, aufgrund eines Schwächeanfalls! Sollen die anderen Bäckereien ihren Wettkampf bestreiten, es kümmert mich herzlich wenig!«

»Aber Liesi würde es kümmern!«, antwortete Anna, die nun ebenfalls weinte. Sie verbarg ihre Tränen genauso wenig wie er, stand auf und deutete mit einem Fingerzeig auf die angrenzende Backstube.

»Das Backen ist ihr Leben, Jakob. Es war alles, was sie immer wollte.« Anna verzog den Mund zu einem traurigen Lächeln, während sie unruhig durch die Stube lief. »Ich wollte immerzu mehr in meinem Leben erreichen. Einen besseren Stand, Selbstständigkeit, Freiheit, Ansehen. Ich wollte begehrt werden, wollte eine Frau sein, über die man spricht.«

Jakob lächelte matt, erinnerten ihn ihre Worte doch auf skurrile Art an Georg, dessen Ziele nahezu identisch erschienen.

»Aber Liesi kümmerte nichts davon. Sie war einfach glücklich, sobald sie in der Backstube stand. Sie benötigt keinen Luxus, kein Geld, kein Ansehen, Jakob. Aber sie braucht ihre Backstube.«

»Ich weiß«, antwortete Jakob und stand nun ebenfalls auf. »Aber ich weigere mich, ihre Gesundheit, ja, ihr Leben dafür aufs Spiel zu setzen, nur damit sie an diesem königlichen Wettstreit teilnehmen kann!«

Anna verschränkte die Arme vor der Brust und nickte verkniffen. Eine Zeit lang schwiegen sie beide, doch die Stille zwischen ihnen dröhnte laut und schmerzhaft in Jakobs Ohren.

»Sie wird einen Bäckermeister heiraten müssen, wenn sie ihren Traum weiterleben will«, sagte Anna schließlich, und die Worte waren nichts weniger als Dolchspitzen, die sich in Jakobs Herz bohrten. Er schloss die Augen.

»Ich weiß.«

»Sie werden sie gehen lassen müssen.«

»Ich weiß«, wiederholte er und ignorierte den Sturm, der in seinem Innersten tobte. Annas Worte entsprachen der Wahrheit. Er musste Liesi aufgeben.

Nur so konnte sie glücklich werden.

Er bemerkte erst, dass er bitterlich weinte, als er Annas Arme spürte, die sich um seine Schultern legten, während sie ihn in eine Umarmung zog.

»Es tut mir so leid, Jakob«, sagte sie mit zitternder Stimme, doch Jakob fühlte sich nicht in der Lage, zu antworten, also nickte er nur und krallte die Finger in Annas Schultern.

Er weinte um all seine Fehler, die er nicht mehr gutmachen konnte, er weinte um all das Leid, das er Liesi angetan hatte. Und er weinte um die Liebe, die er aufgeben musste. Um ihretwillen.

Nach einer gefühlten Ewigkeit löste sich Jakob aus Annas Umarmung. Er atmete zittrig durch, um sich zu beruhigen. Dann schenkte er Anna ein zaghaftes Lächeln.

»Dürfte ich dennoch ein paar Tage hierbleiben? Zumindest so lange, bis es Liesi wieder besser geht?«

Anna verdrehte die Augen und lachte. »Ich hätte Sie gescholten, wollten Sie uns jetzt verlassen«, antwortete sie und deutete mit einem Kopfnicken zur Tür. »Gehen Sie zu ihr. Das wird ihr guttun.«

Jakob bezweifelte, dass die Worte der Wahrheit entsprachen, dennoch kribbelte sein gesamter Körper allein bei Annas Erlaubnis, noch einmal zu Liesi zu gehen. Noch einmal ihre Hand zu halten, sie um Vergebung zu bitten.

Ihr Lebewohl zu sagen.

Daher nickte er und stand bereits an der Tür, als er erneut Annas Stimme hörte.

»Warten Sie, Jakob«, rief sie, und als er sich umdrehte, sah er ein unerwartetes Lächeln und ein dunkles Glitzern in ihren Augen.

»Mir kam gerade ein Gedanke. Er mag verrückt klingen, wenngleich nicht sogar wahnsinnig. Dennoch gäbe es eine andere Möglichkeit, Liesi zu helfen.«

Jakob betrachtete skeptisch Annas Grinsen, und doch konnte er das leise Gefühl von Hoffnung nicht verdrängen, während er sich zurück auf die Eckbank setzte und Annas Erklärung abwartete.

Die stellte sich zu ihm und sah ihn auffordernd an.

»Ich meine mich zu erinnern, dass Liesi Sie all ihr Wissen über das Backen gelehrt hat, nicht wahr?«

Plötzlich riss Jakob die Augen auf, denn er begriff, worauf Anna hinauswollte. Er schluckte. »Ich ... Ich weiß nicht«, stotterte er, doch Anna schüttelte den Kopf.

»Doch, das tun Sie. Und Sie werden für Liesi das Preisbacken gewinnen!«

47

Liesi

Liesi träumte.

Sie konnte sich gar nicht erinnern, wann sie zuletzt geträumt hatte. Und doch genoss sie das Gefühl von Wärme, das sie umschmeichelte, während Jakob in ihren Träumen ihre Hand hielt, sie ganz sacht an seinen Mund führte und küsste. Sie genoss das kribbelnde Gefühl, das sie immer empfand, wenn sie seiner dunklen Stimme lauschte, selbst wenn sie den Inhalt der Worte nicht verstand. Immerhin handelte es sich um einen Traum, da mussten Worte keinen Sinn ergeben. Liebe durchflutete sie, und Liesi wollte dieses Gefühl festhalten, ja sie wollte nie wieder erwachen, solange sie diese Wärme behalten konnte.

Warum sollte sie auch in ihr wahres Leben zurückkehren wollen, wo dort nichts weiter als Krankheit, Leid und Einsamkeit auf sie wartete?

Nein, sie wollte hierbleiben. Bei Jakob, der sich nun ihrem Gesicht näherte, ihr die Haare aus der Stirn strich, um sie dort zu küssen. Wie ein Flügelschlag eines Schmetterlings fühlten sich seine Lippen an, weich, zart und wunderschön.

»Ich liebe dich, Elisabeth Gmeiner. Ich liebe dich von ganzem Herzen«, hörte sie seine warme und dunkle Stimme, und Liesi seufzte genüsslich auf. Dieser Traum sollte ewig währen!

»Und ich werde dich immer lieben, selbst wenn ich dich gehen lassen muss. Selbst wenn du einem anderen Mann gehören wirst.«

Liesi wiederholte Jakobs Gedanken im Geiste und stutzte. Wieso sollte sie davon träumen, dass Jakob von einem anderen Mann sprach?

»Für mich wird es immer nur dich geben, Liesi. Immer.«

Die letzten Worte klangen gepresst, nahezu verzweifelt, und Liesi wunderte sich, wie sich ihr Geist all diese Tonlagen Jakobs ausdenken konnte, obwohl sie noch nie zuvor solche Worte aus seinem Mund gehört hatte. Außerdem gefiel ihr die Wendung des Traums absolut nicht. Sie wollte zurückkehren zu einem Jakob, der sie küsste, der sie liebte, der glücklich wirkte.

Sie kniff die Augen zusammen und drehte sich zur Seite, in der Hoffnung, auf diese Weise erneut das Liebesbekenntnis hören zu können.

Stattdessen füllten sich ihre Lungen mit brennendem Rauch, als sie einatmete, und ihr Körper zog sich, wie so oft in letzter Zeit, schmerzhaft und krampfend zusammen. Sie hörte ihren eigenen rasselnden und pfeifenden Atem, sie spürte die Luft, die wie Feuer durch ihre Luftröhre zu wandern schien und doch niemals ausreichte, niemals die Lungen füllte.

»Atme ruhig, Liebes«, hörte sie Jakobs Stimme.

Träumte sie erneut? Doch das war unmöglich. Oder träumte sie nun schon von ihrer eigenen Atemnot?

»Ganz ruhig. Einatmen und ausatmen.«

Sie spürte eine warme, große Hand auf ihrer Brust, der sanfte Druck wirkte tatsächlich beruhigend, und das Krampfen ihres Körpers ließ allmählich nach.

Erst nach einigen weiteren Atemzügen erlaubte sie sich, die Augen zu öffnen. Sie musste sich in der Kammer ihres Vaters befinden, sie erkannte das dunkle Regal, das kleine Fenster und den Schreibtisch, der am Bettende stand.

Als sie den Kopf drehte, stockten alle ihre Gedanken.

Jakob saß dort, direkt neben ihrem Kopf. Es war seine Hand, die noch immer beruhigend und warm auf ihrer Brust lag, während die andere Hand über ihren Kopf strich und ein wohliges Kribbeln hinterließ. Sie sah sein sanftes Lächeln, die kleine Kerbe an seinem Kinn, die widerspenstige Locke, die ihm immerzu in die Stirn fiel. Er sah wunderschön aus. Genau wie der Jakob, von dem sie eben geträumt hatte.

Plötzlich riss sie sich von ihm los und versuchte, sich aufzusetzen.

»Jakob?«, fragte sie, wurde jedoch von einem neuen Hustenkrampf unterbrochen. Ihre Lungen rasselten, und Tränen verschleierten die Sicht auf Jakob und ihre Umgebung.

»Du musst nicht sprechen, Liesi. Bitte, beruhige dich.«

Jakob wiederholte diese Worte, während er sie mit gezielten Handgriffen zurück in eine liegende Position brachte. Dennoch überschlugen sich Liesis Gedanken förmlich. Was machte er hier? Wieso half er ihr? Und hatte sie diese Worte eben gar nicht geträumt? Aber wieso sollte er ihr seine Liebe gestehen und sie gleichzeitig aufgeben? Das ergab keinen Sinn!

»Liesi, du musst ruhig atmen«, wiederholte er langsam, und Liesi versuchte, zu gehorchen. Sie konzentrierte sich auf das Gefühl seiner Handfläche, auf das sanfte Kribbeln, das seine Wärme erzeugte, und atmete langsam aus.

Endlich ließ das Brennen nach, und sie erlaubte sich, ein weiteres Mal zu Jakob zu sehen.

»Du bist hier«, sagte sie heiser.

Jakob nickte. »Das bin ich.«

Er schenkte ihr ein warmes und weiches Lächeln, das direkt in ihr Herz wanderte. Der Blick seiner Augen versprach Liebe. Und doch verstand sie es nicht.

»Warum?«, fragte sie daher, obwohl sie so viel mehr fragen wollte. *Warum bist du hier? Warum hältst du mich? Warum fühle ich mich so geborgen in deiner Nähe? Sollte ich nicht wütend sein?* All diese Gedanken formten sich drängend in ihrem Kopf und verließen doch nicht ihre Lippen.

Jakob seufzte leise. »Ach, Liesi, wo sollte ich sonst sein?«

Liesi lächelte. Diese Worte, kombiniert mit Jakobs liebevollem Blick und seinen zärtlichen Berührungen, beantworteten schlagartig alle Fragen, die kurz zuvor unruhig durch ihren Geist geflogen waren. Nein, sie verstand.

Liebe.

Dies war Jakobs Antwort. Und sie genügte.

Langsam und zittrig streckte sie eine Hand aus und verschlang die Finger mit seinen.

»Könntest du«, begann sie mit rasselndem Atem und atmete ein paar Mal tief durch, bevor sie fortfuhr. »Könntest du wiederholen, was du ganz am Anfang zu mir gesprochen hast? Bitte?«

Inzwischen war sich Liesi sicher, dass sie die Worte nicht geträumt hatte, dennoch würde sie Jakob liebend gern in die Augen sehen, wenn er sie erneut sagte. Sie wollte sein Lächeln betrachten, die roten Wangen, das Glänzen in seinen Augen. Alles.

Jakob schmunzelte und zog ihre verschlungenen Hände an seinen Mund, bevor er jeden einzelnen ihrer weiß hervortretenden Fingerknöchel küsste.

»Ich liebe dich, Elisabeth Gmeiner. Ich liebe dich von ganzem Herzen. Und ich werde dich immer lieben.«

Liesis Augen füllten sich erneut mit Tränen, doch diesmal nicht aufgrund des Brennens in ihrer Lunge oder Angst und Sorge, wie ihr Leben weiterginge. Nein, sie füllten sich mit Tränen voller Dankbarkeit und Liebe. »Und ich liebe dich, Jakob Hofbauer. Immer.«

Liesi beobachtete Jakob, der die Lippen aufeinanderpresste und für einen kurzen Moment die Augen schloss, bevor er ihr ein gequältes Lächeln schenkte, das völlig anders wirkte als das wenige Sekunden zuvor.

»Was ist?«, fragte sie und ignorierte das unerträgliche Brennen in ihrem Körper.

Jakob seufzte. »Ich habe deine Liebe gar nicht verdient.«

Liesi rappelte sich nun doch vorsichtig auf und berührte mit zittrigen Gliedmaßen Jakobs Gesicht. Ganz langsam zog sie ihn an sich heran, sodass sich ihre Nasenspitzen beinahe berührten. »Das obliegt zum Glück nicht deiner Entscheidung, sondern meiner«, antwortete sie zittrig, aber dennoch bestimmt. Anschließend küsste sie ihn.

»Bleibst du bei mir?«, fragte sie kurze Zeit später, nachdem ihre Kräfte erneut nachgelassen hatten und sie zurück ins Bett gesunken war.

Jakob hatte sie zugedeckt, ohne ihre verschlungenen Finger zu lösen, und nickte nun. »Immer.«

48

Jakob

Seit Stunden wanderte Jakob in der Backstube umher und versuchte, sich Mut zuzusprechen. Die Selbstzweifel schwebten wie Messers Schneide über seinem Kopf, und Annas ungeduldige Fragerei führte nicht dazu, dass er sich besser fühlte.

Wie gern wäre er einfach neben Liesi im Bett liegen geblieben, hätte ihrem rasselnden Atem gelauscht, während sie schlief. Wie gern hätte er immerzu ihre Schläfe berührt, die sanften und spröden Lippen geküsst und die Wärme ihres Körpers dicht neben seinem genossen. Sie war schwach, das spürte er. Dennoch erkannte er unter all ihrem Leid und den Schmerzen, die sie quälten, ihren Kampfgeist, den unglaublichen Lebenswillen und Mut, sich allem zu stellen, was auch kommen mochte. Er bewunderte sie, ja, er begehrte und liebte sie mehr denn je. Und er wollte ihr niemals von der Seite weichen.

Doch dafür musste er dieses Preisbacken gewinnen. Mit dem Geld könnte Liesi ihren Eintritt in die Zunftgesellschaft bezahlen, sie könnte mit seiner Unterstützung die alten Meister dazu überreden, sie als vollwertiges Mitglied zu betrachten. Sie könnte womöglich die Bäckerei zurückerlangen, und vielleicht könnten sie beide sogar heiraten.

All das wäre möglich.

Doch dazu musste er gewinnen.

Dazu musste er sich an Liesis Rezept erinnern und das Brot backen, von dem ganz Sendling und inzwischen auch Pasing schwärmte. Natürlich wussten Jakob und auch Anna, dass sein einstiger Freund und nun Konkurrent Georg Huber ebenfalls dieses Brotrezept verwenden würde, um das Preisbacken zu gewinnen, was die eigene Gewinnchance deutlich verminderte. Doch es war das einzige Rezept, das Jakob so verinnerlicht hatte, um es auch ohne Liesis Hilfe nachbacken zu können. Und sie mussten es ohne Liesis Unterstützung schaffen – auch hier waren sich die beiden einig. Liesi würde vermutlich längst selbst in der Backstube stehen, sähe sie nun Jakobs Unsicherheit. Nein, er durfte sie nicht um Rat bitten. Sie benötigte Ruhe. Jakob würde ihr beliebtes Brot nachbacken. Er kannte das Rezept auswendig – bis ins kleinste Detail. Eigentlich.

Liesis Zukunft lag in seinen Händen, die gerade schlimmer zitterten als Espenlaub.

»Herrschaftszeiten, Jakob! Konzentrieren Sie sich!«

Jakob zuckte zusammen, als Anna einen Krug Wasser lautstark auf die Arbeitsplatte donnerte. Sie trug bereits Liesis Bäckergewand, das aufgrund ihrer deutlich unterschiedlichen Körperproportionen viel zu eng war und aussah, als hätte jemand den Stoff auf ihre Haut geklebt. Trotz der amüsant wirkenden Kleidung strahlte Anna wie eh und je eine Dominanz aus, die Jakob einschüchterte, selbst wenn er inzwischen wusste, dass hinter ihrer harten Schale ein äußerst weicher und mitfühlender Kern saß. Besonders, wenn es um ihre Schwester ging.

»Sie wissen, welche Konsequenzen für uns alle folgen, wenn Sie weiterhin nur stumm und regungslos in der Backstube stehen, oder?«

Annas Stimme bebte vor Zorn und Ungeduld, und Jakob verkniff sich ein Augenrollen und nickte stattdessen.

»Denken Sie, ich habe mit Absicht das Rezept vergessen?« Er rieb sich die Augen und atmete tief durch, in der Hoffnung, das lähmende Gefühl der Angst irgendwie vertreiben zu können.

»Wir benötigen zunächst den Vorteig, der einen Tag Ruhe benötigt. Wie ... wie viel Zeit haben wir?«, fragte er, obwohl er selbst die Antwort kannte.

Anna seufzte. »Die Brote müssen morgen Mittag im Schlosspark Nymphenburg ausgelegt werden. Das Kronprinzenpaar wird dort am frühen Nachmittag erwartet.«

Jakob schloss die Augen. Das war zu wenig Zeit, um den Teig ausreichend ruhen zu lassen. Augenblicklich erinnerte er sich an Liesis Worte, die sie ihm einst mitten in der Nacht ins Ohr geflüstert hatte: *»Die Zauberzutat für das perfekte Brot lautet Zeit, liebster Jakob.«* Sie hatte die rohen Teiglinge liebevoll zugedeckt, als handelte es sich um zarte Lebewesen. *»Jeder Arbeitsschritt muss in Ruhe geschehen. Gutes Brot benötigt viel Geduld, doch sie wird sich immer lohnen.«* Im Anschluss an diese Worte hatte sie Jakob an sich gezogen und ihn leidenschaftlich und ungestüm geküsst. Vergessen war die Zärtlichkeit, die sie kurz zuvor beim Backen gezeigt hatte. Nein, Liesi konnte alles sein, zärtlich und wild, geduldig und impulsiv. Jakob betrachtete die Arbeitsfläche und schmunzelte allein bei der Erinnerung daran, wie sie ihm dort das Hemd ausgezogen und es achtlos zu Boden geworfen hatte. Wenn er nur die Augen schloss, spürte er erneut Liesis Oberschenkel, die sich fest um seine Hüften schlangen, nur um ihn noch näher an sich zu pressen. Er hörte ihr Seufzen, ihr Stöhnen, ja, sogar ihr Lachen, als Jakob aus Versehen eine Schüssel voller Mehl über ihren Köpfen ausgeleert hatte und sie beide im Anschluss weiß wie Gespenster waren.

»Zum Kuckuck, Jakob! Jetzt sammeln Sie Ihre Gedanken und helfen mir, dieses verfluchte Brot zu backen!«

Wut genügte gar nicht, um Annas Gefühlsäußerung zu beschreiben. Zu Recht.

Jakob schüttelte all die wunderschönen Erinnerungen an Liesi ab und ergriff den Sack Mehl.

»Für einen Vorteig reicht die Zeit nicht mehr. Also müssen wir versuchen, den Teig auf andere Weise herzustellen. Ich benötige lauwarmes Wasser, bitte stellen Sie den Krug Wasser auf den Ofen, um ihn zu erwärmen. Im Anschluss benötige ich Hefe. Himmel! Ich hoffe, es existiert noch ein angerührter Sauerteig!«

Jakob hatte es endlich geschafft, seine Ängste für einen kurzen Zeitraum zu verdrängen und sich stattdessen auf die Arbeitsschritte zu konzentrieren, die Liesi ihm immer und immer wieder erklärt hatte.

Er öffnete das kleine Türchen neben dem Ofen und verzog das Gesicht zu einer traurigen Grimasse, als er die letzten Überreste von Liesis Sauerteig betrachtete.

Er wirkte grau und bröselig und roch grauenvoll. Nein, dies konnte definitiv nicht mehr verwendet werden, sollte er das Brautpaar nicht vergiften wollen!

Jakob biss die Zähne zusammen und lief nachdenklich durch die Backstube. Die Hefe sah, ähnlich wie der Sauerteig, ungenießbar und verdorben aus. Wie sollte er ein köstliches Brot herstellen, wenn er auf jegliche Gärprodukte verzichten musste? Hätte er sich doch nur ein paar Tage früher um die Backstube gekümmert, dann hätte er zumindest in der nächsten Brauerei um Bierhefe bitten können. Doch dafür fehlte nun die Zeit.

Er öffnete den hölzernen Deckel der Backmulde und betrachtete das noch nicht angerührte Mehl darin. Dann schüttelte er den Kopf. »Das ist nicht möglich«, sagte er an Anna gewandt. »Wir haben keinerlei Zutaten für einen knusprigen Bauernlaib.« Er seufzte leise, während er die Haare hinters Ohr strich. »Selbst wenn wir unser Bestes gäben, es würde nicht genügen.«

Anna lehnte sich gegen die Backmulde und musterte Jakob schweigend. Dann plötzlich lächelte sie schwach. »Vater hat uns früher, als wir noch kleine Kinder waren, immer kleine Teigfladen gebacken. Aus Mehl, Salz und Wasser. Mehr benötigte er dazu nicht.« Sie schloss die Augen, als würde sie in ihrer Erinnerung schwelgen. »Sie schmeckten so köstlich! Liesi belegte ihre Fladen immer herzhaft mit Speck und Schmand, während ich die süße Variante mit Zwetschgen- oder Apfelmus bevorzugte.«

Jakob nickte, denn er war selbst einmal in den Genuss

gekommen, diese Art von Fladen zu kosten. Er schmeckte grandios.

»Aber es handelt sich hierbei nicht um Brot, schon gar nicht um einen möglichen Hochzeitskranz«, sprach er seinen zweifelnden Gedanken aus, und Anna nickte.

»Es wäre besser als nichts, oder?«

Jakob fuhr sich mit den Händen über die Augen und seufzte ein weiteres Mal. Annas Idee klang haarsträubend und verrückt. Doch angesichts der Tatsache, dass sie keinerlei Hefe oder Sauerteig übrig hatten und für Liesis typisches Landbauernbrot die Zeit fehlte, war dies die einzige mögliche Alternative.

Er nickte ein paarmal und ignorierte die dunkle Vorahnung und Sorge, damit alles zu verlieren. Stattdessen reichte er Anna die Hand und schenkte ihr ein klägliches Lächeln. »Dann soll es so sein. Lassen Sie uns Fladenbrote backen!«

49

Am Tag der Verkostung zeigte sich der Herbst von seiner schönsten Seite. Die Sonne tauchte den Schlosspark in warme und goldene Farben. Der Springbrunnen, der in der Mitte des Sees angebracht war, glitzerte, als bestünde das Wasser aus Tausenden Diamanten, die immerzu in das türkisblaue Wasser perlten. Chrysanthemen und Astern leuchteten in sattem Gelb und Violett und rahmten diesen Garten in perfekter Symmetrie ein, während eine Allee aus Ahornbäumen die verschiedenen Pfade in leuchtende Herbstfarben von dunklem Rot über Orange bis hin zu vereinzelten grünen Sprenkeln tauchte.

Jakob sowie seine Schwester und auch der kleine Fritz kamen aus dem Staunen nicht heraus, während sie in feinster Festtagskleidung und Zunfttracht durch den Park liefen. Eine Blaskapelle stellte sich gerade in dem kreisrunden Zentrum auf, das eine wunderbare Aussicht auf das Schloss Nymphenburg bereitete. Dort standen reihum festlich eingedeckte Tische der verschiedenen Bäckereien aus sämtlichen Stadtteilen Münchens. Meister und Gesellen sowie deren Familienmitglieder positionierten ihr Festtagsbrot, schnitten es in kleine Häppchen, fein dekoriert mit den unterschiedlichsten Beilagen. Jakob erkannte fruchtige Aufstriche, klein geschnitztes Obst, deftige Käsecremes und Wurst. Dennoch stand überall das Hochzeitsbrot, fast ausschließlich in unterschiedlichen Kranzformen gebacken, im Vordergrund.

Allein der Anblick der zauberhaften Backwaren hinterließ bei Jakob sowohl ein wohliges Magenknurren als auch schreckliche Übelkeit. Niemals hatten er und Anna auch nur den Hauch einer Chance, zu gewinnen.

Sie beide hatten die gesamte Nacht in der Backstube gestanden, hatten Teigfladen ausgerollt, wieder weggeworfen, weil er viel zu salzig geworden war. Dann hatten sie zu viel Wasser verwendet, im Anschluss zu viele Klumpen im Teig erzeugt, die sich nicht mehr verrühren ließen. Der vorletzte Teig, den sie in den frühen Morgenstunden geknetet hatten, war endlich gelungen, doch letztendlich im Ofen verbrannt, der für diese Art von Gebäck viel zu heiß angefeuert worden war.

Die Nacht war katastrophal gewesen, und das Ergebnis waren drei jämmerliche Brotfladen, die Anna direkt vor Ort zumindest optisch passabel präsentieren wollte. Doch Jakob bezweifelte, dass dies helfen würde. Selbst wenn sie den schönsten Tisch Münchens und die leckersten Käse- und Wurstsorten mit anbieten würden – was sie nicht taten –, war es immer noch ein einfaches Fladenbrot. Ein Brot, das an einigen Stellen schwarz und an anderen immer noch zu weich gebacken war, da Jakob noch nie zuvor mit den Rollhölzern gearbeitet hatte und weder Anna noch er eine Ahnung davon hatten, wie sie einen gleichmäßig dünnen und optisch ansehnlichen Fladen hinbekamen. Ein Brot, das die Ärmsten aller Armen schon vor Jahrhunderten gegessen hatten – vollkommen ungeeignet für ein königliches Brautpaar!

»Oh, Onkel, diese Musik klingt so wunderbar!«, rief Fritz in seiner kindlichen Begeisterung, und Jakob lächelte beim Anblick seines Neffen. Seine Mütze saß etwas schief auf dem Kopf, und das Hemd, das Ziska erst wenige Wochen zuvor für ihn genäht hatte, schien bereits viel zu klein, sodass es nicht einmal ansatzweise die Handknöchel bedeckte. Die Weste hatte er ebenfalls aufgeknöpft gelassen. Dennoch schien das Fritz kein bisschen zu stören. Der Glanz in seinen Augen, das selige Lächeln zeigte Jakob, wie glücklich er war.

Jakob streckte den Arm aus und legte liebevoll eine Hand auf Fritz Schultern. »Das ist sie in der Tat«, antwortete er viel zu spät seinem Ausruf und lauschte nun selbst den pompösen Marschklängen der Blechbläser.

»Sieh an, wer sich tatsächlich erdreistet, hier aufzutauchen«, unterbrach eine allzu bekannte Stimme die friedliche Atmosphäre.

Jakob drehte sich zur Seite und schenkte Georg ein verkrampftes Lächeln. Seit seiner Flucht aus Gilching hatte er den Kontakt zu ihm vermieden. Er wusste, dass seinen Taten Konsequenzen folgen würden, und rechnete damit, sich in naher Zukunft eine neue Arbeitsstelle suchen zu müssen. Georg würde niemals akzeptieren, dass Jakob sich geweigert hatte, seine Aufträge auszuführen, um stattdessen Liesi und Anna zu helfen. Das wusste Jakob. Doch er hatte diese Entscheidung getroffen, und sogar Ziska, die die letzten Jahre von seinem Geld abhängig gewesen war, akzeptierte, nein, unterstützte seine Meinung. Erst heute Morgen hatte sie ihm berichtet, dass sie selbst um eine Anstellung als Näherin bei der bayerischen Wehrmacht bitten wollte. Aufgrund ihres verstorbenen Mannes, der als Soldat für das bayerische Königreich gedient hatte, konnte Ziska auf genügend Kontakte zurückgreifen, um möglichst bald eine finanziell sichere Arbeitsstelle zu erhalten, indem sie Uniformen nähte. Dies jedenfalls hatte sie ihm versichert und im Zuge dessen noch einmal bestätigt, dass er richtig gehandelt hatte. Was er nun, direkt vor Georgs Angesicht, kurzzeitig bezweifelte.

Georg trug wie immer einen eleganten dunkelbraunen Frack mit modisch weißer Krawatte, die in aufwendigen Knoten wellig seine stolze Brust betonte. Den Zylinder tief über die Stirn gezogen, erkannte Jakob nur das dunkle Glitzern seiner Augen, die ihn mit einer Mischung aus Verachtung und Wut musterten, während er sich auf den aufwendig geschnitzten Gehstock stützte und den Löwenkopf, der den Griff darstellte, fest umklammerte.

Jakob straffte die Schultern und nickte ihm zu.

»Ich wüsste nicht, wieso ich nicht hier sein sollte.«

Georg schnaubte. »Und ich glaubte wahrhaftig daran, dass du ein Mann mit Verstand wärest. Wie sehr man sich doch in einem Menschen irren kann«, sagte er und deutete mit einem Nicken auf die Verköstigungsstände. »Dir ist bewusst, dass dieser teigähnliche Unfall, den deine angebliche Liebste gebacken hat, eine Beleidigung für das Königshaus darstellt, oder? So etwas sollte man nicht einmal den königlichen Schweinen zum Fraß vorwerfen!«

Jakob schluckte. Zum einen, weil er Anna, die ihre kläglichen Fladenbrote mitbringen und liebevoll anbieten wollte, erst später erwartete. Sie waren in den frühen Morgenstunden auseinandergegangen, um sich zu waschen und umzukleiden und später direkt im Schlosspark wieder zu treffen. Und er hatte sie bisher noch nicht gesehen. Zum anderen, da Georgs Worte zu seinem Leidwesen der Wahrheit entsprachen – ausgenommen die Tatsache, dass nicht Liesi, sondern Jakob die königliche Beleidigung gebacken hatte.

»Wir werden sehen«, antwortete Jakob und versuchte, einen überzeugten Gesichtsausdruck vorzutäuschen. Vor Georg würde er definitiv nicht sein Scheitern zugeben. Und noch war nicht alles verloren.

»Jetzt muss ich mich leider entschuldigen. Fräulein Anna wartet gewiss schon auf mich.«

Mit diesen Worten deutete er Ziska und Fritz an, ihm zu folgen, und ließ Georg ohne ein weiteres Wort der Verabschiedung stehen.

Wer wusste es, vielleicht gelang es Annas Talent, die Brote zumindest optisch hübsch aussehen zu lassen, sodass sie doch noch eine Chance hatten, den Preis zu gewinnen?

Vielleicht war ihnen Gott gnädig und würde noch Wunder geschehen lassen?

Jakob schloss für einen kurzen Augenblick die Augen und schickte ein Stoßgebet in den Himmel. Denn Gottes Beistand hatten sie mehr als dringend nötig!

Als er den Stand der kleinen Sendlinger Bäckerei entdeckte, blieb er abrupt stehen und fühlte nur noch das Klopfen seines Herzens.

Wie in Trance starrte er zu dieser wunderschönen Frau, die in aufrechter Haltung auf einem Stuhl schräg hinter dem hübsch dekorierten Tisch saß. Sie trug ein himmelblaues Kleid, das direkt unterhalb ihres Dekolletés mit einem dunkelblauen Band zusammengerafft war und darunter wie ein Wasserfall zu Boden fiel. Jakob erkannte kleine violette Blumen, die sowohl in ihrem Ausschnitt als auch in ihrem geflochtenen Haar eingearbeitet waren. Mit einem Mal fühlte sich sein Mund staubtrocken an. Diese Frau, die eigentlich im Bett liegen sollte, raubte ihm den Atem. Von weiter Ferne hörte er die Blasmusik, die die Ankunft des Brautpaares verkündete. Aus dem Augenwinkel erkannte er, wie sich sämtliche Zunftbrüder erhoben und die Augen auf das Paar richteten. Er hörte Jubelrufe und Lobeshymnen, Ausrufe, die die Schönheit der Prinzessin besangen. Und doch hatte er nur Augen für sie.

Seine wahre Prinzessin.

Seine Liebe. Sein Ein und Alles.

»Liesi?«, fragte er mit belegter Stimme. »Was um Himmels willen machst du hier?«

50

Liesi

Ihr gesamter Körper kribbelte allein dadurch, dass er sie ansah. Selbst aus dieser Entfernung erkannte sie das dunkle Glänzen in seinen Augen, das sanfte Lächeln, das seine Mundwinkel umspielte. Liesi war nicht in der Lage, den Blickkontakt abzubrechen. Selbst als alle anderen sich erhoben, um dem Prinzenpaar zuzujubeln, konnte sie nicht wegsehen.

Jakob zählte.

Denn er war hier. Bei ihr. Und das genügte.

»Du solltest im Bett liegen«, sagte Jakob weiter und ergriff ihre Hand, die er sanft an seine Lippen führte. Kurz darauf berührte er ihre Stirn, und Liesi erkannte eine Sorgenfalte zwischen seinen Augenbrauen.

Liesi lächelte. »Es geht mir gut«, antwortete sie leise. Ihre Stimme klang noch immer heiser, und gewiss würde es noch Wochen dauern, bis sie wieder komplett gesund werden würde, doch dieses Ereignis hätte sie sich selbst mit hohem Fieber nicht entgehen lassen wollen!

Sie erkannte Jakobs Schwester, die dicht hinter ihm stand, und streckte ihr freundlich die Hand entgegen. »Ich freue mich so sehr, Sie endlich kennenzulernen«, begann sie und erkannte dasselbe feine Lächeln, das auch Jakobs Gesicht zierte.

Franziska befahl ihrem Sohn, sich höflich vorzustellen, und Liesi kicherte, als dieser unbeholfen über seine eigenen Beine stolperte. Jakobs Schwester schimpfte lautstark, zog ihn aber gleichzeitig in eine liebevolle Umarmung, was Liesi erneut zum Schmunzeln brachte. Als sie kurz darauf zurück zu Jakob sah, schluckte sie.

Liebe. Genau das verriet sein Blick, der sich mit ihrem verhakte.

»Und das ist euer königliches Hochzeitsbrot?«, fragte Franziska weiter und betrachtete die ausgelegten Fladenteilchen, die Anna vor wenigen Minuten mit unterschiedlichen Kräuteraufstrichen, Honig und Fruchtstückchen verziert hatte.

Jakob seufzte, und Anna stöhnte verzweifelt auf.

»Sagen Sie nichts«, sagte Anna und verdrehte die Augen. »Wir wissen selbst, wie kläglich das aussieht.«

Franziska zuckte mit den Schultern und deutete erneut auf Fritz. »Ich bin mir sicher, mein Sohn würde diese Fladen all den anderen Broten vorziehen, nicht wahr?« Sie lachte. »Sie sehen köstlich aus.«

Jakob grummelte irgendetwas, das sich wie »Lügnerin« anhörte, und Liesi streckte die Hand nach ihm aus.

»Sei nicht so streng mit dir. Ich bin überzeugt davon, dass sie hervorragend schmecken werden.«

Jakob verzog das Gesicht zu einem kläglichen Lächeln, scheiterte jedoch. Stattdessen erkannte sie nun einzelne

Tränen in seinen Augen, während er sich zu ihr niederkniete und ihre Hände ergriff. »Mir fehlen die Worte dafür, wie sehr es mir leidtut, dass wir nicht mehr geleistet haben. Ich nahm dir die letzte Möglichkeit, deinem Traum zu folgen. Unserem Traum zu folgen.«

Liesi zwinkerte ein paarmal und ignorierte ihre eigenen Tränen, die über ihre Wange perlten. Sie atmete zittrig durch und nickte ihm zu. »Und doch hast du alles versucht und dein Bestes gegeben. Dafür werde ich dir auf ewig dankbar sein.«

Jakob presste die Lippen aufeinander und nickte schwach. Sie wusste aus einem Gespräch, das sie vor wenigen Tagen mit Anna geführt hatte, was er und sie im Falle ihres Scheiterns planten. Sie wusste, dass Jakob bereit war, Liesi gehen zu lassen, damit sie als Bäckerin arbeiten konnte. Dass Liesi sich einen Bäckermeister als Ehegatten suchen sollte, um ihrer Leidenschaft bis zum Ende ihres Lebens nachgehen zu können.

Nur wusste sie nicht, ob es auch dem entsprach, was sie wirklich wollte. War sie wirklich bereit, Jakob um des Backens willen aufzugeben? Hätte sie denn eine glückliche Zukunft, würde sie sich gegen ihn entscheiden?

Doch wie sähe die Zukunft aus, würde sie sich für Jakob entscheiden? Wusste sie doch, dass sein aktuelles Gehalt kaum genügte, um für sich, seine Schwester und ihren Sohn zu sorgen. Was würde geschehen, wenn Liesi und möglicherweise das eine oder andere Kind dazukämen?

All diese Gedanken hatten Liesi in den letzten Tagen schlaflose Nächte bereitet, da sie tief in ihrem Innersten wusste, dass es für Jakob und sie keine gemeinsame Zukunft geben würde.

Der Gewinn des königlichen Backens wäre tatsächlich die letzte Möglichkeit, zusammen glücklich zu werden, und Jakobs Zweifel daran waren durchaus berechtigt, wenn sie diese unförmigen Fladen betrachtete. Niemals würden sie damit auch nur in die engere Auswahl des Gewinns kommen.

Doch Liesi verdrängte all die Gedanken, was dies für ihre Zukunft bedeuten würde. Stattdessen konzentrierte sie sich auf den Moment. Sie hatte es geschafft, ihr Bett zu verlassen, ohne vor Schwindel erneut in Ohnmacht zu fallen. Sie hatte es gemeinsam mit Anna geschafft, sich anzukleiden und die Treppe ihres Hauses nach unten zu gehen.

Sie hatte es bis hierher geschafft und saß nun neben Jakob, dem Mann, dem ihr Herz gehörte. Das allein zählte. Im Moment war sie genau dort, wo sie sein wollte – an der Seite Jakobs.

Daher ergriff sie ein weiteres Mal seine Hand und schenkte ihm ein ehrliches Lächeln.

»Danke für alles.«

Jakob erwiderte den Händedruck und nickte schwach. Allerdings verstand sie seine Antwort nicht mehr, da immer mehr Menschen in ihre Richtung liefen.

Liesi richtete sich in ihrem Stuhl auf und erkannte von Weitem eine ganze Traube von Menschen in edlen Roben und Kleidern – der gesamte Adel aus München schien anwesend zu sein, um das Brautpaar zu begleiten. Liesi hatte nicht einmal die kleinste Möglichkeit, einen Blick auf den

Prinzen oder die Prinzessin zu werfen, dennoch hörte sie eine dunkle und laute Stimme, die sich lobend über das Brot ihres Nachbarstandes äußerte.

Es folgten unzählige Dankesreden, bevor sich die Masse an Menschen träge weiterbewegte.

Liesi beobachtete Anna, die plötzlich aschfahl wurde und sich mehrmals bekreuzigte, am Saum ihres Kleides herumzupfte und ihre perfekte Frisur kontrollierte.

»Herr, steh uns bei«, murmelte sie und schenkte Jakob, der nun schräg vor Liesi stand, ein nervöses Lächeln.

Als der Adel direkt vor ihrem Tisch zum Stillstand kam, hielt Liesi den Atem an und knotete die Finger ineinander. Der königliche Hofbäcker trat hervor und nahm das kleine Namensschild, das Anna kurz zuvor aufgestellt hatte, in die Hand.

»Wenn ich vorstellen darf, Hoheit – die Bäckerei Gmeiner aus dem Bezirk Sendling.«

Augenblicklich verbeugten sich Anna, Jakob und seine Schwester, und auch Liesi senkte den Kopf, bevor sie wagte, einen Blick auf das Brautpaar zu werfen.

Allerdings stand Jakob nun direkt vor ihr und verdeckte den Großteil, sodass sie nur das edle Gewand und einen Teil des Gesichts von Prinz Ludwig erhaschen konnte, der nun aus der Menge hervortrat und das Gebäck musterte.

»Eine äußerst spezielle Darbietung«, sagte er mit amüsierter Stimme, und Liesi ignorierte das hämische Kichern der anderen Adelsmitglieder, die hinter ihm standen.

»Nun, dieses Brot soll Eure herzliche Verbindung zum gesamten Volk darstellen, Königliche Hoheit. Euer Mitgefühl und Eure Nähe selbst zu den Ärmsten des Landes ist weit bekannt, genau wie die Eures Vaters, unserer königlichen Majestät. Dieses Brot soll Eure solidarische Nächstenliebe ausdrücken und dennoch mit königlichen Aufstrichen serviert werden.«

Liesi verkniff sich ein Lächeln, während sie der Erläuterung ihrer Schwester lauschte, die sich im Anschluss ein weiteres Mal verbeugte, bevor sie dem Prinzenpaar einen Teller mit der Kostprobe reichte. Die Worte entsprachen durchaus der Wahrheit, da vor allem König Maximilian der Erste gerade wegen seiner Volksnähe bei Münchens Bewohnern überaus beliebt war. Und auch über Prinzessin Therese von Sachsen-Hildburghausen wurde Ähnliches berichtet. Dennoch wäre Liesi niemals auf die Idee gekommen, diese unförmigen und ungleich ausgebackenen Fladenbrote mit der königlichen Nächstenliebe zu vergleichen.

Liesi rückte ihren Stuhl ein wenig zur Seite und beobachtete nun gespannt die Reaktion des Prinzen, während er sich das Fladenbrot in den Mund schob.

Er kaute und kaute und kaute und …

»Bei aller Liebe zum Volk! Ich habe in den einfachsten Dorfschenken Besseres gegessen!«, spie er aus.

Liesi presste die Lippen aufeinander und atmete zittrig aus. Genau dieses Urteil hatte sie erwartet, dennoch fühlte sich die Gewissheit schmerzhaft an.

Sie hatten verloren.

Und Liesi musste Jakob nun gehen lassen.

»Wer hat diese Brote gebacken?«, hörte sie plötzlich eine leise, freundlich klingende Stimme.

Jakob und Anna bekannten sich mit leisen Antworten zu dieser Schmach, doch statt mit verärgerten Worten weiterzuziehen, trat Prinzessin von Sachsen-Hildburghausen näher. Liesi betrachtete das weiß-goldene, mit glänzenden Steinen versetzte Kleid, die lange Robe und die wunderschönen dunkelbraunen Locken dieser Person und hielt plötzlich inne, als diese weitersprach.

»Doch sagt mir, gibt es eine zweite Bäckerei in Sendling, die den Namen ›Gmeiner‹ trägt?«

Liesi kannte diese Stimme!

Ohne auf ihr Zittern zu achten, schob sie Jakob beiseite und versuchte, aufzustehen. Plötzlich riss sie die Augen auf.

»Amalie?«, fragte sie und verstand rein gar nichts.

Die Prinzessin erstrahlte, ignorierte das irritierte Gesicht ihres Verlobten und stürmte auf Liesi zu.

»Meine liebste Liesi!« Sie schlang die Arme um Liesis Körper und küsste sie auf beiden Seiten, eh sie sie mit besorgter Miene musterte. »Was ist mit dir geschehen? Du bestehst ja nur noch aus Haut und Knochen!«

Liesi zitterte am ganzen Körper und lehnte sich gegen das Tischchen, um nicht umzufallen. Dann betrachtete sie erneut ihr Gegenüber und deutete eine Verbeugung an.

»Ihr seid Prinzessin Therese von Sachsen-Hildburghausen.«

Die Prinzessin lächelte verlegen und zuckte kurz mit den Schultern. »Therese Charlotte Luise Friederike Amalie von Sachsen-Hildburghausen lautet mein vollständiger Name. Verzeih mir, dass ich nicht ehrlich zu dir gewesen bin. Ich bevorzuge es in manchen Momenten, unerkannt zu bleiben.«

Sie drückte Liesis Hand und drehte sich zu ihrem Verlobten um. »Erinnern Sie sich an das wundervolle Brot, das ich Ihnen bei meinem letzten Besuch gereicht habe?«, fragte sie ihn und deutete auf Liesi. »Das war ihr Werk. Elisabeth Gmeiner ist eine ganz hervorragende Bäckerin, und ich habe niemals wieder solch köstliche Backwaren gegessen wie bei ihr!«

Liesis Körper zitterte, dennoch zwang sie sich, stehen zu bleiben, um dem Prinzenpaar den nötigen Respekt zu zeigen. Plötzlich fühlte sie eine warme, weiche Hand an ihrem Rücken und schenkte Jakob ein dankbares Lächeln dafür, dass er ihr den Halt gab, den sie benötigte. Ungefragt. Einfach so war er da.

Prinz Ludwig der Erste trat einen Schritt hervor und nickte Liesi zu. »Gehe ich zu Recht davon aus, dass dieser Unfall hier«, er deutete mit angewidertem Gesichtsausdruck auf die Fladenbrote, »nicht Ihr Werk ist?«

Liesi presste die Lippen aufeinander und nickte. »Eine Krankheit zwang mich in den letzten Wochen, im Bett zu liegen, Eure Königliche Hoheit. Ich bitte um Verzeihung für den kläglichen Versuch meiner Schwester und meines ... eines Freundes, dennoch an diesem Wettbewerb teilzunehmen.«

Liesi spürte den fragenden und mitfühlenden Blick ihrer liebsten Freundin, mit dem sie sowohl Liesi als auch Jakob betrachtete, und versuchte sich erneut in einem Lächeln.

»Ich erinnere mich in der Tat an das köstliche Brot, das

mir meine liebste Verlobte dargereicht hat. Doch sagten Sie nicht damals, dass es sich hierbei um das Brot für eines der Armenhäuser handelte?«

Amalie, oder Prinzessin Therese, lachte auf und nickte erneut, während sie Liesis zitternde Hände ergriff. »Dort habe ich meine liebe Freundin kennengelernt. Sie ist ein wahres Vorbild für Nächstenliebe, und ich durfte sehr viel von ihr lernen.«

Liesi schluckte. Es spielte keine Rolle, dass Amalie sie angelogen hatte, denn sie war und blieb ihre Freundin, das spürte sie am Druck ihrer Hände, an dem sanften Lächeln ihrer wunderschön geschwungenen Lippen und an dem Blick ihrer glänzenden Augen.

»Nun denn, sagen Sie mir, wird es Ihr Gesundheitszustand zulassen, für die Festivitäten unserer Hochzeit Brote zu backen?«, fragte der Prinz weiter und schien das erschrockene Aufkeuchen seiner Begleiter und das entsetzte Gesicht des Hofbäckers zu ignorieren. Stattdessen betrachtete er seine Verlobte mit demselben Glitzern in den Augen, das Liesi von Jakob kannte.

Er liebte seine Verlobte.

Und er würde ihr jeden Wunsch von den Lippen ablesen.

Viel zu spät erkannte Liesi, dass er die Frage an sie gerichtet hatte, und sie fuhr erschrocken auf, als Anna sie schwungvoll in die Seite stieß. »Ich …«, begann sie stotternd und neigte schließlich den Kopf. »Es wäre mir eine Ehre, Eure Königliche Hoheit«, antwortete sie ergriffen, und der Prinz klatschte in die Hände.

»Dann ist es entschieden! Wir haben einen Sieger auserkoren!«

Liesi riss die Augen auf. Sie hatte sich verhört. Ja, sie musste sich verhört haben, denn das konnte niemals der Wahrheit entsprechen.

Allerdings sprang Anna kreischend in die Luft und umarmte anschließend Jakob, der lauthals lachte. Gleichzeitig hörte Liesi das empörte Aufschreien des Hofadels, das dem Prinzen ins Gewissen zu reden versuchte, denn immerhin warteten in diesem wunderschönen Schlosspark noch unzählige andere Bäckereien auf sein Urteil.

Doch dann betrachtete Liesi das breite Lächeln ihrer Freundin, die sie erneut in die Arme zog.

»Glaub mir, du hast ihm einen großen Gefallen erwiesen. Er suchte förmlich einen Grund, diesen – in seinen Augen – unwichtigen Termin abzusagen. Außerdem habe ich von Anfang an gehofft und gebetet, dass die Entscheidung auf dich fallen würde!« Sie ergriff erneut Liesis Hand und drückte sie sacht.

»Werde wieder gesund, liebste Freundin. Ich freue mich, dich auf meiner Hochzeit wiederzusehen.«

Mit diesen Worten hakte sie sich bei ihrem Verlobten ein und verließ, gefolgt von der großen Menschenmenge und begleitet von Marschklängen, den Schlossgarten.

Zurück blieben Liesi und Jakob, Anna und Franziska, die sich nun jubelnd und lachend in die Arme fielen.

Schließlich nahm Jakob Liesi zur Seite und legte einen Arm fest an ihren Rücken. »Du hast es geschafft«, raunte Jakob in ihr Ohr. »Ich bin so stolz auf dich.« Er verschlang seine Finger mit ihren und zog sie ganz nah an seinen Körper. »Weißt du, was das bedeutet?«, fragte er leise.

Liesi wartete ab und betrachtete vergnügt, wie sich Jakobs Wangen rosa färbten, während er fortfuhr.

»Das bedeutet, dass es doch eine Zukunft für uns beide geben könnte.« Er zuckte mit den Schultern. »Also nur, wenn du das möchtest. Ich ... Das sollte kein Zwang ... Ich würde dich natürlich fragen, ob du ...«, stotterte er, und Liesi erinnerte sich an die erste Begegnung mit Jakob. Als er ihr stotternd und nervös die Hand gereicht hatte.

Sie legte eine Hand an seine Wange und lächelte. »Ich möchte eine Zukunft mit dir, Jakob«, antwortete sie daher. »Weil ich dich liebe.« Denn genau das war ihre Wahrheit.

Völlig egal, wie die Zukunft aussehen würde, ob es ihr tatsächlich gelingen würde, den Eintritt in die Zunft zu erkaufen, sie wollte bei Jakob sein. Bei ihm bleiben.

Für immer.

Epilog

17. Oktober 1810

»Bist du bereit, Liebes?«

Jakob streckte die Hand nach Liesi aus und wartete mit einem sanften Lächeln darauf, dass sie endlich zu ihm aufschloss.

Allerdings stand Liesi immer noch völlig versteinert an Ort und Stelle und betrachtete mit offenem Mund das bunte Treiben um sie herum.

Der letzte Tag der Hochzeitsfeierlichkeiten ihrer Freundin war angebrochen und sollte nun mit einem großen Pferderennen zu Ende gehen. Immer mehr Menschen versammelten sich dazu auf dem Sendlinger Berg, der für diesen Tag als Tribüne umgewandelt worden war. Unterhalb der Anhöhe befand sich eine große Wiese, die zur Ehre von Liesis Freundin »Theresienwiese« getauft wurde. Liesi erkannte das königliche Zelt, das dort aufgebaut worden war, und hoffte, einen Blick auf Amalie – oder Prinzessin Therese – werfen zu können. Bei ihrem letzten, äußerst knappen Treffen hatte sie ihr mit einem amüsierten Augenzwinkern berichtet, dass sie anlässlich dieses letzten Festes ihr Kleid in den bayerischen Nationalfarben hatte anfertigen lassen, und nur zu gern würde Liesi einen Blick darauf werfen. Nicht zuletzt, um das herzliche Lächeln ihrer liebsten Freundin zu sehen. Zumal sie wenige Tage zuvor über äußerst starke Zahnschmerzen geklagt hatte.

»Liesi?«, unterbrach Jakob ihre wirren Gedanken. »Der Hofbäcker wartet gewiss längst auf uns.«

Liesi riss sich vom Anblick des königlichen Zeltes los und ergriff die Röcke ihrer Zunfttracht, um die Anhöhe des Sendlinger Berges zu erklimmen. Allerdings blieben sie immer wieder stehen. Nicht, weil es ihr Gesundheitszustand verlangte, sondern weil sie vor lauter Menschen kaum vorwärtskamen.

»Das ist unglaublich, oder?«, fragte sie und betrachtete ein weiteres Mal diese Masse an Menschen. Fahnen wehten im Wind, Blaskapellen untermalten das Geschehen mit fröhlicher Marschmusik, und überall sah sie eine ausgelassene Stimmung. Kinder, Alte, Frauen und Männer, in unterschiedlichsten Trachten gekleidet, tanzten, jubelten dem Brautpaar zu und lachten in Vorfreude auf das, was bald geschehen würde.

»Himmel, Liesi! Ich verliere dich bald aus den Augen, wenn du nicht mitkommst!« Jakob ergriff Liesis Arm und zog sie mit fürsorglicher Miene den Hügel hinauf. »Glaub mir, von dort oben werden wir die beste Aussicht genießen.«

Jakobs Worte entsprachen der Wahrheit.

Endlich hatten sie ihr Verköstigungszelt erreicht, und sie schenkte dem Hofbäcker ein höfliches und gleichzeitig entschuldigendes Lächeln, der als Antwort kurz nickte und sie dann hinter den Verkaufstresen einlud.

»Dort befinden sich die aktuellen Gebäckstücke – Brezen, belegte und überbackene Semmeln, süße Gebäckstücke. Unser Nachschub wird direkt hinter dem Zelt in großen Kisten aufbewahrt. Das Brot, das Sie gebacken haben, habe ich dem Traiteur im Zelt neben uns angeboten, da es hervorragend zu seiner Käsesuppe passen würde. Ich hoffe, das ist in Ihrem Sinne.«

Trotz der anfänglichen Missbilligung, mit einer einfachen Bäckerstochter zusammenzuarbeiten, schien der Hofbäcker sie inzwischen akzeptiert zu haben, und Liesi genoss das Gefühl, gemeinsam mit einem anderen Bäcker Hand in Hand arbeiten zu können. In den letzten Tagen hatte sie nichts anderes getan. Und zwar in der königlichen Hofbäckerei, gemeinsam mit dem Meister und fünfzehn Gesellen. Sie alle hatten sich ehrlich interessiert Liesis Rezept erklären lassen, sodass Liesi kaum mehr zählen konnte, wie viele ihrer Bauernbrote nun zum Verkauf bereitlagen. Und auch jetzt schienen der Bäckermeister, Liesi und auch Jakob Hand in Hand zu arbeiten. Ein Gefühl, das sie beinahe vergessen hatte. Aber in diesem Augenblick, während die ersten hungrigen Gäste anstanden, erinnerte sie sich an das dunkle Lachen, an die Fältchen um seine Augen, den fülligen Bauch und die Ruhe, die er immerzu ausgestrahlt hatte – auch wenn sie Hand in Hand zusammengearbeitet hatten. Ihr Vater.

Liesi lächelte und blickte in den weiß-blauen Himmel.

Gewiss wäre er stolz, wenn er sie nun sähe.

Auf der Anhöhe des Sendlinger Berges, inmitten von vierzigtausend Menschen, die sie mit Brot versorgen durfte.

Mit dem Brot, das sie einst zusammen mit ihrem Vater gebacken hatte. »Danke, Vater«, murmelte sie. »Danke für alles, was Sie für mich getan haben.«

Jakob schien trotz der Lautstärke und des Trubels ihre Worte gehört zu haben, denn er stahl sich einen Moment fort vom Verkaufstisch, streckte die Hand nach ihr aus und wischte eine Träne fort. Er zog sie für einen kurzen Augenblick in seine Arme und schenkte ihr ein herzliches Lächeln, sodass Liesi mit einem Mal nichts anderes mehr wahrnahm.

Wie aus weiter Ferne hörte sie die Ankündigung der Tanzgruppe, die aus sechzehn Kinderpaaren in den Trachten ihrer Bezirke bestehen sollte. Sie hörte ebenfalls murmelnde Spekulationen, welches Pferd nun das Rennen gewinnen würde und dass das Pferd eines gewissen Franz Baumgartner die besten Chancen hätte.

Doch nichts davon schien für Liesi im Moment von Bedeutung zu sein.

Jakob zählte.

Sein Arm, der nun auf ihren Schultern lag, das schüchterne Lächeln, das er ihr immerzu schenkte, diese kleine Kerbe an seinem Kinn, die feine Locke, die immer in seine Stirn fiel, der Glanz seiner Augen, mit denen er sie betrachtete.

»Bist du glücklich?«, fragte er.

Liesi nickte. »Ja, das bin ich.«

Und sie wusste, egal, was noch kommen würde, wie ihr Antrag auf eine Mitgliedschaft in der Zunft ausfallen würde, wie Georg Huber auf ihr Begehr, die Bäckerei zurückzukaufen, reagieren würde, und egal, wie ihre Zukunft als Bäckerin aussehen würde – sie würde glücklich werden.

Mit Jakob an ihrer Seite.

Hand in Hand.

Und voller Liebe.

Das genügte.

Immer.

-ENDE-

Historische Anmerkung

Zu dem Fest, das anlässlich der Hochzeit von Prinzessin Therese und Prinz Ludwig damals erstmalig stattgefunden hat und heute weltweit unter dem Namen »Oktoberfest« bekannt ist, gibt es zahlreiche Aufzeichnungen. Das Preisausschreiben für Weiß- und Schwarzbäcker anlässlich dieser Hochzeit ist jedoch kein historisch nachweisbares Ereignis, sondern ein fiktives Geschehen, das meiner Meinung nach wunderbar in diese Zeit und zu den damaligen Festivitäten gepasst hätte.

Dies trifft ebenfalls auf die erste München-Reise von Prinzessin Therese zu, die ich in diesem Roman geschildert habe. Den Aufzeichnungen zufolge trafen sich Ludwig und Therese vor ihrer Vermählung in ihrer Heimat und nicht in München.

Wieso habe ich mich dennoch für diese künstlerische Freiheit entschieden?

Ich liebe es, historische Persönlichkeiten einzubauen, ihnen Leben einzuhauchen und sie mit fiktiven Figuren zu vereinen. Therese von Sachsen-Hildburghausen ist mir während meiner Recherchen nicht mehr aus dem Kopf gegangen, weil sie dafür bekannt war, Freundschaften mit Menschen unabhängig ihres Ranges und Adelsstandes zu pflegen, sich für die Ärmsten einzusetzen und äußerst menschennah zu sein.

Diese Charaktereigenschaft, die sich im Übrigen hervorragend recherchieren lässt, wollte, ja, musste ich unbedingt mit einbauen. Denn ich glaube fest daran, dass Liesi und sie im realen Leben Freundinnen geworden wären.

Das Thema »Frauen und Zunft« hat mich ebenfalls an meine Recherchegrenzen geführt. Trotz liebevoller Unterstützung von Dietmar Brandes, dem damaligen Leiter der Akademie für Bäcker und Bäckerinnen aus München, und zahlreicher Literatur der unterschiedlichsten Bäckerinnungen blieb die Frage, ob es Anfang des 19. Jahrhunderts weibliche Zunftmitglieder in den Bäckerzünften gab, offen. Da Frauen in dieser Zeit offiziell nicht geschäftsfähig waren, wäre anzunehmen, dass sie dementsprechend auch keinen Anspruch auf die Mitgliedschaft in den Zünften hatten. Dennoch ist in verschiedener Literatur nachzulesen, dass es in den Arbeiterklassen sehr wohl Frauen gab, die einer Arbeit nachgingen. Zudem ist dieses Jahrhundert bekannt für die beginnende Frauenbewegung. Letztendlich hing die Entscheidung vermutlich immer von dem jeweiligen Zunftmeister ab.

Liesis Bauernlaib

(Roggenmischbrot 60:40)

»Die Zauberzutat für das perfekte Brot lautet Zeit.«
Wenn Sie Liesis Bauernlaib nachbacken wollen, gönnen Sie sich diese Zeit, und Sie werden sehen, es lohnt sich. Viel Freude beim Nachbacken!

Am Tag zuvor – Sauerteigbereitung

Anfrischsauer (1. Stufe), Stehzeit 6 Stunden:

25 g Roggenmehl
25 g Wasser (35 °C)
25 g Anstellgut (vom reifen letzten Sauerteig wegnehmen oder vom Bäcker erbitten)

Die Zutaten anrühren und an einem warmen Ort (25–26 °C) ca. 6 Stunden ruhen lassen.

Grundsauer (2. Stufe), Stehzeit 8–16 Stunden:

100 g Roggenmehl
50 g Wasser (25 °C)
50 g Anfrischsauer

Ähnlich wie beim Anfrischsauer wird auch dieser Teig angerührt und an einem warmen Ort gelagert (8–16 Stunden).

Am Arbeitstag

Vollsauer (3. und letzte Stufe), Stehzeit 3–4 Stunden:
266 g Roggenmehl
200 g Grundsauer
300 g Wasser (40 °C)

Brotteig

766 g Vollsauer (gleichzeitig Trieb- und Säuerungsmittel)
300 g Weizenmehl
450 g Roggenmehl
20 g Gewürzmischung
24–27 g Meersalz, je nach Geschmack
15 g Hefe
300 g Wasser (30 °C)

Knetzeit:
1. Gang (Stufe der Knetmaschine/des Rührgeräts): 8 Min.
2. Gang: 2 Min., Teigtemperatur: 27–28 °C

Den Teig mit der Küchenmaschine oder dem Handrührgerät mit Knethaken (oder wie Liesi von Hand) kneten und anschließend entweder in Gärkörbchen legen oder zu einem Brotlaib formen und abdecken. Wer lieber kleinere Brote haben möchte, kann aus dieser Menge auch zwei Laibe formen. Nach einer letzten Ruhezeit von 60–90 Minuten wird das Brot im vorgeheizten Ofen gebacken (bei 250 °C einschießen, nach ca. 20 Min. auf 180 °C herunterschalten).

Tipp vom Bäcker:
Anstelle eines Backblechs einen Pizzastein (Brotbackstein) mit vorheizen und das Brot auf dem heißen Stein backen.

Die Backzeit variiert je nach Ofen.

Richtwert:
Brote von 600–900 g: 40–50 Min.
Brote von 1000–1500 g: 60–70 Min.

Ob das Brot fertig ist, lässt sich mit dem Klopftest feststellen. Dafür klopft man mit zwei Fingern auf die Unterseite des Brotes. Klingt es hohl, ist das Brot fertig, klingt es eher dumpf, sollte es noch weitere 5–10 Min. backen.

Mit freundlicher Unterstützung von D. Brandes

Liesis Rahmfleckerl

(aus Brotteig bzw. den Resten des Teigs)

Oft wurden die angetrockneten Teigreste aus dem Backtrog und vom Tisch gekratzt und mit dem Restteig verknetet, dann ausgerollt und mit etwas Sauerrahm, Speck und Zwiebeln belegt und in den heißen Ofen vor dem Brot geschossen. So konnte man nochmals überprüfen, ob der Ofen nicht zu heiß ist. Meist waren die Rahmfleckerl auch als kleiner Lohn für den Schürer gedacht bzw. für die Kinder, die wegen ihrer geringen Größe den Ofen reinigten und das Holz darin aufschichteten.

Teig

200–300 g Teig (Reste eines Brotteigs oder eine beliebige Brotteigmischung) dünn ausrollen.

Oder für die hefefreie Version, wie Jakob und Anna sie gebacken haben:
600 g Weizenmehl
400 g dunkles Weizen- oder Roggenmehl
20 g Salz

50 g Schmalz (oder Butter oder Öl)
600 ml Wasser (kalt)

Zutaten so lange zu einem glatten Teig kneten, bis er sich leicht von der Schüssel lösen lässt und glänzt. Anschließend mindestens eine Stunde kalt stellen und ruhen lassen. Teigportionen von je 150 g abwiegen, rund formen und dünn ausrollen.

Belag

50–70 g Saure Sahne oder Schmand auf dem Teig verstreichen,
80–100 g Speck, dünn geschnitten oder gewürfelt, darauf verteilen und/oder
50–70 g in dünne Scheiben geschnittene Zwiebeln.

Nach Belieben mit Kümmel oder Knoblauch würzen und im heißen Ofen (im besten Fall auf einer Pizza-Steinplatte) kurz (5–8 Minuten) backen.

Mit freundlicher Unterstützung von D. Brandes

Marillendatschi wie zu Liesis Zeiten

Vorteig, 2 Stunden Stehzeit

500 g Weizenmehl
250 g Milch
100 g Hefe

Knetzeit:
1. Gang: 2 Min., 2. Gang: 8 Min.

Den Teig an einem warmen Ort abgedeckt ruhen lassen.

Teig

500 g Weizenmehl
200 g Honig (alternativ Rohrzucker – weißen raffinierten Zucker gab es damals noch nicht)
160 g Eier (2 Stück)
40 g Eigelb (2 Stück)
10 g Salz
200 g Butter

Zutaten des Teiges vermengen und den Vorteig hinzufügen (1. Gang 2 Min., 2. Gang 8 Min. kneten) und anschließend an einem warmen Ort ruhen lassen, bis er sich in etwa verdoppelt hat (auch hier gilt: Geduld und Zeit ist die Zauberzutat).

Den fertigen Teig in Form bringen (für einen Blechkuchen auf die Größe des Backblechs ausrollen) und ein zweites Mal ruhen lassen. Anschließend kann er beliebig belegt werden – für Liesis Variante mit reifen, süßen Marillen/Aprikosen belegen und bei 180–200 °C im Ofen backen.

Mit freundlicher Unterstützung von D. Brandes

Danksagung

Kaum habe ich diese Überschrift getippt, sitze ich still und schweigend vor dem PC. Nicht, weil ich nicht weiß, wem ich alles danken will, sondern weil es jedes Mal ein unglaubliches Gefühl ist, am Ende eines Romans angekommen zu sein. Das Wissen, dass aus einer anfänglichen Idee schon bald ein fertiges und wunderschönes Buch entstehen wird, macht mich ehrfürchtig und dankbar zugleich. Und ich weiß, dass ich das niemals allein bewerkstelligt hätte.

Zuerst möchte ich meiner Lektorin danken: Liebe Nicola, danke für deinen Glauben an mich, deine Ideen zu dieser Geschichte und für die Zusammenarbeit. Deine Liebe zu diesem Thema, aber auch zu den Protagonisten Liesi und Jakob, deine Begleitung von der Plotentwicklung bis hin zum fertigen Manuskript haben mich sehr motiviert und mir dabei geholfen, eine runde Geschichte zu zaubern. Danke dafür!

Danke, liebe Claudia Wuttke, für die Vermittlung an den wunderbaren Ullstein Verlag. Du leistest eine wunderbare Arbeit, und ich wünsche dir für deinen neuen Arbeitsweg alles erdenklich Gute!

Ich danke dem gesamten Team von den Ullstein Buchverlagen für all die Arbeiten, die erforderlich sind, um aus einem Manuskript ein fertiges Buch zu erstellen: Ich danke Nicola Kammer und Catherine Beck für das Lektorat, ich danke für das Korrektorat, den Buchsatz und das wunderschöne Cover!

Und da ich als Autorin niemals in der Lage wäre, Expertin in allen Themengebieten zu sein, die mir durch den Kopf schwirren, folgt eine Danksagung, die mir sehr am Herzen liegt:

Lieber Herr Brandes, ich danke Ihnen so sehr! Nicht nur für die Literatur oder die vielen Telefonate, die wir im Rahmen der Recherche geführt haben, oder für Ihr Testlesen, sondern vor allem für Ihre Leidenschaft zum Backen. Ihre Liebe, Ihre Begeisterung für das Brot waren mit jeder E-Mail und in jedem Ihrer Worte spürbar und für mich die größte Inspiration, meine Protagonistin Liesi zu erschaffen. Und ich danke Ihnen von Herzen für das Bereitstellen Ihrer Rezepte, die nun hoffentlich bald überall nachgebacken werden.

Ich danke meiner Familie von ganzem Herzen. Marc, deine Unterstützung und deine Motivation tun so gut, und ich weiß, ich wiederhole mich, aber ohne dich wäre ich längst nicht dort, wo ich jetzt stehe – danke dafür! Ich danke meinen drei wundervollen Kindern, die mir trotz mancher chaotischer Umstände immer wieder den Freiraum geben, um zu schreiben! Ich liebe euch alle sehr! Liebe Mama, vielen Dank fürs Testlesen und für deine Begeisterung!

Ich danke meinen Kolleginnen und Kollegen für das

schöne Miteinander, für den regelmäßigen Austausch, die Telefonate und vieles mehr. Katherina, Susanne und Heidi, ihr seid mir sehr ans Herz gewachsen!

Und ich danke Ihnen, liebe Leserinnen und Leser! Was wäre eine Autorin nur ohne Sie?

Vielen Dank für Ihre Begeisterung, für Ihre Nachrichten und Rückmeldungen und für Ihre Unterstützung! Ich hoffe und wünsche Ihnen genauso viel Freude beim Lesen von *Die Brotbäckerin*, wie ich sie hatte, als ich die Geschichte schreiben durfte.